U0055647

KEIGO HIGASHINO

東野圭吾

作品集──1

徬徨之刃

さまよう刃

東野圭吾

劉珮瑄 譯

【專文導讀】

罪與罰的掙扎

【律師・推理評論家】李柏青

大學時，有一位朋友寄信給我，痛批現在司法體系對犯罪的刑罰太輕，性侵女性動輒只判個五、六年有期徒刑，開車撞死人也才判個兩年不到，他認為什麼刑罰是對於犯罪者的教化云云，全都是鄉愿說法，只是「你們」這些蛋頭法律人自以為高尚的空中樓閣，保護犯罪的溫床！

當時才唸大三、連刑事訴訟法都還沒讀完的我被這一封萬言書給痛罵了一頓，一則是莫名其妙，一則便是發揮蛋頭法律人的原始天賦，馬上回了一封比他還要長的信，洋洋灑灑地援引了我當時所知的犯罪學、社會學、刑罰理論等等，告訴他犯罪是整個社會共同的責任、刑罰並不能彌補犯罪的損害、將受刑人再社會化才是現代國家應該採取的手段。

那位朋友隔了很久才又回信給我，但這回只有兩行：「若是你的女朋友被強姦了，你會怎麼對待那個強姦者？」我在電腦前愣了很久，然後很誠實地鍵入：「我會宰了他！」

這正是東野圭吾在《徬徨之刃》一書中所要探討的議題。

東野圭吾，一九五八年大阪府大阪市出生，大阪府立大學工學部電氣工學科畢業，曾一度於日本電裝擔任工程師，一九八五年以《放學後》一書贏得第三十一屆江戶川亂步獎之後，隨即辭職成為職業作家，之後便以每年二到三部的作品的速度持續創作。不過東野的創作道路一開始並不順遂，他樸直的筆調與以動機為中心的故事架構，與當時日本正風行的「新本格派推理」（著重華麗的文詞描寫與不可思議的詭計）似乎有段距離，因此雖然東野所推出的作品銷量不差，但始終離「暢銷」有段差距。同樣地，在文學評論上，東野的作品雖屢次入圍直木獎、吉川英治新人獎等文學獎，但卻始終與大獎無緣。一直到一九九九年，東野圭吾以《秘密》一書獲得第五十二屆日本推理作家協會獎，並再次創下十萬本的銷售佳績後，他的作家之路才真正進入坦途，二〇〇六年所推出的《嫌疑犯X的獻身》不但橫掃了日本所的推理文學獎項，更獲得大眾文學代表獎項直木獎的肯定；他的作品如《G@me》、《白夜行》、《偵探伽利略》等也被陸續翻拍為電影或電視劇，將東野圭吾的創作生涯帶上前所未有的高峰。

東野圭吾的作品最大的特色在他簡潔的行文，如上所述，不同於當代新本格推理作家慣用的華麗筆法，東野總是以白描的手法，細膩而精確地描繪出場景與人物，這不但不減損作者對故事氛圍的營造，反而加強了故事應有的節奏感。同時，這種簡約的文字風格，也讓東野圭吾能自由變換於各種不同的故事風格之間，舉凡幽默逗趣的《超！殺人事件》，到深沉至令人顫慄的《惡意》，東野圭吾總是一再地挑戰不同的領域，也一再地使讀者感動。

《徬徨之刃》為東野圭吾二〇〇四年所推出的作品，故事以兩名青少年對少女進行性侵害為核心，對於現代司法制度提出質疑。誠如故事中所不斷重複的概念：這兩名青少年將女孩當成性玩物，但在少年事件處理法的保護下，他們的名字不會被公開，他們也不會被處以重刑，可能在少年監獄中關個幾年後，就可以獲得假釋，然後可能在社會上再度犯案。法律真的可以制裁犯罪嗎？或者說法律是對犯罪的一種保護？當執法者（警察）面對犯罪者與復仇者時，手上那柄正義之刃，又應該要劈向哪一方呢？

誠如前述我那位朋友在信中所批評的，《徬徨之刃》所要強調的，是一個處於現代國家、安分守法的公民所面對的疑惑；就像港片《無間道2》的開頭名言：「殺人放火金腰帶，造橋鋪路無屍骸。」在現代越來越講究人權、程序正義的司法體系中，似乎只一味強調對被告的人權保護，但被害人或被害人家屬的委屈，卻始終被排除在法律考量之外；刑度明明就已經夠輕了，動輒又放寬假釋標準、發動減刑，人權團體更整天嚷著要提高監獄中對受刑人的待遇，廢除死刑的聲浪更是甚囂塵上，好像從沒考慮過被害人所受的委屈，使被害人注定只能在角落哭泣而已。

罪與罰，一直是人類社會中無解的難題，法律學者、犯罪學者、甚至哲學家永遠有數不清的理論，嘗試為抽象的「邪惡」與「正義」，建立起一個現實的連結。我並不是學者，身為一個法律實務工作者，我只提出一個個人觀點給大家思考：是否真有一種合理的處罰，是足以彌補被害人的恨與委屈？有人對你罵三字經，你希望他得到什麼樣的處罰？有人偷了你辛苦存錢買的車，你又希望他得到怎樣的處罰？有人將車子的消音器拿掉、開車在路上狂飆，還超你的車，你又希望他得到怎樣的處罰或是報應呢？

在《徬徨之刃》一書中，當相依為命的女兒被人侵犯後，主角長峰所希望的，又是怎麼樣的復仇呢？殺了他？閹了他？雞姦他？或是將他凌遲至死？要到怎麼樣的程度，才能洗淨被害人被玷污的靈魂？或是才能達成所謂的正義？除此之外，一場悲劇，又只是犯罪者個人的責任嗎？如果不是，又為何只由犯罪者單獨承擔所有罪孽？復仇的火燄又應該燒到哪裡呢？溺愛兒子的父母？助紂為虐的可憐蟲？或是以前那些被同一人性侵害的受害者（各位或許可以想一想為什麼）？

有人可能會看不慣我又大放這種自以為人道的厥詞，像我朋友一樣問我：「那如果你是長峰，你會怎麼樣？」比起大三時的想法，我現在的答案幾乎相同，只是多加了一句：「我一樣會殺了他，只是我不是長峰。」這聽起來是很不負責任的說法，但事實上，若一個社會百分之五十一的人是性侵害被害人，那保證性侵害的刑度與判刑必定都十分嚴重，但由於現實社會中，只有百分之一的人是性侵害被害人，法律也只能以剩下百分之九十九的人的觀點出發，無論怎麼定，都不可能符合被害人的期待。

又或者是說，如果我是長峰，我會殺了那兩個人渣；如果我是警察，我會在逮捕他們時痛打他們一頓；如果我是檢察官，我會求處兩人十五年以上的徒刑；如果我是法官，我會依據以往的慣例判處十二到十五年的刑度；如果我是辯護律師，我會竭力爭取將刑度降到五年以下；如果我是犯罪者的父母，我會堅稱我的小孩是清白的。

那如果我只是個讀者呢？我會好好欣賞這部作品，然後祈禱這樣的事情不要在現實世界中發生。

1

直挺挺的槍桿散發出來的黯淡光澤，讓長峰感到一陣揪心。這讓他回想起以前迷上射擊的那段日子。手指扣下扳機那瞬間的緊張、射擊時的衝擊力，以及射中靶心時的快感，都鮮明地烙印在他腦海裡。

長峰正在看著槍枝型錄上的圖片。他以前曾光顧過的某個店家，每隔幾年就會寄新的產品型錄給他。圖片的下方寫著：「槍身半拋光處理，附有義大利製槍套」。他瞄了一眼價格後，便嘆了口氣。九十五萬圓實在不是隨隨便便就可以丟出手的金額。而且，他現在早就已經放棄射擊了。他罹患了乾眼症，沒辦法參加比賽。之所以會得這種病，是因為他看著電腦螢幕的時間過長的緣故。他在半導體公司從事ＩＣ設計的工作已有多年了。

他將目錄闔上，摘下眼鏡。當他的乾眼症痊癒之後，又開始有老花眼，現在他閱讀較小的文字時，都必須戴上老花眼鏡。每次尋找老花眼鏡的時候，女兒繪摩就會嘲笑他「老頭子」。老花眼應該還是可以射擊才對，不過他已經不想過度使用眼睛了。雖然只要一看到槍的圖片，他就會技癢，心中的那份想念也會跟著甦醒。然而，過去寶貝得要命的槍，這一年來他卻連保養都沒有做過，現在已經變成電視櫃上的裝飾品了。

牆上的時鐘已經七點多了。他手裡拿著電視遙控器，正想要打開開關時，便聽見窗外的喧鬧聲。

他從沙發上站起身，拉開面向庭院的落地窗窗簾，樹叢外聚集著像是一家人的人影。

他立刻明白那是她們的笑聲。遠處的天空中有煙火，當地正在舉行煙火大會。和都市不同，這一帶很少有高樓大廈，所以儘管距離很遠，從長峰家中還是看得一清二楚。

雖然他自己是覺得既然在家裡就看得到煙火，又何必大老遠跑去人群中湊熱鬧，但是，他也明白那種年紀的女孩子應該是無法認同他這種想法的。她們的目的並不是看煙火，而是和同伴嬉鬧，而且這必須要在熱鬧的地方進行。現在繪摩手裡應該拿著烤玉米或是冰淇淋，用只有她們才懂的語言，興高采烈地談論著只有她們才懂的話題吧。

繪摩今年已經升上高中了，在長峰的眼裡，她和一般的少女沒兩樣，個性開朗活潑。在她十歲的時候，母親過世，她還因為悲傷而高燒不退，不過她又重新站了起來，這讓長峰的心中充滿了感謝。現在她還會開玩笑地說：「爸爸，如果你碰到好的對象，可以再婚喔！」當然，這並不是她的真心話。長峰可以猜想到如果他真的提出再婚的要求，繪摩會有多反對。但是總之，繪摩似乎已經從喪母之痛走出來了。

這個女兒現在正和學校的同學們一起看煙火。為此，長峰還特地幫她買了浴衣，不過因為她自己不會穿，所以說要請同學的媽媽幫她穿。想要看女兒穿浴衣模樣的長峰對女兒說：「要拍張照片回來喔！」但是，他非常懷疑繪摩是否會記得。她只要一玩瘋，就把其他的事忘得一乾二淨。雖然她的手機有照相功能，不過長峰可以預料她拍的一定全都是朋友的相片。

從上小學開始，長峰就讓她帶著手機上學。他告訴繪摩，一旦發生任何事情就打通電話給他。對於沒有母親的繪摩而言，手機成了唯一的防護，長峰也可以放心出門工作。

聽說煙火大會到九點結束。他告訴繪摩一結束就立刻回家，如果會稍微晚回來的話，也要記得打通電話。從長峰家到距離最近的車站，步行大約要十分鐘。雖然附近是住宅區，但是到了深夜，路上便杳無人跡，路燈也只有幾盞。

長峰看了看時鐘的指針，一個人露出了苦笑。現在繪摩一定又把老爸說的話拋諸腦後了。

一輛舊型的日產Gloria行駛在只有一個車道的狹窄縣道上。在路燈很少、視野又不佳的彎道上，突出的電線杆顯得很礙眼。

坐在副駕駛座上的敦也咂了咂舌。

「這是什麼鬼地方！不要說女人了，就連個人影也沒有！一直在這裡打轉有什麼用？換個地方吧！」

「那要去哪裡嘛！」中井誠一邊用單手操控著方向盤，一邊問道。

「去哪裡都行啦，只要是有人的地方就好了。開在這種鳥不拉屎的鄉間小路搞屁啊！」

「話是這麼說沒錯，可是今天晚上有煙火大會，走一般的道路會塞死吧！不然我們幹嘛來這裡？」

「掉頭！」坐在後座的快兒用腳踹著駕駛座。「現在煙火大會應該已經結束了吧！女孩們也差不多要回家了。」

「所以我才說如果回頭的話，會陷入車陣中啊。」

「誰要你回去了！笨蛋！剛才不是有經過一個車站嗎？我們就在離那裡稍遠的地方埋伏，等待獵物經過。」

「會有人經過嗎？」

「那個車站小歸小，從那裡下車的人還挺多的。其中應該會有家住比較遠，必須一個人走路回家的女生吧！」

「會嗎？」

「不要囉嗦！快掉頭！不然獵物就跑了。」快兒又踹了一下駕駛座。阿誠一肚子火，但是他還是默默打著方向盤。因為他吵不過快兒，而且敦也應該也會站在快兒那一邊吧。

阿誠立刻心想：這兩個傢伙好像是玩真的，他們真的打算襲擊女性。

快兒身上帶著兩種藥，一種是氯仿（chloroform）。阿誠不知道他是從哪裡弄來的，不過據他所言，他之前曾用這玩意兒成功強暴過好幾個年輕女孩。聽說只要讓對方昏倒後，就可以為所欲為。只不過因為這樣那話兒很難插入女孩的陰部，所以要先準備乳液。他得逞之後，好像就直接將女性丟棄在現場逃逸。阿誠倒是覺得快兒的運氣真好，到目前為止都沒有人被他弄死。雖然受害人應該已經到警察局備案了，但是現在警方的調查卻還沒波及快兒，也因此他才會食髓知味。

快兒手上的另一種藥，是他口中的「魔粉」。看來是一種興奮劑，他說：「只要用了這個，不管是什麼樣女人都會對你百依百順，她會希望你趕快上她。」聽說他是兩三天前在涉谷弄到的，他好像非常想要試用看看。

「我們去釣馬子吧！」阿誠接到這通電話，是在今天傍晚的時候。快兒命令他開車去找他們。

「只要將這玩意兒塗在那裡，她們就會乖得像奴隸一樣，你們不覺得很屌嗎？」快兒展示著裝了藥的塑膠袋，雙眼閃著光芒。

他們三人是國中同學，從那個時候開始就幹了不少壞事。高中相繼休學後，他們之間那種生命共同體的意識就更為強烈了，恐嚇、竊盜已成家常便飯，他們也曾勒索過中年男子。疑似性侵的案子是也犯了幾件，不過都只是將對方灌醉後侵犯而已。那些醉茫茫地跟著陌生男子回家的女孩子，也不是完全沒有錯，所以阿誠並沒有很強烈的罪惡感。

但是對女孩下藥性侵這種做法呢？只因為這個女孩剛好這個時候出現，他們就可以對她做這種事嗎？

還是算了吧——阿誠應該這麼對他們兩個說的。不過他知道得很，自己要是說出了這句話，會被罵得多慘，會受到什麼樣的攻擊。還不只如此，快兒一定會找其他兄弟來凌虐阿誠。曾經有一個少年因為違逆快兒而遭到圍毆，結果整張臉都變形了。那個少年在警察局裡堅持說他不知道那些施暴者是誰，因為他知道只要報出快兒的名字，之後會遭受更慘的報復。

當時阿誠也有加入施暴的行列，那是快兒的命令。

「不要手軟喔，要讓他知道下次不可以再背叛我。如果打得太輕，他還會去報警哩。」

阿誠可不想遭到那樣的凌虐。雖然覺得即將被性侵的這個女孩很可憐，但是為了自保，他還是決定照著快兒所說的去做。

開了一段路以後，看似剛才欣賞完煙火的人群，慢慢從馬路的另一頭朝這裡走來。電車好像進站了。

「再往前開一點！」快兒發出命令。

一接近車站，走在路上的人更多了。有很多年輕女孩，還有看起來像是高中或國中女生的團體。每看到這些女孩子，敦也都會發出大大的咂舌聲。

「如果人再少一點就好了，這個樣子怎麼把人帶走啊！而且全都三三兩兩地聚在一起。喂，快兒，我看還是隨便找個馬子搭訕比較快。」

「神經，誰要去搭訕啊。而且如果要搭訕的話，何必特地用魔法之藥啊！」

「啊，對喔！」

「我們要找那種平常很難到手的獵物，馴服這種馬子才過癮。」

對於快兒說的話，敦也伸出舌頭做出舔唇的反應。阿誠瞥了一眼敦也的表情，笑了出來。因為如果不笑的話，不知道會被他們兩人說什麼。

「哎呀，就先在這裡等一下吧，之後人就會慢慢變少了。阿誠，先在這附近待命。」

「ＯＫ。」阿誠按照吩咐，將車停在可以看見車站的路邊。

不知道警察會不會經過這裡呢？阿誠心想，如果警察來做例行盤查的話，快兒應該也會宣布今天晚上的行動先取消吧！

然而，快兒似乎看出阿誠的心思似的，開口說道：

「今天晚上是下手的好時機，因為警察不在啊。」

「為什麼？」阿誠小心翼翼地問。

「因為那些傢伙都被調去支援煙火大會的會場啦。」

「原來如此。」敦也敲了敲儀表板。「原來是去那裡維護秩序了，你真聰明！」

「我不是說過了嗎？我們的目標只鎖定看煙火的人，今天晚上行動。」快兒似乎很得意的樣子。「對了，敦也，你住的地方沒問題吧？」

「絕對ＯＫ。」敦也豎起大拇指。

敦也一個人住在足立區的公寓裡，房租由他父母負擔。他的父母說為了讓他考上大學入學資格檢定考，該給他一個安靜的環境唸書什麼的，當然只是幌子，實際的目的則是把這個會對家人施暴的兒子逐出家門。

「數位相機呢？」

「數位相機和攝影機都搞定了。」

「好。」快兒點燃一根香菸。「現在就只等獵物上門了。」

快兒強暴女孩子時，一定要用數位相機和攝影機拍下當時的情形。一方面是為了防止之後事情鬧大，不過這其實也是他的個人癖好。敦也房間的架子上擺滿了他們獵豔的成果。

好像又有電車進站了，人們陸陸續續從車站走出來。但是似乎比剛才的人少。
「喂！那個。」
敦也用手指著前方，並轉過頭去。
快兒將身體探到前座之間。
「那個穿浴衣的嗎？不錯嘛！」他的聲音像是野獸一般。
阿誠也立刻明白他們挑中的對象了，那是一個十五、六歲的嬌小少女。她身穿浴衣，手上拎著一個小袋子。即使是距離很遠，也看得出她長相清秀。阿誠覺得那是快兒喜歡的類型。
少女一個人走著，身旁似乎沒有同伴。
「阿誠，開始行動。」快兒發出命令。
「可是還有人啊！」阿誠一邊開動車子一邊說。
「我知道，先超過去看看她的長相。」
阿誠慢慢開動車子，少女似乎沒有察覺到，他們從她的身後慢慢接近，然後超過她。看清楚少女的長相之後，敦也發出了小小的讚嘆聲。
「很不錯耶，超正的，好想上喔！」
「阿誠，停車，不要熄火喔。然後把窗戶打開。」
阿誠照著快兒的命令去做，並且不時瞄著照後鏡。那個少女踩著不太習慣木屐的步伐慢慢接近。
快兒好像正在將氯仿倒在手帕上。

2

長峰的目光從播報新聞的電視移到牆壁上的時鐘。他從剛才開始，就不斷重複著這個動作。時鐘的指針已經接近十點，長峰覺得繪摩差不多該打電話回來了。聽說煙火大會是到九點結束。

電視正在播報職棒賽的結果。獲勝的是贔屓球團，但是長峰根本不在乎。他站起身，伸手去拿無線電話。那裡面儲存了繪摩的手機號碼。

但是他不知道是不是應該立刻撥打。以前繪摩和朋友去唱卡拉OK時，長峰因為擔心她晚歸而打了電話給她，結果她一回家便提出抗議。

「去卡拉OK唱個兩小時是很普通的事情啦。我很謝謝爸爸的關心，不過我也不是小孩子了，多信任我一點嘛。不然我會被朋友笑耶，爸爸你也別再老掛心著我了。」

長峰並沒有說出「妳明明就還是個孩子啊」這樣的話。這一年來，長峰對於女兒的成長感到很困惑。他完全不知道她在想什麼，在外面做些什麼事，所以也不曉得該如何是好。他只知道，女兒好像不怎麼喜歡父親的過度關愛。

長峰公司的同事當中，也有不少人的女兒和繪摩年紀相仿。他們也都有著同樣的煩惱，那就是不懂自己的女兒在想些什麼。

「哎呀，這個年紀的女孩子最麻煩了。我頂多只能逗她開心，其他的事就全交給老婆去處理了。」幾乎所有的人都這麼說。

要是這個時候母親還在就好了，長峰心想。與其說是不知道該如何罵她而放鬆管教，還不如說是因為不想被她討厭。長峰也覺得自己這樣很窩囊。

長峰又看了一次時鐘，指針幾乎沒有前進。

煙火大會結束的話，會有一大堆人要回家。路上人山人海，大概會擠得水洩不通吧。要坐上電車，無疑也得等上好一陣子。這樣一想，長峰就覺得沒什麼好擔心了。

但是，煙火大會結束到現在已經快一個小時了——

長峰最後還是決定按下通話鍵。或許繪摩又要抱怨了，不過總比他一個人窮擔心好吧。

手機響了，這是現在最流行的曲子，阿誠嚇了一跳。

「哇，這是什麼？」

「只不過是手機，幹嘛嚇成那樣！」快兒說完後，便發出沙沙沙的聲音找著東西。他好像打開了女孩剛才提著的那個袋子。

手機仍然繼續響著。快兒找到了手機。

「把電源關掉啦。」敦也說。

「現在關掉會讓人起疑吧。不要管它，它自己會停。」

果然如快兒所說的，電話鈴聲停了，然後他便將電源關掉。

「這樣就沒事了，剛才應該先關掉的，太大意了。」

「進行得很順利嘛！」敦也愉快地說，「真是一個上等貨色呢！」

快兒也帶著笑意。阿誠聽見浴衣下襬摩擦的聲音，應該是他們把手伸進浴衣裡了。

穿著浴衣的女孩在後座被快兒和敦也架住，已經完全失去意識，一動也不動。

令阿誠感到驚訝的是，快兒和敦也的速度竟然這麼快。停車，等待女孩經過，確認四下無人後，快兒一說：「行動！」兩人便衝出車外。先是敦也超到女孩前方，然後突然停下腳步回過頭。女孩似乎嚇了一跳，也跟著停下腳步，接著快兒便從背後襲擊。他用剛才那條灑了氯仿的手帕摀住女孩的嘴，大約不到五秒鐘的時間，女孩就癱軟了。他們兩人扶住女孩的身體，同時看著阿誠那裡。這是叫他快點把車開過去的意思。阿誠將車子開到他們旁邊後，他們便架著女孩坐進車子的後座。看他們熟練的手法，可以想見同樣的事他們已經做過多少次了。

「如果還沒到她就醒了怎麼辦？」阿誠問。

「暫時還不會醒啦。」快兒回答。

「如果醒了，就再給她聞氯仿不就好了。」

「不可以一直聞，弄不好的話會出人命的。」

「真的假的？」

「我好像有聽人說過，在弄昏人的時候是有訣竅的。吸入不夠會醒過來，但是吸入過多的話又會醒不過來。這可是很難拿捏的呢。」

「快兒你太屌了，應該是全日本最會使用氯仿的人了。」

快兒聽到敦也的奉承後，低聲笑了笑。

「不是只摀著嘴就可以了，同時還要稍微壓一下胸部，這樣對方就會覺得呼吸困難，然後用力地大吸一口氣，這個時候氯仿也會被吸進去，對方就會立刻昏倒了。哎呀，不過用說的都很簡單啦。」

「太了不起了，那就都靠你了！」

「剛才的組合實在太完美了。」

兩人因為弄到了一個超乎預期的美少女，所以顯得非常興奮。當她被帶到敦也的房間之後，藉助藥物的力量，他們應該會更瘋狂吧！當然阿誠也非加入不可。

車子越過河川，進入了足立區，不久之後就來到了敦也的公寓前。女孩仍然沒醒。確認四下無人後，三人將女孩抬進敦也的房間。房間在一樓，敦也將手指伸進門上的信箱，拿出鑰匙。信箱內側黏著一個小袋子，他平常都把鑰匙藏在這裡。這是為了讓他的朋友——其實就是快兒——可以自由進出。阿誠自己則從未擅自使用過敦也的房間。

他們將女孩抬進房間之後，阿誠的手機便響了。他一看來電顯示是他老爸，便按下通話鍵。

「幹嘛？」

「阿誠，你現在在哪裡？」

「朋友家。」

「車子呢？」

「停在旁邊。」

「你現在馬上回來，我要用車。」

「什麼？現在啊？」阿誠一邊說著，一邊慶幸自己得救了。

「就是現在。你也沒事先告訴我你今天晚上會把車子開出去啊。」

「我知道了啦。」阿誠掛斷電話，做出掃興的表情看著快兒他們，「真是倒楣，我老爸打來的，他要我把車還他。」

剛才那輛Gloria是阿誠父親的車。不過平常他不太開，所以最近阿誠常常擅自開著到處跑。他兩個月前才考上駕照。

「搞什麼嘛！不要理他啦！」敦也皺著眉頭說。

「不行啦！如果惹火他的話，他會把車子賣掉的。」

「那種老爺車哪賣得掉啊。」

「如果真賣不掉的話，就只能等著報廢吧。驗車的時間也快到了。」

敦也咂了咂舌。

「混蛋！沒有人攝影搞屁啊！」

看來他們好像打算讓阿誠負責拍下他們強暴女孩時的情形。

「沒辦法，我要回去了，不好意思。」阿誠對快兒說，然後就打開門。

「等一下！」快兒叫道。阿誠一回過頭，發現快兒的臉已經湊到他的眼前了，「你可以回去，但是這件事不准洩漏半句。」

「我知道啦。」

「我話說在前頭，你也是共犯喔。不管你有沒有做都一樣。」

阿誠嚥下一口口水，點點頭。他的背脊發冷。

快兒已經察覺阿誠從一開始就不想參與這場遊戲了，他也看穿阿誠想趁著父親的電話落跑的念頭。

「那好吧，你可以回去了，我們兩個要享受了。」

「掰掰！」敦也的聲音從快兒的背後傳來，那是帶著輕蔑的聲音。

阿誠什麼都沒說就走出了房間。

他坐上車時，發現有一個東西在後座閃閃發光，於是他便伸手拿起那個東西——是剛才那女孩的手機。

長峰伸手去拿菸盒，然後發現菸盒已經空了，就用雙手將菸盒捏扁。桌上的菸灰缸裡已經堆滿了菸蒂。他看了一眼牆上的時鐘，搔了搔頭。從額頭上沁出的汗水流到了他的鬢角。即使這樣，他還是一點也不覺得熱，甚至還起了雞皮疙瘩。不祥的預感幾乎要令他崩潰了。

電話響了。長峰像是彈起來似的站起身，拿起無線電話。但是看見來電顯示之後，他失望了。那不是繪摩的手機號碼。

「喂，這裡是長峰家。」

「啊，那個，我是今井。」一個年輕女孩的聲音說。

長峰認得這個聲音，因為他剛剛才在電話裡聽過。今井美和是今晚和繪摩一起去看煙火的其中一人。長峰擔心遲遲未歸的繪摩，於是便打電話到美和家詢問。

美和說她和繪摩是在電車上分手的。離她家最近的車站是長峰家的前一站，當時她和其他朋友都已經分開了，只剩下繪摩一人。

如果是坐那班電車的話，繪摩應該已經到車站了。那麼之後繪摩到底是去了哪裡呢？已經過了十二點。

「我已經試著聯絡今天一起去看煙火的所有人，但是沒有人知道繪摩的行蹤。大家分開之後，也沒有人接到繪摩的簡訊或是電話。」美和用難過的聲音向長峰報告。

「是嗎？我知道了，謝謝妳喔。」

「我等會兒再打電話給沒去看煙火的同學，還有班上和繪摩比較要好的同學，搞不好可以打聽到什麼消息。」

「那真是幫了我一個大忙，可是沒關係嗎？已經那麼晚了。」

「如果不做些什麼的話，我實在沒辦法放心，我非常擔心繪摩。只要一想到繪摩碰到了什麼……」美和的聲音哽咽了。

「謝謝，那如果有任何消息的話，請再跟我聯絡，我想我是不會睡的。」

「好，我一定會通知您的。」這麼說完後，她就掛斷電話了。

不只今井美和，繪摩的那些朋友們現在一定全都在打聽消息，然而長峰的內心其實對她們懷著些許恨意——要是這些朋友不邀繪摩去看煙火就沒事了。雖然他心裡明白發這些牢騷也於事無補，但是就是無法不這樣想。

當他坐回沙發時，玄關的門鈴響了。長峰拿起對講機。

「哪位？」

「我是警察。」對講機傳來了低沉的聲音。

問過今井美和後，長峰便打了電話到當地的派出所。那大約是四十分鐘前的事了吧？他們好像終於過來了。

來的是兩位穿著制服的警官。長峰請他們到客廳，然後對他們說明事情經過。

「在來這裡之前，我已經四處打聽過了，但是目前並沒有接到任何關於您所描述的女孩受到收容的消息。煙火大會現場及其周邊也沒有發生什麼特殊狀況。」年長的警官說。

「我女兒大概已經回到車站了，所以就算發生了什麼事，應該也是在車站四周。」

「這個可能性很大。我們待會兒就會去車站前面調查看看。」

「難道不能進行更大規模的搜索嗎？」

長峰對於警察的回答感到很不耐煩。

警察露出很為難的表情。

「我瞭解長峰先生的心情，不過如果考慮到一些衍生狀況的話，就不可以太大張旗鼓。」

「衍生狀況？」

「也就是說，」警察舔了舔嘴唇。「如果令嬡是遭人綁架的話，就不能刺激兇手。兇手如果知道警察展開大規模搜索的話，可能會終止計畫，到時候令嬡搞不好會有生命危險。」

「綁架……」

長峰聽到這兩個字便兩腿發軟、感到絕望。他之前從來沒有想過自己會碰到這種事。

「生命危險……意思是會被殺死嗎？」長峰像是呻吟似的問道。

「因為令嬡可能應該已經看到兇手的臉了。」警察吞吞吐吐地回答。

長峰的臉扭曲了。他想要說話，卻發不出聲音。

3

距離煙火大會那晚已經兩天了。中井誠在自己的房間打電動。他看完所有租回來的錄影帶，已經沒有其他事好做了。兩星期前他還在貨運行打工，但是現在又遊手好閒了。他被炒魷魚的原因，據說是工作態度惡劣。他確實很常遲到，還因為覺得被前輩員工呼來喚去實在太無趣，所以還曾經偷偷蹺班好幾次。

被開除這件事，他先暫時瞞著父母。因為他覺得如果被發現的話，一定會被數落一頓。然而，父母知道後卻什麼也沒說。他鬆了口氣之餘，也知道了父母對他似乎沒抱任何期望。這讓他覺得挺乏味的。

阿誠的父親在建設公司上班，距離退休還有十年左右，或許他也希望兒子能在這段期間獨立自主。母親則是在附近的書店工作，阿誠打工的那段期間，她每天早上都會為阿誠做早餐，不過最近卻什麼也不做就出門了。反正阿誠爬出被窩的時候，也都已經中午時分了。

對於自己的未來，阿誠並非完全不擔心。高中休學的他，今後重拾書本的機率簡直就是零。他明白這樣子絕對找不到什麼好工作，所以也想過去上職業學校，可是他完全不知道該學習什麼技藝。說起來，他這個人不但很不擅長向人請益，也討厭下功夫去學任何東西。他天真地想著能直接找到一份好工作，最好是錢多事少。

因為電玩打膩了，阿誠便將畫面切換到電視，正開始播報晚間新聞。他咂了咂舌，切換著頻道。但是全都是類似的節目。

如果是平常的話，他一定會出門去和敦也、快兒碰頭。不過，阿誠仍然很在意前天晚上的事情。他覺得自己像是膽小的背叛者，沒有臉去見他們。

就在他不斷切換著頻道時，他看見了一個年輕女孩的大頭照特寫，他的手指停住不動。

男主播說道：「行蹤不明的女生，是住在埼玉縣川口市的上班族長峰重樹先生的長女，長峰繪摩。據說她和朋友去看當地的煙火大會後，在回家途中失去聯絡。埼玉縣分局和川口警局都認為長峰繪摩可能已身陷某起案件中……」

阿誠看得目瞪口呆。電視機裡那個叫做長峰繪摩的女孩，一定就是兩天前他們強行帶走的那個女孩。她的手機電源已經被關掉，現在還放在阿誠書桌的抽屜裡。

那個女孩失蹤，警察已經展開調查行動了——

快兒他們難道還沒把那女孩放走嗎？還是說被丟棄在什麼地方尚未被發現呢？如果是這樣的話，會不會就直接死掉了？

阿誠的心跳越來越激烈，握著電視遙控器的手已經滲出汗水來。他切換頻道，想要獲得更詳盡的資訊。

這時，阿誠手機的來電鈴聲響了，他嚇得丟開了電視遙控器。
阿誠一看來電顯示是敦也的號碼，便用顫抖的手指按下通話鍵。
「喂……」他的聲音沙啞。
「是我。」
「呃。」
「你現在一個人嗎？」
「是。」他想要問敦也女孩的事，但卻說不出口。
「你有車嗎？」
「有……有。」
「那你現在立刻開車過來。停在我公寓樓下，知道嗎？」
「呃，喔……」
「幹嘛！不行嗎？」敦也的聲音聽起來很急。
「沒有，不是不行啦，我只是在想你要去哪裡……」
「和你無關，你只要借我車子就好了，知道了嗎？」
「呃，知道了。」在阿誠還沒說出他看到新聞報導之前，電話就被掛斷了。
阿誠拿著手機一陣茫然。雖然這不是敦也第一次跟他借車，但是這個時間點來借車，很難不令人想到有什麼重大的事。
他的喉嚨突然燥熱了起來，像是冷汗的東西從他腋下流出。他站起來拿起放在桌上的Gloria的車鑰匙。
已經快要六點了，但是屋外仍然很亮。敦也的公寓樓下沒有半個人，阿誠停好車後，一邊環顧四周一邊走到房間前。

他試著按下電鈴，但是沒有人回應，阿誠想起兩天前他們帶著那個女孩回來時的情景。快兒和敦也後來對那個女孩做了什麼呢？

門是鎖住的，阿誠猶豫了一下，還是把手伸進信箱裡。

可是原本藏鑰匙的袋子是空的，敦也好像帶走了。真是奇怪，敦也和快兒即使同時外出，也一定會把鑰匙放在那裡。原因是他們以前曾經因為喝醉酒而把鑰匙弄丟過。

阿誠離開前門，繞到公寓的後方。在確認沒有人看到他之後，就翻過陽台的柵欄，將臉靠近微微掀開的窗簾縫隙。

屋內很幽暗，但是仔細看的話，多少還是看得見屋內的情形。地板上散落著啤酒罐和零食的袋子。

當他將視線再往前移時，一個東西突然跳進他的視野裡，嚇了他一大跳。

是一隻白色的手。

那好像是從敦也睡的那張床伸出來的。但是從阿誠的位置只能看到手腕部分而已。細細的五根指頭微微彎曲，一動也不動。而且皮膚白得嚇人，毫無血色。

阿誠往後退，腰部碰到了陽台的欄杆。然後他翻過欄杆，腳步踉蹌地退到公寓旁邊。

他來到大馬路後，覺得頭暈目眩，幾乎喘不過氣來。他把手撐在路燈上，調整呼吸，他的心臟怦怦跳個不停。

因為很想吐，所以他摀著嘴回到車子那裡，結果發現敦也和快兒已經在等著了。他們兩人都提著印有「Home Center」[1]商標的紙袋。

「你到哪裡去了？」敦也嘴角往下撇。

「我去喝果汁……在自動販賣機那裡。」阿誠結巴地說。
「我不是叫你在樓下等著嗎！」
「對不起。」阿誠知道自己的臉在抽筋，所以他不敢正面看敦也，他小心翼翼抬起頭時，正好和快兒四目相交，快兒的眼神似乎在探詢什麼。
「拿來！」敦也伸出手。
「什麼？」
「鑰匙啊，車子的。」
「啊……喔。」阿誠從口袋裡拿出鑰匙，放在敦也的手上，他的指頭在顫抖。
「好，這樣就可以了。」
敦也這樣一說，阿誠便點點頭往回走。但是正要邁開腳步時，快兒便叫道。
「等一下！」
阿誠沒有轉過頭，他停下了腳步。快兒抓住他的肩膀，用力將他轉過來。
「你是不是有什麼話要說？」
「沒有……」
阿誠輕輕搖著頭，快兒抓住他的衣領。
「別裝了，有屁快放！」快兒的臉扭曲著，他的眼睛布滿了血絲。
「電、電、電視上……」
「什麼？」

1. 販賣木工工具、組合式家具、園藝工具、汽車相關用品等日常生活所需用品的店。

「我看見新聞了。然後，那個、那個、那個女的……」

快兒皺起了鼻子，同時繼續揪著阿誠的衣領，將他帶到巷子裡。

「你這傢伙，該不會是把我們的事說出去了吧？」

阿誠用力地搖著頭。

「我沒有告訴任何人。」

「真的嗎？」

「真的。」

快兒稍稍鬆開了手，敦也在一旁接著說道：

「快兒，讓這傢伙也來幫忙，這樣一來他就成了共犯。」

「即使不讓他做，他也是共犯，明白了嗎？啊？」快兒將阿誠的衣領揪緊。

「難道，那個女孩……」阿誠發出呻吟似的聲音。

「囉嗦！」

阿誠的身體被推到牆上，快兒露出牙齒並將臉湊近。

「那是意外，沒有辦法。」

阿誠不敢問是什麼意外。事態嚴重已經是不爭的事實了，快兒和敦也好像在想辦法脫身的樣子。

「快兒，讓這傢伙一起加入吧……」敦也說。

「不，我不要帶這傢伙。」快兒終於鬆開了阿誠的衣領。「讓他當我們不在場證明的證人。喂！阿誠，你先去一個地方，製造我和敦也的不在場證明。」

「可是製造不在場證明……要怎麼做？」

「你自己慢慢想！要是敢隨便亂搞的話，我可是不會放過你的！」

阿誠很困惑地看著他們。不過那兩人把責任推給阿誠後，好像就覺得沒事了似的，轉身離去。

阿誠稍後才走出巷子，這個時候快兒和敦也正好朝著公寓走去。發現阿誠茫然地目送著他們之後，快兒便舉起拳頭，示意要阿誠快點離開。

阿誠加快腳步離開那個地方，他的腦袋一片混亂。

他們把那個女孩……把那個女孩──

不在場證明，要怎麼做……要怎麼做呢──

長峰在黑暗中醒了過來，一時之間他還不明白發生了什麼事，然後才發現自己剛才終於小睡了片刻。

自從繪摩失蹤以後，這好像是他第一次睡著。

他躺在床上，但是並沒有換睡衣，身穿長褲和Polo衫。因為他一直沒有洗澡，也沒有換衣服。

長峰拿起枕邊的鬧鐘，數字顯示著十二點多，但是不知道是中午還是半夜。房間的木板窗全都關上了，屋內一片漆黑。

看著鬧鐘的時候，他的記憶慢慢回復過來了。昨晚他也沒睡，一邊喝著威士忌一邊等天亮。天一亮他就出門，先去看看信箱，期待著綁架繪摩的歹徒會寄些什麼訊息給他。但是信箱裡除了報紙什麼也沒有。他很失望，走回房間躺了下來，就這樣睡著了。

現在他反而希望繪摩是被人綁架了，因為這樣她還活著的機率會比較大。如果是為了錢而綁架的話，至少還可以期待付了贖金之後，繪摩就能平安回來。不過從現在的情況看來，他很難想像繪摩是碰到綁架以外的事，而且仍然平安無恙。

然而在經過一天後，警察判斷綁架的可能性很低，認為這並不是綁架事件，便向他提議讓媒體報導出來。長峰也同意了。他認同警察所說的——將事情公開將有助於調查。

長峰慢慢從床上起來。他的頭很重，全身倦怠無力，連思考的力氣都沒有。

他揉搓著臉，手掌觸摸到粗粗的鬍碴，還有油脂附著在手掌上。他回想起自己連臉都沒洗。

就在他慢慢站起來的時候，電話響了。

長峰在黑暗中轉過頭，看見枕邊電話機上的來電顯示燈正在閃爍。

自從電視報導以來，他接到許多人打來的電話。親戚、朋友以及公司同事，每個人都來安慰他、替他打氣——沒關係，一定不會有事的。明明沒有任何根據，但是大家都這樣說。對於這種只會讓他感到心煩的電話，他還必須不斷道謝。其實他只想要大叫：「讓我安靜一下吧！」

難道又是這種電話嗎？

不，他心想不是。這也沒有任何根據，不過他的直覺這麼告訴他：這是一通和繪摩有關的重要通知。

長峰拿起電話，按下通話鍵。

「喂？」

「請問是長峰先生家嗎？」是一個他沒聽過的男人聲音。

「是的。」

「您是長峰重樹先生嗎？」
「我是。」
他回答後，停了一秒對方才說話。
「這裡是警視廳，我們發現了一具屍體，想要請您確認一下是不是令嬡。」
在黑暗中，長峰的身體凍結了。

4

那具屍體是在荒川下游葛西橋的北邊被發現的，就在荒川砂町河濱公園的旁邊。一個釣客坐在小船上移動的時候，發現屍體靠著堤防漂浮在河面上。這是清晨五點多的事。
那是一個被藍色的塑膠紙包住，寬約幾十公分，長度不到兩公尺的物體。這個物體之所以會浮起來，是因為下面墊著一個木頭梯子。
釣客一開始以為只是一般的非法丟棄物，可是當他用望眼鏡一看之後，卻發現像是人類腳踝的東西從塑膠紙的一端露出來，於是他立刻報警。
城東分局的警員趕緊進行打撈，然後他們確定塑膠紙裡包的果然是人的屍體——一個全裸的年輕女孩，臉和指紋並未遭到破壞。可能是因為放在梯子上的關係，所以屍體並不太濕，也還沒開始腐爛，推測應該是死後立刻被丟棄的。
雖然警方是以處理棄屍案的方式開始調查的，不過因為早晚會變成殺人案，所以從警視廳趕來的調查人員，已是從殺人棄屍這個方向展開初步調查了。
查明屍體的身分其實並沒有耗費太多時間。這具屍體和埼玉縣川口市失蹤的十五歲少女身體特徵類似，在即刻進行指紋比對之後，警方確認了兩者的指紋吻合，之後便聯絡了她的父親長峰重樹。

警視廳調查一課的織部孝史和組長久塚一起陪同長峰確認遺體。長峰來到城東分局時，已經憔悴得像個病人似的，整個人失魂落魄。

即使如此，在實際看到女兒慘死的樣子時，長峰還是聲嘶力竭地嚎啕大哭。他的叫聲和怒吼似乎永遠停不下來。這深刻的悲慟也震撼了織部，他緊張得無法動彈，當然也沒有勇氣說什麼話。

但是令人驚訝的是，當久塚對長峰說：「等您心情平復之後，我們有些問題想請教您。」時，長峰居然回答：「現在立刻進行沒關係。」當時長峰臉上的表情令織部毛骨悚然。因為在那張經過嚎啕大哭過後的臉上，只留下對兇手的憎恨。

他們決定借用城東分局的接待室詢問長峰。由久塚親自詢問被害人家屬是很難得的情形。長峰用沉重但是很有禮貌的語氣，開始敘述女兒失蹤當時的狀況。他帶了記事本來，並且不時看著記事本說出繪摩出門的時間、他最後一次撥打女兒手機的時間等等。這本記事本看起來好像是繪摩失蹤之後才開始使用的。

「那個記事本可以借我看嗎？」久塚問道。

「這個嗎？可以啊。」長峰遲疑了一下，然後遞過去。

久塚翻著記事本，織部也在一旁瞄著。上面的字跡很潦草，寫了許多東西。其中有寫道：「煙火大會九點結束，繪摩她們九點二十分左右離開？」這好像是他女兒的朋友告訴他的訊息。

「可以先放在我這裡嗎？」久塚問。

「可以，希望能對您有所幫助。」

「這本記事本充滿了您的繫念，一定能夠藉此抓到兇手的。」

久塚的這番話似乎刺激到長峰，他的臉上浮現痛苦的表情，搖了搖頭。

「為什麼這孩子會碰到這種事……為什麼要對那孩子下手？」長峰像是哀叫般喃喃自語，然後抬起頭來看著織部。「她是被殺害的吧？」

織部望著久塚的側面，久塚慢慢張開嘴巴。

「目前還沒辦法判斷。不管怎麼說，我們還不知道死因是什麼。」

「不是被勒死的嗎？」長峰摸著自己的脖子。

「就外觀來看，是看不出這種跡象。」

「沒有這類的外傷嗎？」

「就外觀來看的話，沒有。」

織部將視線從上司的側面移到家屬的臉上。長峰皺起眉頭，一副無法理解的樣子。

「遺體已經送去司法解剖了，今天晚上就會查出死因。」久塚說，「是否為他殺，可能要看了結果之後再做出判斷吧。」

「一定是他殺吧？否則為什麼會丟到河裡？」長峰吊起眼睛。

「或許兇手一開始並沒有打算要殺死被害人，但是在突發狀況下導致被害人死亡，所以兇手不知該如何處理屍體——這種情況很常見喔。」

「這……和殺人有什麼兩樣呢？」長峰一陣激動後，似乎有些後悔。他嘆了一口氣。

「對不起……」

「沒關係。」久塚稍微欠了欠身。

「您說得沒錯，這和殺人一樣。是否為蓄意殺人或是他殺，這些只不過是法律上的界定。所以我們一定會追查出殺人犯，將對方繩之以法的。我向您保證。」

雖然口氣很輕鬆，但是久塚說的話卻很有分量，似乎讓長峰覺得他是發自內心的。

「那就拜託您了。」長峰深深一鞠躬。

織部和久塚一起送長峰到分局的玄關，他們目送著長峰坐上刑警駕駛的車子後才折返。

「為什麼您不告訴他打針的事？」織部問。

「說了又能怎樣？」

「但是長峰先生想要知道死因。」

「他遲早會知道的。在現在這個時候告訴他我們的推測，有什麼意義嗎？」

「或許沒有意義……」

久塚停下腳步，用手指戳了戳織部的胸口。

「記住，家屬都想知道所有的事，不該知道的事他們也想知道。但是有關案子的事，他們知道得越多就越痛苦。所以盡量不要讓家屬知道，也是警察的職責。」

「可是如果因為被害人方面沒有獲得訊息而造成問題……」

「沒有關係。」久塚這麼說完，便邁開腳步。

無法釋懷的織部趕緊追了上去。

久塚雖說遺體看起來沒有外傷，但是事實並非如此。長峰繪摩的手臂上因為注射造成內出血，留下了一點一點的痕跡。那絕對不是因為治療疾病而留下來的。施打的方式及部位都亂七八糟，一看就知道不是醫護人員所為。

調查人員們推測應該是興奮劑，織部也有同感，而久塚大概也是這麼認為。一下子給予大量毒品，導致急性中毒引起心臟痲痺，這樣的情形很罕見。

當然就如同久塚所言，這只是推測，搞不好長峰繪摩是被毒死的，也或許注射毒品和死因並沒有直接關係。不過，把目前所掌握的訊息告訴她的父親，又有什麼關係呢？織部這樣思忖著。

到了晚上，司法解剖的結果出爐了。織部等人還有久塚那一組的調查人員全都聚集在警視廳的一個房間內。

「死因應該是急性心臟衰竭。死者體內殘留的尿液呈現陽性反應，是毒品。」久塚拿著資料，慢慢吐出這些話。

在場的十三名調查人員似乎全都在嘆氣。

「那這樣就不能以殺人案件提起公訴了。」一個叫做真野的老鳥刑警說。

「這種事等抓到兇手後再說吧！」久塚以安撫的口氣說。「對未成年人施打毒品致死，會引起社會高度關注，媒體也會騷動的。」

「要從毒品這條線去追查嗎？」其他的刑警問道。

「當然也要從那條線去追查，但是不用抱太大的期望。我想兇手可能對毒品一竅不通——至少不太熟悉『冰塊』[2]的使用劑量。」久塚將目光投向資料繼續說。「施打的劑量亂七八糟，當時在現場可能有人懂，不過注射的手法還是很糟。大概是為了找靜脈而重新施打了好幾次，以上是鑑識課的見解。熟悉毒品的人，是不會做出這種事的。」

2. 安非他命的俗稱。

其中一名刑警咂了咂舌。

「反正一定是哪個死小鬼從哪裡弄來『冰塊』，然後抱著半開玩笑的心情隨便亂用。」

久塚瞪著這名刑警。

「你怎麼知道是死小鬼？」

「不，這個……」

「不要有不正經的想法。」久塚這樣說，並看著資料。

房間內的空氣變得很凝重。織部覺得怪怪的，而且每個人好像都有同樣的感覺。這到底是什麼呢？他想。他才剛被編到這個部門沒多久。

「兇手應該不認識被害人吧？」真野換個話題。

「應該是吧。」久塚繼續看著資料回答。

這個說法織部也能理解。屍體的臉和指紋都沒有遭到破壞，可以看出即使屍體的身分被確認，兇手也不擔心警方會循線查到自己。

「既然這樣，為什麼還要那樣大費周章丟棄屍體呢？」真野搓著自己的下巴。「直接扔進河裡不就好了嗎？」

「應該是不想太早被發現吧？太早被發現的話，會比較容易找到目擊證人。」織部說。

「既然這樣，還不如直接在屍體上綁個重物，讓它沉到河底比較快，反正最後都會浮上來，至少這樣可以拖延一點時間。可是兇手卻是將屍體綁在梯子上，好像故意不要讓它沉下去。」

「阿真，你到底想說什麼？」久塚看著這個老鳥刑警。

「兇手是想要讓屍體漂走。」

「漂走？為什麼？」

「其中一個目的是為了讓我們難以鎖定調查目標吧。屍體往下游漂流之後，我們就更難判斷兇手是從哪裡丟棄的。調查範圍勢必會擴大，目擊者的情報也更難蒐集。」

「其實調查本來就很困難。機動調查隊的人也說，沒有人會去一一注意荒川上的漂流物。」久塚這樣說，並掃視著大家的表情，然後又看著真野。「其他的理由呢？」

「這是我自己猜想的，或許您又要罵是不正經的想法。」

久塚苦笑著。

「沒關係，你說說看吧。」

「兇手會不會就住在離荒川不遠的地方？」

「為什麼你會這麼認為？」

「丟棄屍體是件很大的工程，得完全掌握現場情形才行。會丟棄在荒川，就表示兇手對當地很熟悉。不過他又希望屍體漂得越遠越好，這就和兇手的心態有關了。」

「也就是說，兇手覺得屍體一直在自己的住處附近，會讓他覺得很不舒服，是嗎？」

「就是這樣。」

久塚點點頭，沒有說話。他好像在思考著什麼。

「這樣一開始就不要選擇荒川，丟到別的地方不就好了嗎？」織部說。

「如果可以的話，兇手就不用那麼大費周章了。」真野回答。「但是兇手想不到別的地方。」

「如果是荒川的上游，那距離長峰繪摩失蹤的地方很近耶。」其他刑警說，「要是阿真猜對的話，兇手就是在距離自己住處不遠的地方擄走少女，然後又在附近丟棄屍體。這個兇手的活動範圍還真小哩。」

「沒錯。我想在擄人和棄屍的時候，兇手都使用了汽車，不過平時應該不太常開著車到處跑。車子有可能不是兇手的。還有另外一個可能性是：兇手或許是剛考上駕照沒多久，還沒有什麼長途駕駛經驗的人。」

「要分析兇手的樣子可以，但是有先入為主的認定就不太好了。對別人來說是這樣，對自己也是。」

「對不起，我太過主觀了。」真野爽快地道了歉。

「阿真！」久塚用困惑和責難的眼神看著部屬。

真野說了聲對不起，又低頭致歉。

「從明天開始，調查總部要正式開始運作了，所有的人都給我上緊發條！」

對於久塚的話，大家都回答：「是。」

解散後，織部抓住真野。

「組長難道沒有考慮過兇手是少年的可能性嗎？」

真野微微聳了聳肩，盯著這個晚輩刑警。

「就是因為他確信是這樣，所以才不敢說出來啊。」

「啊？」

「所以我們也要和他一樣。」這樣說著的真野便豎起食指放在嘴唇上。

5

看到新聞的時候，阿誠正好在家裡吃著有點晚的晚餐。父親因為公司的應酬而晚歸，母親也和文化教室的同學聚餐，傍晚就出去了。阿誠吃的晚餐是母親做的壽司飯。但是他知道，這只不過是將料理包的食物拌一拌而已，味噌湯也是沖泡式的。他已經很久沒有吃到母親親手做的料理了，而她的理由則是「反正沒人在家裡吃飯，所以我也不想費心去煮」。不過阿誠卻認為，就是因為餐桌上都是偷工減料的料理，所以才沒人想在家裡吃飯。不知道老爸是不是也這麼覺得，他心想。

平常邊吃晚餐邊看電視的時候，他完全不會將頻道轉到新聞節目。然而，某種預感讓他今天晚上格外在意新聞。快兒和敦也是在昨天向他借車的，他們到底借車去幹什麼？雖然阿誠有稍加揣測，但是他不敢想得太具體。因為他覺得那會讓他不敢再開那輛車子。

昨晚——其實應該是更接近今天凌晨的時候，阿誠接到了敦也的電話，叫他過去把車子開回來。敦也的聲音聽起來似乎在微微顫抖。

如果從阿誠家走路到敦也的公寓，距離太遠了；但若是騎腳踏車去的話，到時候又不曉得該怎麼處理腳踏車。雖然敦也叫他快點過去，不過在電車發車之前，阿誠也無計可施。

「那我把車子停在公寓前面，你到時候坐頭班車過來開走。知道了嗎？你敢不聽話的話，我就告訴快兒。」敦也這樣說完後，就掛斷電話。他的語氣中帶著明顯的焦慮。

莫可奈何的阿誠只好按照他說的，搭乘最早一班電車前往敦也的公寓。除了想要快點把車子開回來之外，他也想知道他們到底做了什麼。

Gloria就停在路邊。阿誠打了手機給敦也。

「你也太慢了吧！」儘管是大清早，但是敦也還是立刻就接聽了。阿誠推測他可能根本沒睡。

「我已經盡量趕了啦。」

「算了，你待在那裡等我。」

過了幾分鐘後，敦也和快兒一起出現了。兩個人的臉色黑紫，眼睛也很混濁，兩頰瘦削。

「上車！」敦也將車鑰匙丟給阿誠。

阿誠一上車子，敦也也跟著坐上副駕駛座，快兒則坐進後座。阿誠心想，他們大概是要去什麼地方吧，於是便準備發動引擎。但是快兒卻叫他不要發動。

「不在場證明弄得怎樣了？做好了嗎？」快兒用陰沉的聲音問道。

「呃，弄好了……」

「怎麼弄的？」

「假裝我們三個人一起去了卡拉ＯＫ。是在四號公路沿線一間叫做『海岸』的店。」

「什麼意思啊？你真的有去吧？」

「我有去。對方問我『幾位』的時候，我回答『三位』，還告訴對方其他兩個人待會兒就會過來，然後走進包廂，點了三人份的食物和飲料。」

阿誠決定不要告訴他們，一個人吃下三人份的食物和飲料有多痛苦。

敦也咂了咂嘴。

「什麼卡拉ＯＫ嘛……」

「因為我想不到其他的地方。」

「你一直都是一個人嗎？」快兒問。

「嗯。」

「為什麼？你怎麼沒有另外找兩個人來？讓那兩個人充當我們不就天衣無縫了嗎？」

「沒有辦法啊，事出突然，而且如果那兩個人在外面亂說些什麼的話，反而更不好吧。」

「但是一直只有你一個人的話，店員應該會覺得奇怪吧！」

「等一下，搞不好阿誠說得沒錯。」快兒接著說：「那家店沒有裝攝影機吧？」

「沒有裝，所以我才會選那間店。」

這個快兒應該最清楚。因為沒有裝攝影機，所以只要將門上的簾子拉起來就看不見包廂內的情形。快兒曾經利用這一點，把女孩子帶來強暴了好幾次。

「而且那間店裡的客人很多，店員才不會一一清查每間包廂有多少人。」阿誠說：「只要按照人頭數點了食物和飲料，之後就沒人管了。」

「那你從幾點待到幾點？」快兒問。

「呃，大概是從九點到十一點左右吧……」

「就這麼短？」快兒扭曲著臉。

「因為你沒告訴我不在場證明是要做幾點到幾點的啊，而且卡拉ＯＫ又不可以待好幾小時不走……」

「就算是唱個四、五小時，店員也不會懷疑吧。」敦也吐出這句話。

剛剛不是還在擔心什麼只有一個人待在裡面店員會覺得很奇怪嗎？現在又變成待很久也沒關係就對了！阿誠很想這麼說，不過他還是就此打住。

「卡拉ＯＫ之後呢？」快兒又問。

「咦……」

「我在問你卡拉ＯＫ之後的不在場證明啦！」

「沒有……就是那個，」汗水從阿誠的脖子後面流了下來，「因為我不知道不在場證明需要做到幾點，所以就想說先做卡拉ＯＫ……」

阿誠的背部感到撞擊力，因為快兒踹了駕駛座的背後一腳。

「搞什麼！就只有這樣啊？」敦也齜牙咧嘴，「短短兩小時根本沒意義嘛！你知道我們半夜有多辛苦嗎？」

「敦也！」

快兒一叫，敦也便住口了。看來快兒不想讓別人知道他們半夜到底做了什麼事。

「沒辦法，那場卡拉ＯＫ之後我們就去餐廳好了，就是我們常去的那間『Anny's』。」

快兒下了決定，「然後再回到敦也的房間，我們三人一整晚都在一起。就這樣吧。」

「我也是？」阿誠驚訝得轉過頭去。

他的肩膀被快兒抓住。

「怎麼？你有意見啊？」

「不，不是的。」

「那是怎樣？」

「會有誰……還是警察會問我們不在場證明嗎？有這個可能嗎？」

快兒將手從阿誠的肩上拿開，從鼻子裡哼了一聲。

「這是以防萬一。照理說應該不會有事，不過那些條子查東查西的，到時候說不定會找上我們。」

「既然這樣，那天晚上的不在場證明不是比昨晚更重要嗎？就是擄走那個女生的晚上。」

聽到阿誠的話，敦也不悅地撇下嘴角。他們的內心應該也是這麼想的。

「那天晚上我們都一直待在敦也的房間裡。如果有誰問起的話，就這樣回答。知道嗎？」快兒說。

「那是沒什麼問題，可是我中途就回家了欸。那個時候不是得還車子嗎？我是覺得我老爸應該會記得這件事。」

「車子開回家後，你做了什麼？」

「待在房間裡……」

「那麼車子還你老爸之後，你就又回到敦也的房間。總之那天晚上我們三個人一直在一起，懂了嗎？」

一見阿誠沒有回答，快兒又抓起了他後腦勺的頭髮。

「昨天我已經說過了，你也是共犯，休想一個人置身事外。」

阿誠默默地點頭。他很想大喊和他無關，但是如果這麼做的話，他們兩個人不知道會怎麼對付他。

不管怎麼說，這兩人已經殺死了一個人。

就這麼決定，快兒這麼說完，便放開阿誠的頭髮。

「我們就先暫時不要聚在一起吧，被警察看見就麻煩了。」快兒這麼說完，和敦也相互點點頭，然後就下車了。

發生這件事之後，今天早上阿誠什麼事都沒做。很明顯的，那兩個人殺死了一個女生，而且用某種方法把屍體藏了起來。他們到底幹了什麼好事？又用車子做了什麼呢？因為太在意這件事的關係，阿誠才破天荒地看了新聞。

「今天早上，江東區城東分局接到通報，有具屍體漂浮在荒川上，警員趕到後進行打撈時，發現藍色塑膠紙裡包著一具女屍。」

男主播的聲音讓阿誠差點噎住，他盯著電視，看著從直升機上拍下的畫面。荒川的堤防邊聚集了很多的警察。

「城東分局調查發現，屍體的身分，是埼玉縣川口市的上班族長峰重樹先生日前失蹤的長女——長峰繪摩。警視廳和城東分局懷疑長峰繪摩是遭人殺害，已經展開調查。」

阿誠無法動彈。手上的筷子不知不覺滑落了，他卻無心去撿。食慾也已經完全消失。

這是阿誠本來就知道的事。快兒他們殺死了長峰繪摩，然後為了處理屍體而叫他把車子開過去。但是這樣實際看到新聞之後，卻有種說不出的焦慮和緊張，甚至是恐懼，向阿誠襲來。這種感覺就像是走進了一個無法回頭的隧道裡一樣。

你知道我們半夜有多辛苦嗎——他想起敦也說過的話。他們將屍體包在塑膠紙裡，丟進荒川。結果屍體漂流到下游的時候，被人發現了。

他把車子開到敦也的公寓時，正好看到他們手裡提著「Home Center」的紙袋。那裡面可能就裝著塑膠紙。

阿誠回到自己的房間後，拿起手機。他想打電話給敦也，然而在按下通話鍵前，他又猶豫了起來——因為他不知道該說些什麼。現在再來確認事實也於事無補，只會被他們一再提醒「你也是共犯」而已。

但是他真的是共犯嗎？

確實，他協助他們擄走長峰繪摩。開車的人是他，把他們載到公寓也是事實。

可是他壓根兒沒想到快兒他們會殺了那女孩。而且，快兒說是意外。那這樣他還算是共犯嗎？是殺人共犯嗎？

很可惜，阿誠完全沒有法律常識。他只知道未成年人就算犯下稍微嚴重的罪，也幾乎不需要入獄服刑，而且姓名也不會被公開。

阿誠切換著電視頻道。他想要看新聞報導，但就是找不到，於是只好一直開著ＮＨＫ台。現在ＮＨＫ台在播著海外天氣異常現象的解說。

他突然想到了一件事情。拉開書桌的抽屜之後，他把放在裡面的那支粉紅色手機拿了起來。

那是長峰繪摩的手機。從那天之後，他就沒有再開啟過電源了。在屍體被發現之前，她的親朋好友們應該打了無數通電話給她，可能也有簡訊吧。只不過他們的聲音或是訊息，繪摩都沒有收到。

忽然間，阿誠覺得自己好像瞭解人活著的意義了。那不單單只是吃飯呼吸那麼簡單，而是和周遭的人之間的聯繫及互相關懷。就像蜘蛛網上面一格格的網眼一樣，人一旦死了，就會有一個網眼從蜘蛛網上消失。

「自己闖了大禍」這個念頭，又再次衝擊著阿誠的心。明明很輕的手機，卻讓他覺得沉重異常。

長峰繪摩到底用這支手機和多少人聯繫過呢？有多少人曾抱著一絲希望，撥打過這支手機呢？

幾乎是無意識的，他打開了手機的電源。開機畫面是一張貓的相片。那是繪摩養的貓嗎？

他看了來電紀錄。在長峰繪摩被押進車子裡之後，手機曾經響過一次。那是誰打來的呢？要是那通電話早個五分鐘打來的話，說不定事情就不會變成這樣了。

液晶螢幕顯示的文字是「爸爸」。來電時間就是那個煙火大會的晚上。

阿誠關掉電源。他快崩潰了。

把手機放回抽屜裡之後，他倒臥在床上。

6

「應該是在這附近吧。」酒販指著路旁的一處。

旁邊的那塊空地仍殘留著建築物拆掉的痕跡，附近民宅很少，只有一間不知道還有沒有在營業的小酒店，以及像是倉庫的建築物。車站旁邊雖然有便利商店和居酒屋，但是走個幾十步以後，周遭就變成這副德行了。路燈很少，晚上應該看不了多遠吧。年輕女孩獨自在這裡走夜路，真的太危險了，織部想道。

「那天晚上停在這裡的車是Cedric嗎？」真野看著自己的筆記做確認。

酒販沒什麼自信似的露出一抹淺笑，搖了搖頭。

「又好像不是吧。以前我弟弟曾經開過Cedric啦，那輛車和Cedric非常相像，但是我沒有把握跟你說一定是喔。我只瞄了一眼，而且當時又很暗。」

「總之是這類型的大車嘛？轎車型的。」真野做確認。

「是的，我那時候還想說這輛車怎麼這麼舊呢。我弟弟開Cedric也是十幾年前的事了，所以我才說感覺很像。車子好像是黑色的，但也有可能不是。總之，我確定是深色的車。」

「您能問一下您弟弟開的是哪一年的車嗎？或是您給我您弟弟的電話，我來跟他確認。」

「沒關係，我待會兒再問就好了。呃……打到您剛才給我的那張名片上的號碼就可以了嗎？」

「可以，麻煩您了。」真野鞠了好幾次躬，「還有，車上的人是怎樣的人呢？」

「就像我之前在電話裡說的一樣，是年輕男子。駕駛座和副駕駛座都是，搞不好後座也有人。我當時就在想，這些傢伙不知道要幹什麼。」

「您不知道他們在幹什麼嗎？」

「我只是開著小貨車從旁邊經過而已啊。而且如果一直盯著他們看，搞不好他們會來找我麻煩哩！現在的年輕人很容易衝動。」

「您有看見他們的臉嗎？」

「我就說沒辦法盯著他們看了啊。只有這些情報不行嗎？我是不是沒幫上什麼忙啊？」酒販臉上露出了不滿的神色。

真野趕緊搖搖手。

「不不不，很有參考價值。配上其他的目擊者的指證之後，應該就可以發現很多事情了。」

「那就好。」

「那麼……可能有點囉嗦，不過能不能麻煩您再告訴我一次看見車子的時間呢？」

「這個我也在電話裡說過了，應該是還不到十點。就是煙火大會結束後，有人陸續從那邊的車站走出來的時候。我沒辦法再說出更準確的時間了。」

「是嗎？真是謝謝您。之後我可能還會有問題要請教您，到時再麻煩您了。」

真野道謝後，在一旁的織部也低頭致意。

酒販坐上小貨車，從兩人眼前離去。他是在送貨的途中，專程趕來車站前面和他們兩個人會合的。

酒販是特地打電話到調查總部提供情報的人。他說長峰繪摩失蹤那天晚上，他在她下車的那個車站看到一輛可疑的車子。

其實同樣的目擊者有好幾人。幾個在那一站下車的人，都看見路邊停放著一輛類似黑色的車子。這是目擊情報的共通點。據說有幾個年輕男性坐在車上。

「會是Cedric……嗎？」走在往車站的路上，真野喃喃自語。

「昨天那個上班族說好像是Crown呢。」

「Crown跟Cedric啊……這兩款車說像還真像呢。織部，你對車子有研究嗎？」

「這個嘛……應該跟一般人差不多吧。」

「十幾年前的Cedric到底長得什麼樣子啊？」

「要看是多久以前的車喔，因為日本車子改款的速度很快。」

「說得也是。」

他們來到了車站前面。在通往車站的樓梯前方豎立著一個長方形看板，上面的內容寫著：徵求有關長峰繪摩命案的情報。上面的電話號碼，是調查總部設立在城東分局內的一支號碼。好像是久塚提議不要寫「請通知離您最近的警察局」這類制式文句的。其根據是：看見看板的歹徒或是他的同伴，可能會為了攪亂調查而提供假情報，所以倒不如直接讓目擊者打電話到調查總部，這樣子還比較容易掌握線索。

豎立這個看板以後，幾乎每天都有情報湧入。剛才的酒販也是打電話來的其中一人。其實調查總部也知道，絕大多數的情報都不會對案情有幫助，值得追蹤的情報只是少數，因為打電話來的人說的話都是一樣的。

在月台等電車時，真野突然將手伸進西裝口袋，好像是手機響了。

「喂？我是真野……啊，剛才謝謝您……呃，知道了嗎？……是……呃，五三年[3]的車嗎？沒錯嗎？……喔，謝謝。你幫了我們一個大忙。」掛掉電話後，真野看了看織部。「是剛才那個老闆打來的。他好像去問過了，說是五三年的車款。真令人吃驚欸，那不是十年前的車，而是超過二十年前的車欸。」

「五三年的Cedric……」

「還不一定是那款車呢。但是這種破車還開得動嗎？大家都說開車的人是年輕人，所以八成不是自己的車。可能是老爸的吧？年輕小鬼不可能有那種車的。」

「不，這很難說喔。」

就在織部要反駁的時候，電車進站了。兩人上車後，發現車內很空，就並肩而坐。

「有些玩車的人，還會故意開這種老車呢！」織部又再打開話匣子。

「喔？為什麼？」

「因為他們覺得這樣才酷啊。不管在哪個領域，古董都是很受歡迎的。就像牛仔褲也是，聽說有好幾十萬圓一條的哩。」

「牛仔褲嗎？真是瘋了！」

「車子也是一樣。有些人會故意買舊車回來，重新修理引擎、烤漆，覺得這樣才帥。我覺

3. 此處的五三年為昭和五十三年，亦即西元一九七八年。

得現在會開五三年車的人，應該就是這種人吧。」

「哼，我實在搞不懂現在年輕人在想什麼。」真野噘出下唇。

「真野警官，你覺得如何？有關那個老闆看到的車。」

「你是要問那是不是兇手嗎？」

「是。」

「到底是不是呢？不過我是覺得很可疑啦。現在唯一能確定的事，就是明天要去找一下舊型的Cedric或是Crown的車主吧。」

這是織部預料中的事。

「這要告訴媒體嗎？」

「也不能完全不說吧。不過上面的人絕對是很想發表的。每次的記者會都沒有任何收穫，這可關係到警察的威信呢。」

「會對外發表坐在車上的是年輕男性嗎？」

「應該會吧。如果是真的，兇手們可能會放棄掙扎然後自首。這應該也是上面的人所希望的吧。」

織部噤口不語，陷入思考。他不知道自己該不該問。

「怎麼了？有什麼事嗎？」真野似乎察覺到似的開口問道。

「兇手如果是少年的話，事情是不是就會變得很棘手啊？」織部索性說道。

真野臉上露出苦笑。

「你還是在意我之前說的話嗎？不好意思啊，讓你想太多了。」

「我很在意。」

「或許是吧。不過說棘手也是事實喔。對方如果是少年的話，逮捕之後也很難處理，即使遭到起訴，檢調方面也要小心注意，有夠麻煩的。但是我之前會那麼說，並不是因為這個緣故。」

「那是什麼……」

真野的臉上仍帶著微笑，然後皺起眉頭。

「織部，你應該還記得吧？三年前在江戶川區發生的虐殺事件。就是一名高中生在墓地被殺的案子。當時負責調查的，就是我們這一小組。」

「喔，我有聽過。兇手也是高中生吧。」

「那是一件很兇殘的案子。死者除了內臟破裂之外，全身上下都有燒傷的痕跡。來自首的是四個玩伴。他們被父母帶來的時候，還一本正經的樣子哩。雖然他們哭了，不過那並不是因為對被害人感到抱歉，而是害怕自己會被警察逮捕，覺得自己很可憐而已。我偵訊他們之後大吃一驚。你覺得他們為了什麼而殺人的呢？因為對方不借他們電動。是電動欸！那種打的時候會發出嗶嗶聲的電視遊樂器。高中生因為爭奪玩具而打架，最後就把人給殺死了。聽說四個人對被害人又踢又踹，等他失去意識後，還點火燒他。」

「火？」

「就是用打火機的火靠近他，燒傷就是這樣造成的。」

「那些傢伙也太誇張了。」織部咋舌。

「被害人如果醒過來，他們就再對他施暴，因為反反覆覆好幾次之後，被害人就不再動彈了，所以他們最後好像還燒了他的耳朵。結果被害人還是一動也不動，他們才發現他已經死了。」

織部默默地搖搖頭，光是聽就覺得很恐怖了。
真野長嘆一口氣。
「被害人的父母我也見過，可是我覺得他們真的太可憐了，所以根本沒辦法直視他們。雖然他們對我們說『辛苦了』，但是說實話，我真的感到很無力。我們完全不能為他們做什麼。」
「那兇手有真誠地道歉嗎？」
真野嘆了口氣，搖著頭。
「他們就是一直哭個沒完，連句話都說不出來。而且主嫌那個混蛋居然還胡扯自己會變成這樣，都是父母及環境讓他的心理受到創傷。我真想扁他一頓。」
「是真野警官你做的偵訊嗎？」
「不，我是後來聽組長說的，真是一肚子火。」
織部心想，真野應該是說真的吧。看他現在的樣子，搞不好真的會出手揍人。
「那些傢伙明明幹了這麼過分的事，但是別說判他們死刑了，我們連把他們丟進拘留所都不行。」
「就是因為他們是少年犯吧？」
「這是其中一個原因。另外還有案發當時，那些傢伙喝了酒，而且喝了很多。明知他們未成年卻賣酒給他們的店家，是否也有責任？在案子審理的過程中，這種可笑的爭議還在半路殺了進來。」當時的不愉快彷彿又甦醒過來似的，真野搔了搔頭。
但是真野好像突然想到什麼似的，停下他的手，喃喃自語著：
「但是最不甘心的應該是組長吧。因為他有一個和死者差不多年紀的兒子因為意外喪生，所以很能體會被害人父母的心情。我們從這個案子抽手以後，他大概還常和他們見面。他說我們能做的，也只是提供他們一些情報而已。」

「原來是這樣。」

所以這次的案子，久塚才抵死不說兇手可能是少年，織部這麼解讀。

「被害人被施打了興奮劑，這就代表兇手本身施打的可能性也很高。」

真野好像不太想討論這個話題，他沒有回答，挖了挖耳朵。

「請判他們死刑。」然後他突然這麼說，接著整個人挺起來，「這是三年前那件案子的被害人父母說的話。」

「我可以理解。」

「就算逮到兇手，我們可能還會再聽到相同的話吧。」真野長嘆了一口氣。

7

距離煙火大會那晚已經六天了。阿誠在自己房間裡看著電視。他想要解解悶，但是卻連個說話的對象都沒有。他這才知道沒有快兒和敦也，自己是多麼寂寞。反過來說，這正是即使他對他們兩人不滿，也無法和他們斷絕往來的原因。

另外一個不能出去的理由，就是他害怕面對外面的人。

其實昨天中午他曾從家裡走到最近的車站，因為他想看電影。但是當他站在售票機前面正準備買票時，丟在一旁的傳單，差點讓他失聲大叫。

那當然就是徵求有關長峰繪摩命案目擊情報的傳單。好像是用文字處理機或是電腦列印的。阿誠不知道是在哪裡發的，不過一定是某個乘客拿到後丟在這個車站的。

傳單最下面寫著：「如掌握任何線索的話，請通知最近的警察局，或是打電話至下列任一號碼。」然後下方便寫著三個電話號碼。其中一個好像是城東分局，另外兩個則是寫著人名。

阿誠趕緊將傳單放進口袋裡，返回家去。看電影的興致早已消失。他在不知不覺間越走越快，最後是小跑步回家。

他覺得全世界好像都在找煙火大會那天晚上擄走女孩的兇手。搞不好他已經遭到懷疑，警察可能馬上就會找上他了。

所以阿誠很怕知道調查目前進行到什麼程度了。然而即使如此，他還是會下意識將電視頻道切到新聞報導。如果不看到新聞說調查尚無太大的進展的話，他就完全無法靜下心來。

只不過那天晚上十點多播報的新聞，非但無法讓他靜下心，甚至讓他連睡一覺都辦不到。

「根據瞭解，有人在長峰繪摩當晚下車的車站目擊到可疑的車輛，調查總部已經開始循線追蹤。據說可疑的車輛就停在車站旁的路邊，車內好像坐著兩三名年輕男子。調查總部尚未公布車種為何，不過據說是昭和五〇年代初期的車款，很有可能是轎車型的……」

阿誠聽完男主播淡淡敘述的內容，愣了好一會兒。

被人看見了——

會被看見應該也是理所當然的吧，他想道。那天晚上他們拚命物色年輕女孩，根本不管別人是怎麼看他們的，就連阿誠也一樣。但是，他做夢也沒想到快兒他們會把那個女生弄死。

昭和五〇年代初期的車款，是轎車型的——

連這個都知道了，阿誠心想，那警察遲早會發現這是他們家的車子。雖然完全不知道警察經手的資料庫內容，不過他可以想像警察要查出住在哪裡的人開什麼樣的車，並不會太難。

慘了，他喃喃自語道。

阿誠爸爸的那輛Gloria是五二年的車款，大約是三年前買的。與其說是買的，或許應該說是接收的比較貼切。阿誠爸爸的表弟說要報廢那輛車，所以他們幾乎沒給什麼錢就拿來開了。阿誠的爸爸並不是玩車的人，所以只要車子還會動，什麼車他都無所謂。當然，負責保養這輛車就是阿誠。他還因為太想開Gloria了，所以一滿十八歲就考取了駕照。

阿誠開著老舊的Gloria四處亂晃，附近的人大多都知道。只要一想到會不會有哪個人跑去告訴警察，他就煩得要命，躺在床上猛搔著頭。

就在這時候，阿誠的手機響了。他彈起來拿手機，來電顯示是快兒的號碼。

「是我，阿誠嗎？」

是。他略微緊張地應道。

「唔。」

「現在在做什麼？」快兒用低沉的聲音問。

「看電視。」

「你看新聞了嗎？」

「看了。」

「是嗎？」然後沉默了一會兒之後，快兒說道：「你該不會因為害怕而想些莫名其妙的事吧？」

「咦……」

「像是自首之類的事。怎麼樣，有嗎？」

「我還沒想到那種事啦，只是……」

「只是什麼？」

阿誠不知該說什麼，他確實很害怕。

「你聽好，滿街都是老舊轎車，而且就算車子被看到了，也不是什麼了不起的事，又沒有證據顯示是我們做的。」

「但是，搞不好警察已經掌握很多情報了，只是還沒公布而已。而且說不定我們在抓那個女生的時候，剛好被誰看到了啊。」

「你是白痴啊？如果是這樣的話，警察老早就來找我們了。怕什麼怕啊你！」

快兒顯得心浮氣躁。雖然嘴裡一直說不要怕，但是他也畏懼被逮捕。這更讓阿誠感到不安。

「聽好，就算警察來問你車子的事，你也絕對不准洩密喔！」

「我只要回答那天晚上一直待在敦也的房間裡就好了吧？」

「混帳東西！你現在就是要消除警察對你的疑心啊！還把我們一起拖下水是怎樣？」

「但是之前不是說我把車子開回家後，又再回到敦也的房間嗎？」

電話那頭快兒發出很大的咂舌聲。

「你不知道臨機應變這句話啊？你說那天你是一個人開著車，然後因為老爸催你回家，所以你就把車開回家了。不要扯到我們，懂了嗎？」

「這樣警察會相信嗎？」

「為什麼不相信？警察會去找你，也只是因為那輛Gloria。他們沒事幹嘛猛懷疑你啊！」

「如果是這樣就好了。」

「你好好表現就不會有事的啦，不要在那邊怕東怕西的。而且車子會被看到也是你自己的錯，誰叫你要把車子停在那麼顯眼的地方！」

阿誠並沒有反駁說：還不是你們說要停在那裡的！他只是握緊了電話。

「你老爸呢？有沒有看到新聞？」

「我不知道。他現在在樓下，搞不好已經看到了。」

「如果他問起車子的事，你也絕對不准說喔。」

「我不會說啦。」

「最好是這樣。你要是背叛了我們，我可不饒你。」

「知道了。」

「好吧，那我再打電話給你。」快兒很快地說完後，就掛斷電話。

阿誠將手機丟到一邊，又再次倒在床上。快兒說的話在他腦海裡轉來轉去。

不管怎麼想，他都覺得快兒說得太樂觀了，警察的調查應該不會像他說的那麼馬虎。阿誠實在不覺得警察會沒注意到那天晚上阿誠開著Gloria出去的時段，正好和長峰繪摩被擄走的時間吻合。

其實打從一開始，快兒的提議就很自私。之前明明叫阿誠當他們的不在場證明的證人，現在看到阿誠可能會先遭到懷疑，又叫阿誠絕對不能把他們抖出來。

刑警會來找我嗎——

可能會來吧，阿誠心想。現在警察一定正在列印全東京，不，是全日本擁有舊型轎車的車主名單。搞不好他們已經知道車型了，只要再鎖定地域及現場周邊，要搜索就更容易了。

刑警來了之後，會問他什麼問題呢？阿誠思索著。首先是問他那天晚上的事吧。快兒說，那天晚上是阿誠自己一個人開車。可是在這之前，他幾乎沒有一個人開車出去閒晃過，大部分的時候都是和快兒還有敦也同行。

假設當天刑警就先回去好了，他們或許還會接著調查阿誠的交友狀況。這樣一來，那兩個人的名字也會立刻就被查出來吧。快兒和敦也的素行不良在附近是出了名的。

阿誠從床上起來，坐立難安。但是到底該怎麼辦呢？只能一直等著刑警上門嗎？他完全沒有自信可以擋得住刑警纏人的質詢。

最好的做法還是自首吧？如果自首的話，只有協助擄走女孩的他，犯下的罪行應該不至於太重——

阿誠搖搖頭。如果這麼做的話，後果更恐怖。快兒和敦也雖然會被逮捕，可是未成年的他們並不會被關在監獄裡面多久。等到他們出來之後，一定會想要報復吧，說不定他們真的會殺了自己。

就算阿誠是因為刑警的逼供才抖出了真相，下場應該也一樣。快兒他們不會放過阿誠的。然而即使他沒有招供，一旦刑警們懷疑到快兒他們頭上，他們可能還是會認為都是阿誠害的。總之不管怎麼樣，只要事態不如他們預期，他們就會責怪阿誠。

就在阿誠正在發愁時，玄關的門鈴響了。阿誠嚇了一跳，很少人會在深夜裡來拜訪的，難道警察這麼快就來了嗎？

他偷偷走出房間，站在樓梯上，彎下腰豎起耳朵。

對不起這麼晚還來打擾——他聽見這個聲音之後，鬆了一口氣。那是阿誠很熟稔的里長的聲音。

他覺得自己全身上下都冒出了冷汗。折回房間時，書桌上的那張傳單吸引了他的目光。

他拿了起來，一個念頭閃進他的腦海。

自己去提供情報不就好了嗎？他思忖著，如果撥打這張傳單上的電話，說出快兒他們很可疑的話，警察就會去調查他們吧。這麼一來，在刑警找上自己之前，那兩個人可能就已經先被逮捕了。

兩個人當然會說出阿誠的名字，所以到時候也只能被抓了。到了警察局之後，阿誠就會告訴刑警是自己提供的情報，不過到時候必須拜託刑警不要告訴快兒和敦也。如果阿誠說是因為害怕他們會報復的話，刑警們應該也可以理解吧。

提供情報就等於自首，所以獲得減刑的可能性也很高。

越想越覺得只有這條路可走了，阿誠盯著傳單。問題是要如何跟警察說，還有，該打到哪裡去才好。傳單上印有三個電話號碼。

一定要用隱藏來電號碼的方式打過去，他想道，還有，被問到姓名時也不能回答。如果一定要回答的話，就用假名好了。電話號碼還有地址什麼的，全都隨便亂掰就可以了。

不——

如果亂掰得太過火，對方不就不會相信自己了嗎？聽說發放這種傳單時，都會接到很多惡作劇電話。如果被當作惡作劇的話，那可就虧大了。

還有一件事令阿誠很在意。這些電話號碼會不會都裝了反偵測的裝置呢？如果是這樣的話，用隱藏來電號碼的方式打過去也沒意義了。

阿誠決定使用公共電話。而且為了以防萬一，他想盡量找一個遠一點的電話亭。絕對不能讓別人聽到他通話的內容。

他一邊看著傳單，一邊思忖著會不會出問題呢？他總覺得裡面似乎藏著一個意想不到的陷阱。不過如果要提供情報的話，也只能打這上面的電話號碼。

阿誠抬起頭，突然想到一件事。

他拉開書桌的抽屜，拿出長峰繪摩的手機。

傳單上沒有寫長峰繪摩家的電話號碼，但是她的手機裡有。那通顯示「爸爸」的來電，一定就是從她家打來的。

阿誠一面看著粉紅色手機，一面開始思考該如何對被害人的父親提供情報。

8

電車門打開後，長峰被身後的乘客推擠到月台上，就在他急急忙忙地想擠回到電車上時，才發現這一站就是自己要下車的車站，於是他停下了腳步。如果剛才不是有人推他下來，他就要坐過站了。

他跟在上班族和學生們的後面走下樓梯。

下樓梯時，一個走在他前面的國中女生嚇了他一跳。他記得那女學生身上的制服，那是繪摩去年還穿過的夏季水手服。

那女學生走下樓梯後，踩著輕盈的腳步往出口走去。長峰看見她的側面了。和繪摩一點也不像。

長峰低下頭，踏著沉重腳步走下樓梯，就好像鞋子裡放了鉛塊似的。夾在腋下的包包裡也沒放什麼東西，卻讓他覺得很沉重。

繪摩死了以後，這是他第一天去上班。雖然他的主管跟他說可以再多休息一陣子，但是待在家裡只會讓他更消沉。

然而去公司上班其實也沒有什麼幫助。他沒辦法好好工作，即使和別人說話，也會不知不覺發起呆來。無意間想起繪摩的時候，他還會難過到數度離開座位。周圍的人似乎也會特別體諒他。可是正因為如此，他反而會懷疑大家是不是用好奇的眼光在看他。我現在這樣只會給周圍的人添麻煩吧——他陷入了自我嫌惡當中。

長峰走出車站時，看見了一個直立的看板，就是那個在徵求繪摩相關情報的東西。透過那個看板可以蒐集到多少情報？長峰並不知道。但是從警方什麼都沒通知他這點來看，應該是沒有蒐集到什麼重要的資訊吧。

除了這個直立看板以外，好像還有人在幾個重要車站發放徵求情報的傳單。負責發放傳單的不是警察，而是以繪摩同班同學為主的義工。這張傳單上印了三個電話號碼，一個是警察局，另外兩個是繪摩同學的電話。基於不想讓長峰煩心的考量，她們並沒有在上面印長峰的電話號碼。他心想這樣也好，如果把他的電話號碼印在上面的話，他一定會死守著電話，等著人家提供情報的。

發放傳單的義工們至今都沒有任何報告。換言之，這也沒有太大的效果。

長峰拖著腳步，進行著從車站到家裡那段約莫十分鐘的路程。因為是夏天，所以天仍是亮著的，但是只要太陽稍微西下，路上就會變得很暗。而且行人很少，用途不明的建築物比民宅還多。

自己為什麼會讓繪摩走這種路通勤呢？

他買下這間房子是在泡沫經濟過後沒多久。一看見不動產的價格往下降，他就覺得現在可以買，於是急急忙忙地簽了約。當時他完全沒有想到再多等一下子，價錢會更便宜。

距離車站步行十分鐘——

當初買的時候，他還和老婆討論過，這到底算是近還是遠？不過那是站在長峰上班通勤的立場，當時他並沒有意識到將來女兒也要走這條路。並不是完全沒有討論，只是沒把重心放在這件事情上面。他那時候樂觀地認為，女兒一個人坐電車是很久以後的事，到時候說不定這條街就變熱鬧了。然而，他萬萬沒想到日本經濟的黑暗期居然這麼長。

繪摩是在這條路的哪裡被擄走的呢——只要一想到這裡，憤怒與悲傷就會無法抑制地湧上他的心頭。長峰邊走邊環顧著四周，同時用銳利的目光盯著碰巧停在路邊的轎車。

回到自己家門前時，他沒有立刻鑽進門內，而是站在那裡仰望著自己的家。

就只是因為想要這種東西。

他那個時候一定發神經了。他以為沒有自己的房子就不是一個成功的男人，一心想要早點買房子。結果呢？老婆、女兒都死了，對一個男人來說，這不過是個過大的箱子而已。

長峰現在還記得那個臉上堆滿親切笑容，強力說服他「現在買最划算」那個房屋仲介員的臉。直到前陣子為止，他都一直忘了那個男人的存在。可是現在——儘管明白是遷怒——他卻無法不恨那個銷售員。他覺得那個銷售員強迫推銷了一間非常不吉利的房子給他。

他打開玄關的門。屋內一片漆黑，因為今天早上出門的時候，他沒有事先開燈。今後得先打開客廳的燈再出門了，他想道，再也不會有人會替他開好燈，等他回家了。

一走進客廳後，他就看見電話答錄機的燈在閃爍。按下開關後，他坐在沙發上脫下外套，解開領帶。

他聽見電話的擴音器傳來女性的聲音。

（喂，我是上野。我要和您討論奠儀回禮的事，我會再打電話來。）

那是在繪摩的葬禮上幫忙整理奠儀的女性親戚。葬禮的場景在腦海中甦醒，長峰的心又痛了。

他打開電視。雖然電視節目無法讓他轉移注意力，但是總比沒有任何聲音好。

電話又開始播放下一通留言。過度含糊不清的聲音讓人聽不太清楚。

（……電話。我再說一次，殺死繪摩小姐的兇手是名叫菅野快兒和伴崎敦也的男生。伴崎的住址是足立區——）

一時之間，長峰的意識還停留在電視上，所以反應稍微慢了點。當他看向電話時，留言已經快要播放完了。

（這不是惡作劇，全都是真的，請通知警察。）

隨著留言播放完畢時的嗶嗶聲，長峰也跟著站了起來。他跑去電話旁邊，將錄音帶倒帶，然後重新播放第二通留言。

（喂，長峰先生嗎？繪摩小姐是被菅野快兒和伴崎敦也兩人殺害的。這不是惡作劇電話。我再說一次，殺死繪摩小姐的兇手是名叫菅野快兒和伴崎敦也的男生——）

好像是因為對方用手帕之類的東西摀住嘴說話，所以聲音才會聽不清楚。是男人的聲音，不過很難推測出他的年紀。

這個男的慢慢說出伴崎敦也的住址後，又接著繼續說道：

（伴崎敦也把鑰匙藏在門上的信箱內側。用那把鑰匙進入房間後，應該就可以找到證據，像是錄影帶之類的。我再重複一次，這不是惡作劇，全都是真的，請通知警察。）

留言就是這樣。

長峰一陣茫然。他盯著電話看，無法動彈。

這到底是怎麼回事？是誰打這通電話來的——

他試著查了電話裡的來電紀錄。這通電話好像是用公共電話打來的，時間是下午五點多。

他的第一個想法就是：這難道是惡作劇電話嗎？但是打電話來的人重複說了兩次，這不是惡作劇。當然不能因為這樣就盲信，不過難道要刻意放棄這條線索嗎？

而且最重要的是，惡作劇電話不可能打到這裡來。因為不管是傳單或直立看板上，都沒有寫長峰家的電話號碼。

對了，他為什麼會打到這裡來呢？他為什麼會知道長峰家的電話號碼呢——

長峰的腦海裡閃過一個念頭。繪摩帶著手機，但是卻下落不明，而那支手機裡有這個家的電話號碼。

應該不太可能是兇手自己打來的。然而，會不會是兇手身邊的人查過繪摩的手機紀錄，才打到這裡來的呢？

長峰覺得他的襪子好像碰到了什麼東西，於是看了一下自己的腳。是一攤圓形水漬。仔細一瞧，原來是從他右邊腋下滴落地上的汗水。

他拿起便條紙和原子筆，然後重新播放一次留言。

以很快的速度記下菅野快兒和伴崎敦也的姓名及住址之後，他拿著便條紙回到沙發那裡，另一隻手握著電話機。

應該要打通電話給警方吧，他心想，雖然不知道這是不是惡作劇，但是還是必須先通報一下。他們大概會立刻去這個住址，確認是否真的有叫這個名字的人存在；如果有的話，他們應該會接著調查其是否和這個案子有關吧。對他們來說，這是輕而易舉的事。

如果不是惡作劇的話，那麼案情就會急轉，也就可以破案了。兇手應該會被逮捕吧？告密者的真正身分也一定會揭曉。這正是這個案子發生以來，長峰日夜企盼的結果。他的腦袋裡只有這件事。

應該通知警方。

長峰掏了掏脫下來的外套的內側口袋。裡面放著皮夾，皮夾裡有一張名片，那是久塚警部的名片。「如果有任何事請打電話給我。」久塚在這麼告訴他之後，將調查總部的電話號碼用原子筆寫在自己的名片上面。

他照著那個號碼按著電話機的數字鍵，接著只要再按下通話鍵就可以了。

但是他就是無法按下那個鍵。他將電話機放在桌上，嘆了口氣。

電視正在轉播足球賽。長峰茫然地看著，目前解說員正在針對一名球員的表現發牢騷——希望他能放開一點踢球，因為他還很年輕，所以教練會忽略他的一些小失誤——就是說些這類的話。

長峰拿起遙控器，將電視關掉。

幾天前他從新聞得知了一些事情。有人目擊到可疑的車輛，好像是舊型轎車的樣子，不過聽說上面卻坐了兩、三名年輕人。

這些人並不一定就是擄走繪摩的兇手。可是如果真的是的話，會怎麼樣呢？要是那些傢伙未成年怎麼辦？喝了酒？服用了興奮劑？如果他們的精神狀態不正常的話呢？

過去發生的幾件不合理的案子在長峰腦海中甦醒。兇手並非每次都會被判死刑，不光如此，沒有被判死刑的案例反而比較多。如果兇手未成年，甚至連姓名都不會公布，更不可能判什麼死刑了。

少年事件處理法並不是為被害人而訂立，也不是用來防止犯罪，而是以少年犯罪為前提，為了拯救他們而存在的。從這些法條中無法看見被害人的悲傷與不甘，只有無視現狀的虛幻道德觀而已。

再說，長峰對於案子發生以來警察們的處理也有不滿。

完全沒有人告訴他目前案子處理到什麼程度。就拿有人目擊到可疑的車輛這件事來說好了，要是長峰沒看新聞的話，他根本不會知道。而且關於這一點，警方也沒告訴他究竟掌握了多少新物證。

關於這通密告電話，是應該通知警察，而警察也會有所行動。但是警察恐怕不會告知長峰他們會怎麼行動吧。就算抓到了兇手，警察八成也不會告訴他詳細的經過。長峰甚至懷疑自己能不能見上兇手一面。接著，兇手會在長峰什麼也不知道的情況下送法庭審理，然後法庭會塞給被害人家屬一個難以理解的理由，輕判兇手。

長峰站起來，拿起放在電視櫃上的道路地圖手冊之後回到沙發上，試著尋找剛才記下來的那個地址。

找到了——

密告者所說的地址不是虛構的，連巷弄門牌號碼都真的存在。當然，這不表示那裡就有密告者所說的公寓，以及住著一個叫做伴崎敦也的人物。

長峰拿起無線電話，液晶螢幕上仍顯示著警察局的電話號碼。他先將之刪除，再從外套口袋拿出手機。從電話簿裡儲存的號碼當中搜尋到公司主管的電話之後，他用無線電話撥打這個號碼。

對方立刻就接了。在知道打來的人是長峰後，對方似乎有點訝異。

「不好意思，突然打電話來。我身體不太舒服，所以明天想要請假。真是抱歉，今天才剛銷假上班，馬上又要請假了。」長峰說。

「是嗎？沒關係。你看起來很疲倦的樣子，身體恢復之前還是好好休息吧。我來幫你辦請假手續，你就放心好好休息。」主管的語氣聽起來，好像對於長峰請假一事感到很高興的樣子。或許這是事實。

掛斷電話之後，他又再一次對照memo和地圖，確認要走哪條路去那裡。

他想要親眼確認——這是他考慮了很久之後的結論。

他的目光投向了電視櫃。那裡放著繪摩的相片，旁邊的盒子裡就是她的骨灰。

再稍微抬起目光，長峰看到了曾經讓自己非常著迷的獵槍。他盯著獵槍看了一陣子後，才將目光移開。

9

接到怪電話的第二天，長峰過了中午仍在家裡。他想去伴崎敦也那號人物的公寓，但是不知道到底什麼時間去會比較好。

那個男的如果是兇手的話，應該沒有在上班吧？長峰呆呆地想著。即使有工作，頂多也只是打打零工，要不然就可能在特種行業上班。

不論怎麼樣，中午之前他應該都還在家裡吧，長峰猜測著。

打奇怪電話來的人，連藏房間鑰匙的地方都告訴他了。也就是說，伴崎敦也是一個人住，只要算準他不在家的時間，要潛入應該也不是困難的事吧。

下午一點多，長峰開始做出門前的準備。他將筆記用具、手機、地圖和老花眼鏡放入包包裡，便出門了。他本來打算開車，但是一想到可能會找不到停車的地方之後，他就決定搭電車去了。

在車站的商店買了一台即可拍相機之後，他想起有人曾說過，有照相功能的手機普及後，這種相機的銷售量便一落千丈。

長峰的手機沒有照相功能，不過他有一台高性能的數位相機。他沒帶那台數位相機的原因，是因為他認為數位相片不能作為證據。

電車很空。他坐在車廂最旁邊的座位，重新在腦袋中整理一次待會兒該採取的行動。

天一亮之後，他不想立刻告知警察那通怪電話的想法還是沒變。他不想放棄會比警察先找到兇手的可能性，不過這也不代表他試圖跳過正常程序。他只是擔心一旦拜託警察後，自己將會永遠失去和兇手面對面的機會。

當然，打怪電話來的人說的話不見得是真的，是惡作劇的可能性也很高；即使不是惡作劇，也搞不好是弄錯了什麼。

所以首先要做確認。確認完之後，必須留下證據。他準備筆記用具和照相機就是為了這個原因。

如果自己能找到伴崎敦也他們就是兇手的確實證據，那理所當然要告知警察；不過，即使沒有找到任何東西，他也打算在做完調查之後通知警察。

他轉了一班電車，在最接近的車站下車。出口的附近掛著一張周邊道路地圖，所以他便把帶來的地圖拿出來比對，確認大致的位置後就走出車站了。

夏天的太陽烘烤著柏油路，長峰只走了一下子全身就飆出汗來了。他一邊用手帕擦著臉和頸子，一邊確認著電線杆上的住址標示。
不久後，長峰來到了怪電話所告知的住址，那是一棟兩層樓的舊公寓。
確認附近沒人後，長峰就慢慢靠近那間公寓。按照地址來看，應該是在一樓。他一邊瞄著門上的房間號碼和門牌，一邊慢慢往前走。
找到了──
那間房間的門上掛著「伴崎」的門牌，但是沒有寫下面的名字。
他先從門前走過，離開公寓一段距離，然後拐過一個轉角停了下來。他的心跳速度變得很快。
地址不是瞎掰的，裡面好像住著那個叫做伴崎的人。
那接下來該怎麼辦呢──
針對這一點，他之前應該已經想過了，只不過事到臨頭的時候，他才覺得害怕。畢竟這是非法入侵民宅，即使自己是被害人的父親，他知道這也是不被容許的。
如果要回頭的話，只有現在。然後打電話給警察，後續情形他們會處理好的。長峰也不會碰到什麼危險的事情。
但是他並不只是希望兇手被逮捕而已。他真正的願望，是讓兇手切身體會到自己的憎恨與悲傷。他要告訴他們繪摩遭到的不幸是多麼令人難以接受、他要讓他們徹底知道自己所犯的罪有多重。
如果交給警察的話，這個願望能實現嗎？
恐怕沒辦法，他心想。正因為這樣，目前不重視被害人家屬的這種司法制度才會問題百出。

只能靠自己了，長峰堅定了自己的想法。他要掌握證據，擺在兇手的面前，然後質問他們為什麼要讓無辜的繪摩慘遭毒手。

通知警察就是之後的事情了。

他用力深吸一口氣後，又再折回公寓。手心裡滲出了汗水。

踏著比剛才快的步伐接近公寓之後，他這次繞到了後面，一邊想著房間的位置，一邊找著窗戶。

伴崎的房間窗戶是關著的，上面掛著有些髒污的窗簾，屋內好像沒有開燈，冷氣室外機也沒在運作。

可能不在家——長峰吞了一口口水。

然後他又回到前面，決定按電鈴。

萬一伴崎在家的話，他打算偽裝成報紙推銷員。反正一定會被拒絕，所以他就可以先撤退，然後再躲在別的地方監視，等待他外出。

如果伴崎不出門怎麼辦呢？到時候再說吧，只能再想別的方法了。

但是應該沒有那個必要了——因為屋內沒有人應聲。長峰又按了一次門鈴，結果還是一樣。

他一邊環顧四周，一邊將手伸進信箱。打怪電話來的人只說鑰匙藏在信箱的內側，但是不知道是怎樣藏的。

他的指尖碰到了某個東西，好像是一個小紙袋。他將手伸進去後，摸到了鑰匙。

現在已經不是猶豫不決的時候了。他拿出鑰匙後，毫不遲疑地將鑰匙插入鑰匙孔。感覺到鎖打開的同時，他就轉動門把將門拉開。

長峰迅速地將身體閃進門內之後，他考慮是否要上鎖。

他不知道伴崎什麼時候會回來。要是他發現鑰匙不見的話，有可能會引起騷動。如果伴崎是殺死繪摩的兇手的話還好，不過如果不是的話，就糟糕了。

想到最後，長峰不僅將門鎖上，還把鑰匙放回信箱中的袋子裡。如果聽見有人拿鑰匙時，再從窗戶逃走就好了——所以他決定先把窗戶的鎖打開。不過因為被人從外面看到會造成不少困擾，所以窗簾絕對不能拉開。

他站在拉好的窗簾前，又重新環顧這間屋子。

他實在沒辦法很虛偽地說：打掃得很整潔。散落一地的雜誌、漫畫，垃圾桶已經滿到倒了下來，泡麵和便利商店的便當盒就丟在房間的角落，小桌子上淨是空罐子和零食袋。

一走進房間應該就可以找到證據，像是錄影帶之類的東西——長峰想起了怪電話的聲音。

房間裡放著一台十四吋的電視和錄放影機，旁邊有一個鐵架，上面排列著好幾十捲的錄影帶，標籤上用很醜的字體寫著電視節目等等的名稱。

長峰看著這些錄影帶，然後他的目光停了下來——因為排列著好幾捲奇怪的標題的錄影帶，例如：「五／六　小菅之女」、「七／二　卡拉ＯＫ　高中女生」等等。

他選了其中一捲，想要放進錄放影機內，但是卻放不進去。他發現裡面好像已經有一捲錄影帶了，於是就按下退出鍵。

錄影帶退了出來，長峰便將那捲錄影帶拿出，想要放入自己手上的錄影帶。然而就在這時候，他看見剛才取出的那捲錄影帶上貼的標籤，便停下了動作。

那錄影帶上的標籤是「八月　煙火　浴衣」。

因為心情太過忐忑，讓長峰心驚膽戰。他感到血液逆流，耳後的脈搏跳得很快。明明房間內像蒸氣間一樣熱，但是他卻覺得全身發冷。

長峰的手一邊顫抖，一邊將錄影帶塞入機器裡，然後他打開電視機的開關，切換到錄放影機頻道。不過，他還是沒辦法按下錄放影機的播放鍵。

不管會出現什麼畫面——他對自己說。

不管會出現什麼畫面，他都得看下去。或許這是能查明繪摩死亡真相的唯一機會。他必須將繪摩的遭遇深深烙印在他的眼底，一直到死之前，他一生都得背負這個十字架。

他反覆調整呼吸兩三次後，按下了播放鍵。

一開始出現的畫面是全白的。影像非常模糊，不久後就對準了焦距。畫面的顏色越來越深，剛才模模糊糊的影像也呈現出清楚的輪廓。

那是人的屁股。看得出來，那是一個毛髮濃密又肥胖的男人的屁股。攝影機像是在舔男人的下半身似的，繞到了男人的腹部。

不久後就是陰莖的大特寫。攝影機接著慢慢地從那裡移開。雖然手有點晃動，但是感覺很熟練。

接下來的畫面，是含著陰莖前端的嘴唇。唾液從嘴角流下。然後攝影機慢慢照出全身的影像，含著陰莖的是一個年輕女孩，她一臉呆滯。

長峰看了好久，才發現那個面無表情的女孩就是繪摩。也可能是因為有一瞬間，他的內心在掙扎，不想承認那是繪摩。

他摀住自己的嘴巴，因為他想要大叫。只是摀住他還是受不了，便用力地咬了中指。

一絲不掛的繪摩呈跪姿，男人壓住著她的頭，強迫她為自己服務。她的眼神渙散，從那張臉上完全感受不到意識這種東西，甚至連反抗的跡象都沒有。

有人在笑。是操作攝影機的男人嗎？還是讓繪摩替他服務的男子呢？長峰不知道。然後這兩個男的說了些什麼，但是聽不清楚內容。只是從說話的語氣，可以感受到他們很爽、很滿足。

畫面又切換了。繪摩的雙腿大大打開，將自己的陰部對著攝影機。有一個男的在她後面抓住她的上半身，但是她也沒任何反抗，就好像玩偶一樣，任憑男人擺布。

攝影機慢慢接近她的陰部，男人們笑著。

長峰受不了了。他將錄影帶關掉，抱著頭當場蹲下來。雖說他在來這裡之前已經做好心理準備，但是沒想到會這麼痛苦。

他流下眼淚。一想到妻子留給他的遺物、一直把她看得比自己的性命還重要的女兒、這個世上唯一的寶貝，竟然被這種只能稱之為畜生的人渣蹂躪，他就幾乎要瘋狂了。

長峰用頭去撞了好幾次地板，因為他覺得只有這樣才能讓他保持清醒。

然而他的眼淚還是流個不停。他將臉在地上摩擦，希望藉由疼痛來緩和他的悲傷。

就在這時候，他看到了一樣東西。他將手伸進床底下。

那裡藏著一件淡粉紅色浴衣。他還記得這件浴衣，是在百貨公司裡繪摩死乞百賴非要買的。

長峰將臉埋在浴衣裡，淚水又再湧出。雖然那上面已經沾上了灰塵的味道，但是感覺仍參雜著淡淡的洗髮精香味。

長峰火冒三丈，同時他感到自己手腳越來越冰冷。他的內心深處潛藏著什麼東西，一個連他自己都不清楚的東西，突然浮現在他腦海。那樣東西將剛才滿腹的悲傷，用力推擠到角落去。

他從浴衣上抬起臉來，眼睛盯著電視，重新打開錄放影機的開關。

露出性器官的繪摩又出現在畫面上。但是長峰沒有移開視線，他咬牙切齒地想要將這個地獄般的畫面烙印在腦海裡。

地獄還沒有結束。繪摩被男人們侵犯的畫面清楚地出現在螢幕上。男人們就像是野獸一樣，根本不把才十五歲的繪摩當人看。他們讓她擺出各種體位，以滿足自己醜陋的慾望。

從繪摩的表情看來，她已經沒有意識了。長峰不知道是因為被注射了毒品，還是因為過度驚嚇造成精神恍惚的關係。但是不管怎麼說，如果這個時候的繪摩已經失去了意識的話，長峰還覺得好一點。如果要一邊接受這個事實，一邊慢慢死去的話，就太悲慘了。

切換過幾次畫面後，癱軟倒地，一動也不動的繪摩出現在螢幕上。一個男人拍打著繪摩的臉，操作攝影機的男人則在笑。搞什麼啊，是睡著了喔——男人的聲音邊笑邊這麼說著。拍著繪摩臉頰的男人轉向這裡。他的表情變得很嚴肅，嘴型是在說：糟了。然後影像就消失了。

長峰雙手緊握，指甲幾乎陷入手掌裡。他緊咬住大臼齒，好像要發出吱吱嘎嘎的聲音似的。

然後繪摩就死了。他明白了。不，是被殺死的。

他的體內正在萌芽的東西促使他動了起來，他的身體發熱，但是他的頭卻冰冷得連自己也感到驚訝。

就在這時候，玄關的信箱傳來了聲音。

10

長峰的身體感到緊張。當初他決定只要有人回來，就要從窗戶逃走，然而他並沒有那麼做。不採取任何行動就直接離開這裡，已經不在他的考慮範圍內了。

他迅速地環顧屋內，發現水槽上放了一把菜刀。他毫不猶豫，大步走過去拿起菜刀後，躲在放鞋的架子後面。之後門鎖就被打開了。

門打開後，有人走進來。他看起來完全沒有警覺，橫衝直撞地走進屋內。是一個肩膀很窄，頭髮染成金色的少年。他穿著寬大的T恤，下半身穿著很低腰的灰色長褲。

就是這傢伙，長峰想道。

不知道他是伴崎敦也還是菅野快兒，但是長峰確信是他們其中一人。不管是背影還是頭髮的顏色，剛才都在畫面中看過。

長峰跨出步伐。

少年好像察覺到什麼似的，轉過頭來。但是就在這時候，長峰已經來到他的後面了。

長峰使盡渾身的力量將手上那把菜刀戳了出去。噗滋一聲，戳穿肉體的觸感傳到他的手上。

菜刀刺進了少年的右腹部。少年用驚訝的表情看著長峰，然後低頭一看，才知道自己身上發生了什麼事。

「為什麼……」少年發出呻吟。

長峰無言地拔出菜刀，然後再次刺向相同的部位。少年臉部扭曲，想要推開長峰的身體，但是卻沒有什麼力氣。

當菜刀二度被拔出時，少年用手摀著肚子，癱倒似地跌坐在地上。他移動腳想要逃，但是似乎使不上力，只能在地上滑行，他的表情充滿了驚恐。

但是看著那副表情的長峰，心裡毫無任何憐憫之心，只有憎恨之情油然而生。不會錯的，少年的臉剛才還出現在長峰看到的錄影帶畫面上，他就是蹂躪繪摩致死的禽獸之一。

長峰推了少年的胸口一把，少年便應聲倒地。他看著長峰，用很微弱的聲音問：「你是誰？」

長峰單腳跨過了少年的身體，然後直接坐下去。可能是因為太痛的關係，少年發出了慘叫聲，雙腳亂踢，雙手亂揮。

露在T恤袖子外的手臂膚色，和剛才錄影帶裡的那兩個男子的裸體膚色一樣。就是這隻手臂抓住繪摩，傷害了她身為人類的尊嚴、剝奪了她的人生。原本即將綻放光芒的青春扉頁，卻慘遭無情的摧殘。

當長峰回過神時，他已經將菜刀朝少年的胸口砍了下去。少年的嘴裡發出慘絕人寰的叫聲。

「不要叫，否則我接下來要從這裡刺下去囉。」長峰用菜刀的尖端抵住少年的喉嚨。這個時候他才發現，自己的手和菜刀上都沾滿了血。

少年像喊萬歲一樣，伸直雙手，靜止不動。他的眼睛睜得很大，好像想要說什麼似的，但是長峰聽不見，只聽見喘氣的聲音，他的臉色已接近灰色了。

「你是伴崎嗎？還是菅野快兒？」

少年拚命地動著嘴巴，不過還是只發出了喘氣聲。

「伴崎嗎？」長峰又問一次。

少年略微點頭，目光開始變得渙散無神。

「菅野快兒在哪裡？」

然而伴崎沒有回答，他想要閉上眼睛。

「回答我！菅野快兒在哪裡？」長峰搖著少年的身體。少年卻像人偶一樣軟綿綿的。

伴崎的嘴唇略微張開，長峰將耳朵貼近。

「逃到……長野的……民宿。」

「長野？長野縣嗎？哪裡的民宿？」

長峰不斷搖著伴崎的身體，但是他的嘴唇已經不會動，手腳也伸直了。他的眼睛微微張開，無神地看著上方。

長峰慢慢放開伴崎的身體。伴崎已經不會動了，長峰試著抓住他伸直的手腕。沒有脈搏。

這麼快就死了——

長峰看著靠坐在床邊的伴崎的屍體。他的T恤已經被血染紅到幾乎看不出原來的顏色，地板上也是一片血紅。長峰這才發現自己的身上也一樣，不過這種事情根本不重要。

不能就這樣算了，他心想，就這樣讓他死了，根本連報仇都說不上。要讓他死得更慘，更沒人性。還要更加倍、加倍、再加倍——

長峰的視線像是在舔伴崎全身似的上下游移，最後停在某一點，就是伴崎的胯下。

長峰將手放在伴崎長褲的釦子上。他打開釦子，將長褲和內褲一起褪下。被陰毛包覆的男性生殖器露了出來，縮得小小的。剛才大概尿失禁了吧，有股尿騷味。

繪摩就是被迫含著這個醜陋的東西——

厭惡與憎恨再次在長峰的體內亂竄。他拿起沾滿血的菜刀，朝著伴崎的生殖器根部用力砍下。不過可能是因為刀上沾的血已經凝固的關係，所以幾乎沒切開。他用伴崎的長褲擦拭刀上的血，再砍了一次。這次長峰就感覺到扎扎實實切下去的手感了。他瘋狂地重複著這個動作，然後在不知道砍第幾次的時候，男性生殖器終於和伴崎的身體分離了。

沒有流什麼血。

長峰看著屍體的臉。伴崎的表情和剛才一樣，換言之，就是面無表情。

這令長峰感到生氣。

如果是活著的時候失去生殖器的話，應該會比死還痛苦才對。他的生存價值，就是用這玩意兒蹂躪女性，以逞自己的獸慾。為什麼不在他死之前讓他失去這玩意兒呢？長峰感到不甘。現在這個禽獸已經無法知道自己失去了生存價值，也感覺不到痛楚。

長峰雙手握著菜刀，拚命在屍體上亂砍，管他是胸部還是腹部。同時，他邊砍邊流下淚來。

即使殺死了兇手、即使把他的屍體碎屍萬段，女兒被奪走的恨還是一點都沒有消除，悲傷也沒有得到撫慰。

如果讓他活下去，叫他反省的話，又能勉強達到目的嗎？這種人渣真的會反省嗎？就算他反省了，長峰也不能原諒他——因為繪摩回不來了。時間不會倒轉。長峰只要一想到這種為非作歹的人，被關進牢裡仍然可以活著，就覺得無法忍受。

長峰一邊懊惱著，一邊繼續揮動著菜刀。他明白即使報了仇，他還是無法挽回任何事情。什麼都無法解決，未來也不知該何去何從。不過話說回來，如果只因為這樣就不復仇的話，接下來等著他的，只是日復一日的苦悶罷了。就跟生活在地獄裡一直到死沒什麼兩樣。自己所愛的人被莫名其妙地奪走時，人生就再也看不見光明了。

伴崎敦也的屍體是被一個叫做元村的十八歲少年發現的。元村以前和敦也是高中同學，敦也休學後，他們還是常常一起出去玩。那一天元村要讓敦也看他新買的機車，而來公寓找敦也。

發現屍體的他，用手機通報了當地的警察局。警察趕到時，元村正坐在房間的外面。並不是因為他懂得保持現場狀態，「我根本沒辦法在那個房間裡待下去。」他似乎一臉驚嚇地對警察這麼說。

事實上，元村看見屍體的那一瞬間就吐了。後來在勘驗現場時，確認了那就是他的嘔吐物。

警察一走進屋內就嚇到了——眼前的景象悽慘得難以形容。最後就連警察也在屋外等待轄區的西新井分局的調查員過來。

西新井分局的調查人員們看見屍體的狀態後，也摀住眼睛，就連資深的鑑識課人員也皺著眉頭說：「從來沒看過這樣的屍體。」

由於屍體上有無數的刀傷，陰莖還被切除了，所以可以判定為他殺。在場人員立刻通知警視廳。

敦也的父母接到通知後也趕了過來。敦也的母親看見屍體後驚聲尖叫，然後就因為貧血而昏倒；他的父親則僵在原地一動也不動。刑警想要詢問父親一些問題，不過他的嘴裡只有一句：「兒子的事都是老婆在管。」唯一回答的問題，就是為什麼要讓未成年的孩子一個人住在外面。他勉為其難地說，因為敦也高中中輟，所以給他租了一間房子讓他唸書，好參加大學資格入學檢定考。但是為什麼屋內完全看不出有在讀書的樣子？針對這一點，他僅回答：「去問我老婆。」

雖然這是件異常的離奇殺人案件，但是隨著現場勘驗的進行，調查人員們的臉上開始浮現出樂觀的神色——因為他們找到了足以鎖定兇手的物證。

例如，兇器就掉落在屍體的旁邊。那是所謂的萬能刀，但不是新的。雖然不知道這把刀是不是原本就是這間屋子裡的東西，但是握柄上清楚留有指紋。相同人物的指紋，在房間內各處都有發現。此外，屋內還有穿著鞋來回走動的鞋印。

再者，兇手的衣物被丟棄在床上，上面全都沾有血跡，警方推測應該是兇手為了逃走而脫下的。

很明顯，那些衣物不是被害人的。白色Polo衫和深藍色長褲都不是被害人的尺寸。而且更重要的是，就對服裝的喜好而言，也和被害人平常穿的衣服類型差太多了。

到了第二天，警方又再次偵訊伴崎敦也的父母——其實可說是只偵訊他的母親。還處於失神狀態的她只是一個勁地哭，對於警察提出的問題，根本無法好好回答。但是警方試著整理她支離破碎的答案後，伴崎敦也最近的生活雛形大致浮現了。

伴崎一、兩星期會回家一次，主要目的是拿零用錢。這時母親會給他五萬圓左右。他的父親經營運輸業，包含兒子的教育在內，家裡的大小事全都交給老婆處理。

兒子平常過著什麼樣的生活，和怎麼樣的朋友交往，做為母親的卻渾然不知。並不是她沒興趣或是不擔心，「每次問他這些事，他就會暴跳如雷。」他的母親說。據說敦也也嚴禁母親去他的公寓。

因為這個狀況，所以可以看出他母親對於伴崎為什麼會被殺，心裡一點譜也沒有。頂多只會說：「他好像交了很多壞朋友，所以會不會是因為什麼事爭吵而被殺呢？」

刑警們開始過濾伴崎的交友關係。不久後，便列出了幾個人的姓名。其中和敦也最要好的，好像是一個叫做菅野快兒的少年，他是敦也的國中同學。伴崎最後一次被人看到是在速食店，當時和他在一起的就是菅野。

兩名刑警趕緊前往菅野家。那裡距離伴崎的老家走路只要幾分鐘。

但是菅野快兒不在家。出來開門的母親說他去旅行了，不過不知道他去哪裡，即使打手機給他也不接。菅野的母親經營一間小酒店，十年前就和丈夫離婚了。因為忙於工作，所以她好像不太管兒子的事。

刑警們請求菅野的母親讓他們進入菅野的房間之後，便決定要借走留在屋內的打火機、整髮慕斯、CD等物品。這些東西被送到了鑑識課採取指紋。結果發現和在伴崎敦也住處採集到的指紋有幾個是相同的，但是和菜刀上的指紋並不吻合。

即使如此，也不能馬上排除菅野涉案的可能。警方強烈質疑菅野可能和這個案子有什麼關連——因為菅野出門旅行的日子，就是伴崎被殺的那一天。

目前還和伴崎有聯繫的國中同學，除了菅野以外還有一個——是一個叫做中井誠的少年。警方也去拜訪了這個少年。

中井誠在家。他和伴崎、菅野同樣都是高中輟學，而且也和那兩個人一樣不務正業，每天就像是浮萍般到處閒晃。

在刑警們的眼中，中井誠顯得相當惶恐不安。但是，他們不知道是因為他知道什麼與案子有關的事，還是只是單純地因為看到真正的警察而緊張。

中井誠說，他對這個案子沒有什麼頭緒，最近也沒有和伴崎見面。針對這一點，警方也暗中調查過了，確實沒有得到伴崎和中井見過面的消息。刑警們偷偷採集回的中井指紋，也和菜刀上的指紋不符。

其中有一個調查了伴崎敦也房間的刑警，發現了一件不可思議的事情。

那就是錄影帶。

刑警一開始並沒有刻意要播放錄影帶來看。他完全不當一回事地將錄影帶放進錄放影機裡，心想這最多也只是錄了一些電視節目而已。

然而看到電視機上出現的畫面後，這個刑警嚇壞了。

11

伴崎敦也的房間內收藏著好幾十捲的錄影帶，其中大部分應該都是錄製電視節目的無聊東西，但是調查人員們還是決定將所有的錄影帶裝進紙箱帶回去。除了ＶＨＳ的帶子之外，調查人員還發現幾捲ＤＶ的卡帶，這些東西同樣也被收進了紙箱裡。此外，他們還發現數位照相機。

西新井分局的一個房間內，正在播放這些錄影帶。承辦的調查人員們在一開始的時候，完全無法克制自己的好奇心——因為聽說錄影帶裡面拍攝的是男女性交的畫面。負責人員是以觀賞沒有打馬賽克、香豔刺激的成人錄影帶的心情，來執行這個任務的。

但是他們立刻明白自己徹底搞錯了。

確實是性交畫面，可是出現在畫面裡的影像，並不能刺激他們的好奇心。這些影像全都是殘酷又令人不舒服、毫無人性的強暴畫面。

看著影像的調查人員們，沒有一個不覺得反胃，絕大多數的人都無法持續看三十分鐘以上。

看來伴崎敦也性侵過很多少女是無庸置疑的。每一個人都認為這個事實和伴崎的陰莖被切掉絕對有關。

發現伴崎屍體的那個叫做元村的少年，又被叫到調查總部來了。看過警方放給他看的錄影帶之後，他拚命搖頭。

「我不知道。我只知道敦也和快兒會和女生搭訕，對她們亂來，但是我從來沒有參與過。真的，我真的不知道。」

「快兒？是剛才和伴崎一起出現在畫面裡的那個男生嗎？」刑警問。

「對啦，那就是快兒啦，那傢伙很誇張。我跟他們沒關係喔。」

從元村的話得知，伴崎敦也好像會向他炫耀自己和菅野快兒一起強暴少女的事。

調查團隊這邊，自然不可能不重視那個菅野快兒的下落。不過，很少有調查人員認為菅野是殺死伴崎的兇手。他們主要的看法就是：不管發生什麼爭執，菅野應該不至於會用這麼殘暴的手法殺掉一起參與強暴的同伴。

他們最先想到的，還是強暴被害人，或是和被害人有關的人對伴崎復仇。從脫下來的衣物推測，兇手是男性，所以很有可能是被強暴少女的父親、兄弟或是男朋友。

當然也有人持不同的看法。有人懷疑是知道伴崎胡作非為的人，刻意要讓人誤以為是被害人下的毒手。像是切斷陰莖、故意將血衣脫掉什麼的，都只是障眼法。

無論如何，他們都必須先確定強暴被害人的身分才行。不過說歸說，會因為這類的犯罪跑來找警察報案的被害人少之又少。負責觀看錄影帶的人員們雖然覺得很受不了，還是得確認錄影帶裡面有沒有任何能夠確認少女身分的蛛絲馬跡，所以只能繼續觀看這些令人作嘔的影像。

不久後，其中一名人員看到了一捲帶子，那不是ＶＨＳ，而是攝影機用的卡帶。錄製強暴畫面的ＶＨＳ錄影帶應該全都是從這種卡帶拷貝過來的，可是好像只有這一捲還沒拷貝，調查人員沒有找到相同畫面的ＶＨＳ錄影帶。

吸引了這個調查人員目光的，不是別的，就是被害人的臉。他覺得自己好像在哪裡看過這名少女的臉。

在距離那屋子幾十公尺的前方，依序停了五輛車子。坐在最後一輛車上的是織部和真野。他們兩人從車上下來，一邊觀察著四周的情形，一邊緩慢地走著。雖然是住宅區，但是路上卻沒有一般行人。白天就這樣了，到了晚上應該更危險吧，織部心想。

從其他車上下來的刑警們也迅速地開始進行下一步動作。大約有半數的人繞到那間屋子的後面。這是預防嫌犯可能逃走時，所採取的必然行動。

走在最前面的其中一名刑警停下腳步，等待著織部他們。這個男人叫做川崎，和織部他們是不同小組的。

「我會按電鈴。萬一有人來應門的話，就請真野先生回答，這樣對方比較不會有戒心。我怕他會問有什麼事。」

「我知道。只要說我想請教一下關於令嬡的事就好了嘛。」真野不耐煩地回答。

「那就拜託你了。如果他不在家的話，就按照計畫搜索屋內。等我大致看過，覺得沒有人躲在裡面的話，就會發出號令。在這之前請你們兩人在玄關待命。如果嫌犯躲了起來，想要從玄關這裡逃走的話，就麻煩你們支援了。」

「我覺得大概已經沒人在家了喔。」

「我也是這麼認為，不過這是以防萬一。」這麼說完之後，川崎就轉過身去。

真野嘆了一口氣。織部看了他一眼，和他四目相交。

「那我們走吧。」真野跨出步伐，織部跟在他後面。

兩人的前方是一間紅色屋頂的房子，那是長峰繪摩的家。川崎他們的目的是要請繪摩的父親，也就是長峰重樹主動到案。之所以不逮捕他，是因為調查團隊確信只要讓他主動到案，他們就能讓他自白。

織部也知道西新井分局的轄區內發生了奇怪的殺人事件，不過他一點兒也不覺得這和他們負責的案子有什麼關連。因為案子的性質完全不一樣——他是這麼認為的。

所以當他在昨天深夜接到久塚的命令，要他到長峰重樹家去監視時，他也不知道到底是為了什麼。即使問了原因，得到的答案也只有：「詳細情形以後再告訴你，總之，要盯著長峰，如果他不在家的話，一直等到他回來為止。」而已。

織部就這樣莫名其妙地持續監視著長峰家。到了晚上，他家還是沒有開燈，所以他知道屋子裡面沒人。這樣的狀態，一直到今天早上他和別的警察交接時都沒變。

結束監視後，這次他又被叫到西新井分局來。真野也一起來了。織部因為睡眠不足頭昏眼花的，然而在微暗的房間內看到的那捲錄影帶，卻把他的瞌睡蟲全都趕走了。

伴崎敦也他們正在強暴的那個少女，就是長峰繪摩沒錯。那張臉已經烙印在織部的腦海裡了。畫面中的繪摩面無表情。真野說：大概是因為毒品和強暴使她精神崩潰了吧。

根據久塚的說明，負責承辦伴崎敦也兇殺案的另一個小組，在調查的過程中發現了這捲帶子。本來是要讓長峰重樹看，請他確認是不是他女兒的，可是不知道為什麼聯絡不到他。他們請附近的派出所去長峰家看過之後，發現他好像不在家的樣子。於是就發出命令，要已經對當地情況很熟悉的織部去監視長峰家。

長峰向公司請了假，主管是在伴崎被殺的前一晚接到那通電話的。西新井分局的調查總部認為長峰殺死伴崎的可能性很高，便去他的辦公室收押他所有的東西，以採集指紋。結果出來，與殺死伴崎的那把菜刀上的指紋完全吻合。

這一瞬間，長峰重樹便從女兒遇害的被害人家屬，搖身變成殺人案的重要關係人了。

「果然是長峰先生殺死了伴崎吧？」織部邊走邊小聲問真野。

「長峰『先生』嗎？嗯，現在仍然需要加上敬稱呢。」

從這句話可以看出，真野覺得長峰就是兇手。

「說這句話或許有失警察的身分，但是——」

「那就別說了。」真野打斷織部的話，看著前方。

織部瞄了一眼這位前輩的側面，便住口了。他原本是想要說——我可以體會長峰重樹的心情。

長峰繪摩被侵犯的畫面，只有錄在攝影機用的卡帶裡。為什麼伴崎沒有像平常一樣拷貝到ＶＨＳ的帶子裡呢？「長峰繪摩死了，所以沒有時間想這些」這種假設，是可以成立的。但是調查人員在房間的垃圾桶裡找到了ＶＨＳ錄影帶的包裝玻璃紙和剩下的標籤貼紙。此外，錄影帶的盒子也被留在床邊。

所以伴崎應該是已經將性侵長峰繪摩的畫面拷貝到ＶＨＳ錄影帶裡才對。那麼，為什麼找不到那捲帶子呢？

八成是長峰重樹拿走了。

他潛入伴崎的房間後，看到了已經拷貝好的錄影帶。看完錄影帶後，他就等著伴崎回來，也有可能是伴崎剛好在這個時候回來了，於是便成功復仇了。他知道自己會被懷疑，所以就把沾了血漬的衣服丟在現場，也沒擦掉菜刀上的指紋。他大概已經有做好被抓的心理準備了。即便如此，他還是不能把那捲帶子留在現場，就算是證據，他也絕對不想讓包含警察在內的那麼多人看到女兒遭到凌辱的畫面。

一想到他的心情，織部的胸口就痛得不得了。織部也看過伴崎的屍體相片，但是他覺得那樣被殺也是應該的。不，他可以想像，即便長峰做了這種事情，恐怕也無法平復心情吧。

到了長峰家的前方，川崎和同一小組的人正在談話。距離他們稍遠的地方，站著一個瘦削的中年女性。她是長峰重樹的親戚，是以搜索民宅見證人的名義被帶來的。她的臉上掛著參雜著害怕和困惑的表情。織部心想：這也難怪，之前還是這個世上最可憐的親戚，現在卻變成了兇殺案的嫌犯。

「我要按電鈴了。」川崎按下了電鈴。

屋內傳來了電鈴聲，但是對講機沒有任何回應。川崎又再按了一次按鈕，結果仍然一樣。

「現在要進去搜索了。」這麼說完後，他就從懷裡取出一份資料，那是搜索票。他將這份資料給那位親戚看。「妳可以陪同進去嗎？」

「喔，好。」她神色緊張地點點頭。

「因為沒有備份鑰匙，所以我們必須撬開玄關的門鎖。這樣可以嗎？搜索完之後，我們會再用別的方式把門鎖上的。」

「呃……那個，我知道了。」

川崎一聲令下，特別小組的成員就開始撬開玄關大門的鎖。接著不到一分鐘，門就打開了。

川崎走在前頭，好幾名警察跟在後面一起進去。織部和真野則在屋外待命。

「車子還停在家裡啊……」真野俯視著旁邊的簡易車庫。那裡停著一輛深藍色的國產車。

「長峰先生去哪裡了呢？」

「誰知道啊。要真是去了哪裡就好了。」真野看了看手錶，「裡面那些人沒有大吵大鬧，就代表他不在家吧。」

「你原本以為他可能會躲在家裡嗎？」

「我可沒覺得他會躲在家裡喔。只是想說，會不會在家裡發現他。」

「發現……」這麼說著的織部，瞭解真野的意思了。老鳥刑警是在說，長峰重樹可能會自殺。

織部抬頭看著這間屋子時，有一個刑警從玄關探出頭來。

「請進。」他對著織部他們兩人不自然地說完，立刻就消失了。

「看他那副表情，應該是什麼也沒發現吧。」真野小聲說。

一走進屋內，川崎剛好從正面的樓梯走下來。

「逃走了呢。長峰的寢室在二樓，有準備出門旅行的跡象。」

真野走上樓梯。二樓有兩個房間，房間的門都是開著的，刑警們剛才有進出過。

其中一間大約是十二疊大的西式房間，裡面放了兩張單人床，可能是夫妻的寢室吧。只有一張床上鋪著薄薄的床單，上面放著衣服和毛巾等等，還有不適合現在這個季節穿的毛衣。

織部也看了一下隔壁的房間。裡面擺著一張小小的床和書桌，牆壁上貼著男性偶像的海報，書桌上放著英文字典。

長峰重樹應該打算讓這個房間永遠維持現在的樣子吧——織部突然這麼覺得。

走到一樓後，他們看到刑警們正在客廳裡不斷翻找著。那個女性親戚大概是覺得自己不可以妨礙到他們，所以站在角落。

「你們在找什麼？」織部問川崎。

「子彈啊。」川崎一邊趴在電視櫃的下方找，一邊回答。

「子彈？」

「什麼的子彈？」真野問。

川崎站起來，看著那名女性親戚。

「她說這裡本來放著一把獵槍，現在不見了。」他一面這麼說著，一面用手指著電視櫃上方。

12

站在長野車站的月台上，令人透不過氣來的熱氣籠罩全身，汗水也不斷地從背上冒出來。長峰非常後悔自己誤以為信州的天氣已經轉涼了。他手上提著的旅行袋裡，還放著好幾件在這個季節穿來稍嫌厚重的衣物。

長峰一邊環顧四周，一邊走在月台上。有很多看起來像是上班族的男人，不過沒有一個人注意到他。

長峰手提旅行袋，肩上背著高爾夫球袋。這可說是中年男子最平常的裝扮了。

一走出出口，他就開始尋找投幣置物櫃。必須是能放得下高爾夫球袋的大型置物櫃。

當他找到滿意的大型置物櫃後，就將高爾夫球袋放進去，然後一邊看著說明，一邊將門關上。保管期限是三天。長峰看了看手錶，確認今天的日期和現在時間。必須要在三天之內回來把高爾夫球袋拿走，萬一被工作人員看到裡面的東西，就一切免談了。

身上沒有重物的他走出車站，進入附近的一家書店。那是一間大型書店，店員應該不太可能會記得客人的臉。他買了長野縣的旅遊導覽和網羅了民宿的書。書店的隔壁就是文具店，他在那裡買了信紙和信封。因為店裡也有賣郵票，所以他便買了三張八十圓的郵票。

走進咖啡廳點了一杯咖啡之後，他把剛才買的書拿出來。店裡呈現半客滿的狀態，不過沒有一個人在注意他。

坐在他斜對面的男人正在看報紙。朝向他這一面的報紙上，有一個斗大的標題「足立區離奇殺人事件新進展」。他趕緊低下頭來。

難道——

長峰心想：警方大概已經斷定殺死伴崎敦也的兇手就是自己了吧。他幾乎沒有花任何工夫掩飾自己的犯行。警方應該在伴崎的房間裡找到一大堆自己的指紋吧。就連兇器也丟在現場。殺害伴崎之後，長峰發了好一陣子呆。即使將刀子刺進已經不會動的屍體，他也一點都不覺得痛快。他發現屍體只是屍體而已，不再是他憎恨的對象了。

長峰並沒有意識到他犯了很嚴重的錯，他的內心只有空虛，他沒有力氣做任何事，只能聽其自然。如果繼續留在這裡的話，可能會被人看到吧。然後那個人會去報警，自己也會被趕來的警察逮捕。他甚至覺得這樣也無所謂。

就在這個時候，他又看到了那件粉紅色浴衣。繪摩穿著那件浴衣歡天喜地的身影，在他的腦海中浮現。

但是接下來的瞬間，那個身影就變成了裸體，被兩個男人性侵。他剛才在錄影帶上看到的影像甦醒了。

揪心的痛楚再次襲擊著他。為了甩開那討厭的影像，他搖了搖頭，用手搓著臉。

不能到此為止，長峰心想，不能在這裡被警察抓走。不然，殺死伴崎就沒有意義了。一定要找到菅野快兒才行，他想道，無論如何，他一定要逮到另一個禽獸，讓他嘗一嘗繪摩所受的苦——即使只有百分之一也好。這才是他現在活下去的理由。

他小心不發出聲音，在屋內東翻西找。得想辦法找到一些能發現菅野快兒行蹤的線索才行，他想。

「逃到……長野的……民宿。」

伴崎敦也最後說的話是唯一的線索，但是只靠著這句話，長峰根本無計可施。必須要知道他是在長野的哪裡、哪間民宿才行。

但是翻遍了整個房間，長峰也找不到任何與菅野快兒目前藏身之處有關的線索。

當他下定決心走出房間後，注意到自己身上的衣服沾滿了血。這樣只要一走出去，就會有人跑去報警吧。他也沒辦法搭電車或是計程車。

他打開廉價的衣櫥，在雜亂無章的衣服當中，抽出了一件卡其色的長褲和白色T恤。他覺得中年男人打扮成這樣是最不奇怪的。他一穿上後，就覺得腰好緊，不過看起來並不會很不自然。

他將自己被血染紅的衣服丟在床上。反正只從衣服應該很難判斷兇手的身分，而且警方到最後一定也會知道犯案的人是他，所以他也沒打算做什麼垂死掙扎。

警方發現了伴崎敦也屍體之後，應該會徹底調查他。這麼一來，他們遲早會知道伴崎就是殺死長峰繪摩的兇手。在調查的過程中，刑警們應該也會與告訴長峰兇手是誰的人接觸。搞不好知道整件事情來龍去脈的密告者，也會主動和警方聯絡。不管怎麼樣，到時候警察一定會懷疑到長峰身上的。

也就是因為這樣，長峰才沒有清除指紋。而且，他覺得指紋大概也沒辦法完全清乾淨吧。由於他從來就沒想過自己會殺死伴崎，所以就光著手在房間裡面摸東摸西的。如果要清除的話，就得拿著布將屋子的各個角落擦拭一遍，不僅室內，連門外和陽台的欄杆都得擦。當時他只想盡早離開房間，根本沒有時間去做這些事情。

最重要的是，有一樣東西非帶走不可。他從錄放影機拿出錄影帶，放進自己帶來的包包裡。

那是拍攝繪摩悽慘樣子的錄影帶。

這麼一來，警方確定伴崎敦也就是殺死繪摩的兇手的時間，可能就會稍微延後了。這樣子的話，即使長峰留下再多指紋，警察應該都暫時不會想到他。

另外，還有一個更重要的原因。

身為父親，絕不能讓別人看到自己女兒這副悽慘可憐的樣子，就算對方是警察也一樣。在那個世界的繪摩，一定也會拜託大家放過她吧。

他決定將繪摩的浴衣帶回去。除了切斷繪摩兇殺案與這個案子的關連之外，他也不希望將繪摩的遺物丟在這種骯髒的地方。

長峰在屋內到處搜尋著，看看還有沒有繪摩的東西，然後便在床底下找到了浴衣的腰帶和她最後提著出門的小包包。他將這些東西全都塞進了自己的包包。不過因為浴衣放不下，所以他只好將之放進丟在一旁的便利商店塑膠袋裡。

他決定從房間的大門出去。如果從窗子爬出去的時候，正好被誰看到就麻煩了。

他打開門，確認沒有人看到後，就從房間鑽出來，然後他馬上發現了一個很嚴重的疏忽──他沒有房間的鑰匙。

他猶豫了一瞬間，不知道是否要回去拿鑰匙，但是在聽見遠處傳來人們的交談聲之後，他就直接從門前離去了。一是他不能在那裡拖拖拉拉的，二是回去房間，也不一定能立刻找到鑰匙。不鎖門的話，屍體可能會提早被發現，不過就算鎖上門，應該也不會差到哪裡去。這個時候，還是快點離開比較重要。

他搭計程車回家，因為他沒有勇氣去搭非和一大堆人面對面不可的電車。剛殺過人的臉有多麼陰沉，他自己也不知道。在計程車上，他盡量不看司機，也不跟司機閒聊。

回到家以後，他立刻開始整理行李。他雖然拿出了旅行用的手提袋，不過他清楚知道這不是一般的旅行。他不是為了旅行做準備，而是為了失蹤做準備。

他決定必需品都用買的，盡量不要把沒用的東西放進袋子裡。取而代之的，他將從伴崎房間帶回來的繪摩遺物全都塞進袋子裡，然後再從相簿中抽出幾張他喜歡的相片，一起放入旅行袋中，其中還包含了他老婆的相片。看了相簿之後，淚水盈滿了他的眼眶。

打包完行李之後，還有一件事必須做。他走進客廳，看著那個東西。

他開始玩射擊的時候，教練曾經告訴過他：

「槍這玩意兒有著不可思議的魔力，只要一拿到手上，任何人都會想要扣下扳機。但是真正和什麼東西對峙的時候，人們反而無法扣下扳機——因為知道槍的可怕。射擊這種東西，就是在和這種恐懼對抗喔。」

當菅野快兒站在他面前時，他的手指是否能用力扣下扳機呢？他從來沒想過開槍殺人，不，也並非完全沒想到，但是那最多只是幻想而已，在現實世界裡是真的沒想過。

長峰取出專用的槍袋，將槍的零件放了進去。然而放到一半時，他就改變了心意，再次把零件拿了出來。獵槍用的槍袋內行人一看就知道了，不能拎著這種東西在路上走，他自忖。

考慮到最後，他選擇了高爾夫球袋。那是他之前參加某個比賽拿下亞軍時，得到的獎品。

他決定等到深夜時分再出門。在此之前，長峰便在家裡繞來繞去，看著各個角落。夫妻的寢室、繪摩的房間、廚房、廁所、浴室還有客廳。每一間房間裡，都有著如夢似幻的快樂回憶。他想起了剛搬來這個家時的情形，心也跟著痛了起來。如果沒有搬來的話，繪摩就不會遇到這種事了，但是購得新居的幸福感，他至今仍記得。

坐在沙發上，他一邊喝著加了冰塊的威士忌，一邊度過安靜的時刻。回憶全都沉浸在悲傷裡。想要戰勝尋死的誘惑，就只能讓憎恨燃燒起來。

人們的笑聲讓長峰回過神來。眼前放著一杯咖啡，他啜了一口，發現已經有點涼掉了。

剛才在笑的是親子三人。小孩是四、五歲的男孩，他正在喝冰淇淋汽水。

如果我的小孩是男孩的話，是不是就不會遇到這種事了呢？長峰的腦海突然閃過這個念頭。不過之後他改變了想法，覺得問題並不是出在這裡。奇怪的是這個世界。難道生女孩的父母就必須每天提心吊膽過日子不可嗎？

殺死伴崎後，他十分明白復仇是不切實際的行為，什麼也得不到。即使如此，長峰還是不能放過另一個男的。他覺得那是對繪摩的背叛。能制裁欺負繪摩的禽獸的，就只有自己了。

他知道自己沒有制裁犯罪的權利。這應該是法院的職責吧。那麼，法院真的會制裁犯罪者嗎？

不會的。透過報紙和電視，長峰多少知道審判是如何進行的、或是對什麼案子判了多重的罪。就他個人的認知，法院是不會制裁犯罪者的。

說法院會拯救犯罪者其實比較恰當吧。他們會給犯了罪的人重新做人的機會，然後把犯罪的人藏在憎恨他的人看不見的地方。

這樣就是判刑吧。而且刑期都短得令人驚訝。奪走了別人一生的兇手，其人生並沒有被奪走。

而且菅野快兒可能也跟伴崎敦也一樣是未成年，他只要強調自己不是故意殺死繪摩的話，搞不好連入監服刑都免了。

哪有這種事！那個人渣奪走的不只是繪摩的人生，還讓愛繪摩的所有人的人生，都留下了難以癒合的傷口。

長峰深吸一口氣，把放在桌上的書放回包包裡，拿出鋼筆和剛才在文具店買的信紙。

他必須向親戚道歉。他知道自己接下來可能會嚴重打擾他們的生活。他們必須接受世人的責難和好奇的眼光，搞不好還得接受媒體的採訪吧。雖然道歉不會替他們帶來什麼幫助，不過如果沒有任何通知的話，長峰還是會覺得過意不去。

道歉對象還有一個——公司。他沒想到自己會這麼突然地離開服務了這麼多年的公司，他知道一定會給公司帶來麻煩，所以也無法置之不理。這件事情如果爆發的話，他應該會被革職吧？不過，他覺得自己應該先提出辭呈。

他還得寫封信給另外一個地方。

長峰心想：那封信應該是最難寫的吧！

13

放在店裡角落的電視正在播放午間新聞的談話性節目。吃完天婦羅蓋飯後，伸手拿起茶杯，正打算喝口茶的織部，看見電視畫面上打出大大的跑馬燈字幕，他停下了手。

「遭到殺害的少年與川口市的少女棄屍案有關嗎？」

「電視在播那件案子呢。」織部小聲告訴坐在對面的真野。

真野邊吃著蕎麥涼麵邊點頭，但是並沒有看電視。

面貌姣好的女主播以沉重的口氣說道：

「之前在本節目曾經報導過，發生在足立區的慘案被害人疑似經常性侵女性，也就是所謂的強暴慣犯。據瞭解，這個案子可能與長峰繪摩荒川棄屍案有關。我們現在與人在西新井分局採訪的坂本先生連線。」

畫面切換到西新井分局的正門前。一名身穿短袖襯衫的男性手持麥克風站在那裡。

「我現在在西新井分局門口。如同我們之前所說的，警方從問題少年的房間裡發現大量拍攝強暴行為的錄影帶。而最新消息證實，其中一捲錄影帶中的少女，就是遺體在荒川被發現的長峰繪摩。這個發現讓調查總部認為，兩個案子之間應該有某些關連。」

畫面又再轉回攝影棚內。男主持人面色凝重地說道：

「這到底是怎麼回事呢？為了後續報導，本節目的工作人員曾經聯絡長峰繪摩小姐的父親，想要詢問繪摩小姐的事，但是他不在家裡，也沒去公司。這方面如果有任何新發現，我們也會立刻向各位報告的。案情的發展真是出乎意料呢——」

主持人探詢著身旁幾位評論家的意見。可能是因為案子的發展太過離奇了吧，評論家們個個都像是害怕自己一失言，之後可能就會面子不保似的，說起話來模稜兩可，像是什麼這個社會病了之類的抽象意見滿場飛。

昨天的晚間新聞是第一次報導這些內容，不過當時並沒有提到長峰重樹行蹤不明的事。

「媒體應該還不知道長峰先生就是殺死伴崎的兇手吧？」織部問真野。

吃完蕎麥麵的真野用牙籤剔著牙。

「怎麼可能？光是看警方的行動就知道啦。只是因為警方還沒有公布指紋吻合的消息，他們才沒辦法擅自說出推論而已吧。」

「為什麼不公布指紋的事啊？」

「可能是不想把長峰逼入絕境吧。人被逼急了，就不知道會做出什麼事情來了喔。更何況那傢伙還帶著一樣很可怕的東西。」

「畢竟是把獵槍嘛。」

真野對織部的回答皺起了眉頭，比出將嘴巴的拉鍊拉上的動作，他似乎是在說不要在這種地方談論這些。織部低下頭。

兩人走出快餐店。這間店位於船橋賽馬場的旁邊，他們沿著寬廣的道路走了五分鐘左右，來到了一條路旁小商店林立的馬路。他們在那裡轉了彎，又走了一陣子。一塊寫著「伴崎米店」的招牌出現在他們的右斜前方。從招牌髒污的情形看來，這間店應該很久沒有營業了。

「好像是那裡。」

「看起來好像沒有人住的樣子。」

「這才好啊。這樣鄰居就不會說三道四，媒體也不會蜂擁而至。」

鐵捲門已經生鏽，一看就知道停用一段時間了。他們兩人從旁邊的巷子繞到後面去。後面是住家，有一扇小窗戶面向巷子，門旁邊裝了一個按鈕。

「這會響嗎？」

「不按按看怎麼知道會不會響！」真野話還沒說完，就按下按鈕。按了一次沒任何反應，於是他又再按了一次。

當織部正要說果然壞了的時候，就聽見門鎖打開的聲音。門打開了二十公分左右，一個五十歲上下的女性探出頭來，她的雙眼凹陷。

「今天早上我們有打過電話來。」真野臉上堆起親切的笑容。

女性生硬地說了聲請，就將門打開。

織部跟在真野的後面，也走進了屋內。屋內有些昏暗，混濁潮濕的空氣裡參雜著線香和灰塵的味道。

那是一間約六疊大的和室，裡面只擺放了一個小茶櫃和一張矮腳桌，沒有其他家具。紙糊門緊閉著，看不到隔壁的房間，但是線香的味道好像是從那裡飄過來的。

真野先自我介紹，織部也跟著照做。可是她好像對於刑警的姓名一點興趣也沒有的樣子，眼睛一直看著老舊的榻榻米。

她——伴崎幸代是遭到殺害的伴崎敦也的母親。聽說她昨晚就搬來這裡了。這裡好像是丈夫郁雄的老家。

「這裡現在沒有人住嗎？」真野問。

「有什麼關係嗎？」

對於伴崎幸代的問題，真野趕緊搖搖手。

「沒，沒什麼關係。」

幸代長嘆一口氣。

「我大伯就住在附近，這裡被他當作倉庫使用。我先生拜託他，讓我們在這裡住一陣子。」她的音調沒有任何起伏。

「是這樣嗎？哎呀，不過待在原先的地方的確比較吵啊。」

「才不是什麼吵不吵的呢。」幸代蹙著眉頭，「周圍的人們都用異樣的眼光看我們，還有一些奇奇怪怪的媒體會來請我們接受採訪。」她搖了搖頭，「我都快要發瘋了。」

一定的吧，織部心想，她現在可能是全日本最受矚目的人。不管怎麼說，她可是離奇兇殺案被害人和強暴魔的母親。而且，她的兒子同時還是棄屍案的嫌犯。

「不好意思，這種時候還來打擾您。但我想請教您兩三個問題。」真野不好意思地說。

幸代的眼睛往上吊。

「沒什麼好說的。我不是已經告訴你們很多了嗎？拜託你們不要太過分。」

「您和令郎最近這一個月來有沒有交談過？」儘管她很生氣，真野仍然丟出了問題。

「沒有交談。所以那個孩子在做些什麼我全都不知道。」

「令郎是從什麼時候開始一個人住的？」

「去年十一月。因為他說要參加大學入學資格考，我就想說讓他在一個安靜的環境專心唸書……我們家是做運輸業的，住家和公司在一起，所以很吵，人進進出出的，很難靜下心來……」

「有人說，」真野打斷她的回答。「敦也好像會對父母使用暴力。他們在猜想這會不會才是你們讓他住在別處的真正原因。」

幸代的臉上浮現出驚惶失措的神色。

「是誰說的？」

「就是聽別人說的嘛。我們四處去問了很多人。」

幸代低著頭，眼神閃爍。可能是在猜想告訴警察這些三四三的人是誰。

「到底是怎麼樣呢？」真野催促她回答。

幸代抬起頭來，但是並沒有看著真野的臉。

「那種年紀的男生，多少都會有點粗魯嘛，應該可以說是類似情緒不穩定那種感覺吧。所以我才會替他租了公寓，讓他能靜下心來讀書。就只是這樣而已。」

聽著幸代的回答時，織部覺得做母親的真偉大。都已經到了要另外租房子的地步，就代表伴崎敦也對自己的母親不是普通的兇暴。事實上，也有很多人看過她受傷。然而即使如此，她還是要包庇自己的兒子。

「那您是否知道他為什麼會情緒不穩定呢？」真野問道。

「所以我就說是我們不對，小時候都沒好好管他，要是多關心他的煩惱就好了。」

真野搖頭。「我不是指這個，而是更直接的原因。」

「直接的……」

「敦也曾經因為吸食松香水接受過輔導嘛，在國中的時候。後來他也曾經服用過神奇蘑菇[4]。」

幸代的臉色大變，睜大眼睛搖著頭。

「只有一次而已，而且那是很久以前的事了。」

「我是不想這麼說啦，不過只接受過一次輔導，並不代表他之後就沒有再吸食了喔，躲起來吸食的案例比比皆是。」

「不，那個孩子——」

「或許現在已經沒有吸食松香水了。」真野制止了母親的發言，「因為和他玩在一起的人也沒提到這件事。但是太太，他很有可能吸食其他的毒品喔。敦也有沒有服用藥物的跡象？」

幸代的臉扭曲了。她首度正面看著真野的臉。

「那孩子怎麼可能做這種事啊！他啊，其實是個很乖的孩子啊。都是因為壞朋友唆使，才慢慢步入歧途的。他是個心地善良的孩子，壞的是那個菅野。敦也明明就想要認真過日子，他卻老是從中作梗。」

「您說的菅野，就是菅野快兒嗎？」

幸代十分肯定地點點頭。

「那個小孩從國中開始就很壞。他呀，早就是個被貼上標籤的傢伙了。不管是松香水還是香菸，全都是他教敦也的。如果敦也不跟他一起玩的話，他還會威脅敦也要給他好看耶。敦也是逼不得已才會和他來往的。」

「那就是說，菅野才吸過毒囉？」

「這種程度的壞事，那個小孩一定有做過嘛。」

「您曾經聽敦也說過這種事嗎？」

4. magic mushroom，即指迷幻性菇菌類(hallucinogenic mushroom)，其特色是食用後會有類似迷幻藥的作用。

「這個……我是沒有確實聽到，不過敦也常說那傢伙很厲害，或是什麼壞事都做之類的。」

「喔？他什麼壞事都做嗎？」

「是的。如果不和那個孩子往來的話，就不會碰到這種事了……」

幸代咬牙切齒，用力地閉上眼睛，然後她拿起身旁的手巾按壓眼頭。

「這次的事情也一樣吧？雖然電視報導什麼他強暴了很多女生，把他說得罪大惡極的，但是那絕對都是菅野主使的，敦也只是被迫陪著他而已。可是，卻只有我們家的小孩被當成壞人……你們不覺得很奇怪嗎？為什麼沒人提到菅野？敦也已經被人殺死了耶！他明明就是被害人，為什麼還得遭受世人的責難啊？」

幸代用毛巾摀住臉，嚎啕大哭起來。她的聲音沙啞了。

真野露出很為難的表情看著織部，又再看了看幸代，然後靠近幸代的耳邊說道：

「敦也會開車吧？」

「那又怎麼樣？菅野應該也會啊！」

「平常他們是開什麼車？不，我知道敦也沒有車，所以大概是跟朋友借的……」

「我不知道那個孩子在做些什麼。」

真是亂七八糟啊，織部想道。她不知道自己的兒子在做些什麼，卻相信兒子沒有錯。

突然幸代抬起頭來，將毛巾拿掉。她的眼睛又紅又腫。

「那件事也和敦也無關。」

「那件事是指？」真野問道。

「就是女生的屍體被丟在荒川裡的那個案子。只因為敦也出現在錄影帶裡，就可以說他是兇手嗎？太沒道理了吧？請你們好好查清楚。那個孩子應該是無罪的。」

看著這個呼天搶地的母親，織部一邊思考著——看過長峰繪摩遭受欺凌的畫面之後，這位女性還說得出同樣的話嗎？

14

當阿誠躺在床上看漫畫時，有人說了一聲：「我進來囉。」然後紙拉門就被打開了。進來的人是他的父親泰造。他穿著短袖的開襟襯衫和長褲，好像是剛從公司回來的樣子。

阿誠闔上漫畫書，將身體轉向父親那邊。

「幹嘛啊？」

泰造在兒子的椅子上坐下，然後把手肘搭在椅背上。他環顧四周，露出不悅的表情。

「這房間真髒，你偶爾也該打掃一下吧。」

「你是特地進來講這個啊？」

「你要遊手好閒到什麼時候？」

「煩死了，不要管我啦。」阿誠轉過身去，又打開了漫畫書。他心想如果老爸再碎碎唸的話，他就要吼回去。

「你跟那件事無關吧？」泰造低聲問道。

「那件事是指什麼？」阿誠繼續擺出看漫畫書的姿勢，不過卻嚇了一大跳。

「伴崎那傢伙的案子啊，廢話。怎麼樣？和你有關嗎？」

阿誠嚥下一口口水，心想絕對不能讓父親看出他的不安。

「沒關係啦！」

「真的嗎？」

「真的啦！囉嗦死了。」

父親好像站起來了。阿誠原本以為他要走了，但其實不然。阿誠的肩膀被抓住了，力道很大。

「看著我，給我說清楚。這件事很嚴重欸。」父親的聲音很急躁。

阿誠心不甘情不願地爬起來，盤腿坐在床上。他往上瞅了一眼，泰造正瞪著兒子。然而他的眼裡沒有憤怒，只有焦急。

「之前刑警來的時候，你說最近沒有跟伴崎見面，那是真的嗎？」

「真的啊。」阿誠低頭回答。

「那麼，那一天是怎麼回事？在川口舉行煙火大會的那一天，你開著我們家的車出去吧？當時你說在朋友家，那個朋友不是伴崎嗎？」

阿誠無法回答。確實，那個時候他是在電話裡這麼對父親說的，如果現在再謊稱是別的朋友，也沒什麼意義。他只要一查就會知道的。

看見阿誠沉默不語，泰造似乎就瞭解了。他用力咂了咂舌。

「淨給我幹些蠢事！我才在想會不會是這樣……伴崎被殺的時候，我就有不好預感了。」泰造再次坐了下來。鐵製的椅子軋軋作響。

阿誠看了看父親。「和我沒關啦。」

看著地上的泰造抬起神情焦慮的臉。

「什麼沒有關係？伴崎他們在做壞事的時候，你也和他們在一起吧？」

阿誠搖搖手。

「我不在啦。那個時候我不是回來還車嗎？你不是叫我把車開回來？」

「在那之前你都跟他在一起吧？」

「對啊，可是在那之前我們什麼也沒做，只是一起開著車四處亂晃而已。所以那兩個傢伙殺了那個女生的事情，我根本不知道。那都是我走了之後才發生的，真的啦。」

泰造一直盯著阿誠的臉看。他的眼神像是要看穿兒子是不是在撒謊似的。

「那擄走女生的時候呢？你不在嗎？之前電視上說有人在現場目擊到一輛可疑的車子，那不是我們家的車嗎？他們說是舊型轎車喔。」

阿誠撇開視線，他知道不可能再支吾搪塞了。

「果然是我們家的車嗎？」泰造又再問了一次。

阿誠沒辦法，只好輕輕點頭。泰造又咂了咂舌。

「之前看電視的時候還以為和我無關，但是沒想到居然是我們家的車。」

「可是，跟我沒有關係喔。」

「為什麼會沒有關係？是你開的車吧？擄走女生的時候你也在場吧？」因為生氣，泰造的聲音也在發抖。

「是沒錯，可是擄走女生的人又不是我，是敦也和快兒自作主張把女生帶到車上的。我也沒想到他們會做出那種事情。」

「那你當時為什麼不阻止他們？你沒叫他們不要上車嗎？」

「我哪敢說那種話啊！如果說了的話，根本不知道之後會被他們怎麼樣欸？會死得很慘的！」

兒子的話讓泰造心煩地扭曲著臉。

「你們的世界和黑道沒兩樣嘛。真不知道你們的腦袋到底在想什麼。那後來呢？」

「我把女生載到敦也的公寓……然後老爸你就打電話來了。所以我就和他們兩個分開，回到家裡來啦。」

「真的嗎？」

「是真的啦，相信我。」

「你沒有對那女孩怎樣嗎？不是鬼扯的吧？」

「不是啦，我只有開車而已。」

泰造點點頭，一邊摸著下巴，一邊陷入沉思。他的下巴長出了很多鬍碴。

「不管怎麼樣，警察可能還會再來吧，他們應該會來問你煙火大會那天發生的事。如果真是這樣的話，你打算怎麼回答？」

「怎麼回答……不就只能老實說嗎？」

「你能不能說你沒有在車上啊？」

阿誠對父親的問題瞪大眼睛。「啊？什麼意思？」

「也就是說，你把車子借給伴崎，然後約在某個地方等他。不對，這樣就得說明是在哪裡等他了。好，那就在伴崎的公寓等他好了。然後伴崎將女生擄回來之後，你就跟他拿車直接回家。」

阿誠終於明白父親的用意了。泰造是想要包庇兒子，所以才會編出了這個謊言。

「行不通的啦。」阿誠說。

「為什麼？」

「因為還有快兒在場啊。要是快兒被警察抓到，全都招供的話，警察就會知道開車的人是我了。」
「是嗎？」泰造咬著嘴唇，皺著眉頭。
「還是只能說實話吧？」
「是啊……」泰造用拳頭敲打自己的大腿，看著阿誠，「說謊說不好反而更糟……那就老實說吧。不過你也要把受威脅的事清楚說出來。」
「受威脅？」
「他們應該有威脅你開車吧？還有擄走女孩時，他們也對你說要是不幫忙的話，就給你好看吧？」
「他們兩人是沒有真的這麼說欸，是我自己覺得之後一定會被他們凌虐，才不敢違抗的。」
泰造氣急敗壞地搖頭。
「你要告訴警察，他們是親口這麼說的。然後因為害怕，你才不得不去幫他們開車。如果不強調這一點的話，之後會很麻煩的。」
「但是快兒一定會說他沒有威脅我。」
「所以就要看警察會相信誰。沒問題的。如果有什麼爭議的話，我就幫你請律師。」
阿誠點點頭。一直以來令他厭惡的父親，現在卻讓他覺得很可靠。
「還有，你要說當初沒想到伴崎他們真的會強暴那個女生。」
阿誠不太懂泰造的意思，他歪著頭。
「如果你明明知道那些人要非禮女生，還是默默回家的話，你仍然算是共犯吧。事後要是有報警就好了……你沒有吧？」

「嗯……」

「明知會有人犯罪卻置之不理，也是有罪的。所以你要說，你以為他們只會摸一摸那個女生的身體，然後就會放她走了。你要告訴警察伴崎他們是這麼說的。」

「他們會相信嗎？」

「就算不相信，你也要這麼堅持。至於沒有報警的原因，你只要說沒想到會演變成這麼嚴重的案子，而且也害怕伴崎他們之後會報復你，這樣就可以了。」

這的確也是事實，阿誠便回答：「是。」

「你還要說，雖然你從電視或是什麼地方得知了那個女生失蹤、還有警方發現屍體的事，你也完全沒想到那是伴崎他們做的。這一點最重要，你絕對不可以忘記。」

「嗯，我知道了。」

「只要強調你沒想到會和那個案子有關、還有他們兩個威脅你的話，你應該就不會被判什麼重刑。我會請律師幫你辯護到無罪的。」

泰造雙手抱胸，閉上眼睛。他的表情是在確認是否還有什麼地方沒注意到。

「之後你應該沒有和伴崎他們見面了吧？」泰造盯著阿誠問。

阿誠不發一語，搖了一下頭。

「怎麼？不是嗎？」

「之後我又被叫出去了。他們叫我開車過去……」

「什麼時候？」

「應該是煙火大會過後的兩天。」

「你把車子借給他們了嗎？」泰造的臉色變得很難看。

阿誠不說話，輕輕點了點頭。泰造罵了聲：「蠢蛋！」

「你幹什麼那麼唯命是從啊？就是因為這樣，所以才什麼事都做不好。」

被這樣直截了當戳到痛處的阿誠感到很受傷，同時也很生氣。他別過頭去。

「之後呢？」

「什麼？」

「你還問我啊？你借了他們車子，那還車的時候不就又得和他們見面嗎？」

「有啊。」

「什麼時候？」

「第二天早上。前一天晚上他就打電話來，叫我去他公寓取車。所以我就去了。」阿誠用有點賭氣的口氣回答。

「借車還車時，他們有說什麼嗎？那兩個傢伙有說他們殺了女孩嗎？有說要用車來載屍體嗎？」

「他們沒說得那麼白，不過，我總覺得他們好像有說過一些類似的話。」

「類似的話？是指什麼？說清楚一點。」

「這種事情我不記得了啦！就是類似『這也不是我們的錯』、『那是意外』這類的話。」阿誠揪著頭髮，做出不耐煩的表情。

泰造從椅子上站起來，坐到阿誠的旁邊。

床凹陷了下去。

「那你沒有去幫忙搬運屍體吧？你只是借車給他們吧？」

「對啦，這不是廢話嗎？」

「好。那這部分的事你也要好好告訴警察。你只要說你是把車子借給他們，但是完全不知道他們開去做什麼。第二天他們還你車時，也什麼都沒跟你說。你就這樣告訴警方，知道嗎？」

「知道了，可是……」

「什麼？」泰造看著阿誠的臉。

阿誠腦海裡浮現敦也和快兒要他製造不在場證明的這件事。事實上，阿誠也真的去了卡拉ＯＫ，製造了兩人的不在場證明。他猶豫是否該把這件事說出來。

「怎麼？難道你還有什麼事沒說嗎？」泰造帶著威脅的口氣說。

「不，沒有。」阿誠這樣回答。

他覺得如果說出製造不在場證明的事，一定又會被父親大罵一頓的。

「這樣真的沒問題嗎？」阿誠戰戰兢兢地問父親。

「什麼東西？」

「因為啊，我覺得我跟快兒說的話可能會有出入欸。那傢伙大概會咬定我也是共犯。」

「所以就像我剛才說的，要看警方相信誰的說詞了。重要的是有沒有證據。你只是在不知情的情況下被利用而已，沒有證據顯示你是積極地幫忙吧？只要我們抓住這一點，就算要鬧上法庭也沒問題。總之，殺人的是那兩個傢伙，警察應該也不會相信他們說的話，你不用擔心。」

雖然不知道事情會不會真的進行得那麼順利，阿誠還是點了點頭。現在就先照著父親說的去做吧，他想，對於官司之類的艱深話題，他完全束手無策。

「這下子你知道了吧。」泰造把手放在阿誠肩上，「從今以後，就交些正經一點的朋友吧。」

「嗯……」

「伴崎的那個死黨叫做什麼？」

「快兒啊，菅野快兒。」

「菅野啊。」泰造撇了撇嘴角，喃喃自語。

「如果這傢伙也像伴崎一樣被殺死的話，事情就好辦了。」

阿誠很驚訝地看著父親。不知道泰造是怎麼解讀阿誠的反應，他用力地點了點頭。

15

織部他們走向東武伊勢崎線的梅島車站。那是離菅野快兒家最近的車站。

一走出剪票口，他們就看見川崎站在那裡看報紙。織部與真野往那兒靠近，川崎好像察覺到了，便抬起頭來。

「你一個人嗎？」真野問。

「倉田在公寓前面監視。」

川崎說了他學弟的名字。他們隸屬今井小組，和久塚小組一樣，都是負責兇殺案的。

「菅野的母親在家嗎？」

「在。她好像平常都是七點左右出門，店就在錦糸町。」

「菅野快兒應該……沒有跟她接觸嘛。」真野心灰意冷地說。

「沒有。」川崎苦笑。「你們呢？有從伴崎的母親那裡問到什麼嗎？」

真野突出下唇，搖搖手。

「我本來就沒有抱太大的期望啦，只是去看看她長得什麼樣子而已。自古以來不就常說嗎，看到行徑惡劣的死小孩，就會想看看父母生得什麼樣。」

「伴崎幸代有察覺敦也是被長峰殺死的嗎？」

「沒有，她好像還沒精力想那麼多。光是包庇自己兒子的荒唐行為，就讓她用盡心力了。不過啊，她總有一天會知道的。到時候她的表情會是怎樣呢？要去看看嗎？」

「好啊，我跟你一起去。」

川崎邁開了步伐，織部他們也跟著他走。

在形式上，現在城東分局和西新井分局兩個地方都設置了調查總部。城東分局的總部是調查長峰繪摩的案子，而西新井分局則是調查伴崎敦也被殺的事件。不過，既然幾乎已經可以斷定殺死伴崎敦也的就是長峰重樹，那麼雙方聯合辦案也是理所當然的。現在，西新井分局已成為實質上的調查總部。

但是因為是兩個案子，兇手也不同，所以依照所屬單位不同，負責調查的人員也就不一樣。織部和真野主要是負責查明長峰繪摩棄屍案的真相，如果兇手是伴崎他們的話，蒐集可以證明他們犯罪的證據就是織部和真野的調查主軸。而川崎他們的任務，則是追查殺死伴崎的兇手。

「對了，伴崎的母親在案子發生前認識長峰嗎？長峰繪摩的案子發生前。」川崎邊走邊問。

「她說完全沒聽過。那副樣子看起來也不像是在說謊。不過啊，那個母親就連親生兒子的事情都一問三不知哩。」

「現在的父母都是這樣呢。」

「那伴崎的狐群狗黨呢？」

「我們也去問過了，他們都說在案發之前，不認識長峰和長峰繪摩。據他們說，伴崎應該不是事先就鎖定好長峰繪摩的。雖然都是些混混，不過我覺得可以相信他們說的話。」

「那也就是說，在長峰繪摩的案子發生前，伴崎和長峰父女毫無瓜葛囉？還真的是剛好在街上看見長峰繪摩，就把她給擄走了啊？」

「是的。」

「太奇怪了。上面的人怎麼看啊？」

「那些了不起的大人物們也很頭痛喔。而且我們也還搞不清楚長峰是怎麼闖入屋內的。」

「會不會是剛好門沒有上鎖？」

「現在也只能這樣想了。」

真野低聲回應川崎的話。

他們兩人談話的內容，織部也都知道。調查總部現在最頭痛的一個問題，就是長峰重樹是如何知道伴崎敦也這個人的。不過是一般上班族的他，怎麼可能具有那種能力和人脈，找出連警察都難以突破的真相？唯一的可能，就是在繪摩被殺以前，長峰就認識伴崎了，然而到目前為止，還沒有發現這個事實。

另一個問題，就是長峰是如何潛入伴崎房間的。從當時的狀況研判，只能說長峰是在伴崎不在家時潛入，然後在看過那捲錄影帶後，就等著伴崎回來。

「只要能找到菅野的話，所有的問題都可以解決了。」川崎嘆了一口氣說。

菅野快兒的家位於日光街道上，就在前方不遠處。那是一棟六層樓的建築，他住在五樓。三人在建築物前停下了腳步。

川崎打了通手機。

「我是川崎。有沒有什麼變化？……是嗎？現在我要和真野先生他們一起去見菅野的母親，你就繼續留意周遭的情況。」

掛斷電話後，他和真野、織部互看了一眼。

「倉田他們在這裡的大廈裡監視著，好像沒發現什麼可疑的情況。我們走吧。」

菅野大廈的對面也有一棟外觀類似的大廈，川崎的同事好像就在那棟大廈裡監視著。不用說，他們等的就是長峰重樹。殺死伴崎的長峰，接下來的目標就是菅野，這很容易就聯想得到。

三人走進了菅野的大廈。因為大門是自動鎖的，所以川崎便按下對講機。應該是菅野快兒母親的聲音。川崎趕緊報上自己的姓名，門立刻就打開了。

「他母親的名字是？」走進電梯後，真野問道。

「路子，道路的路，孩子的子。在店裡她也是用這個名字。」

「你打算把菅野快兒和伴崎一起強暴年輕女性的事告訴他母親嗎？」

「上面指示我告訴她。不過啊，我想她應該已經心裡有數了吧。」

「這個就不知道了。」真野撇了撇嘴角。

「但是做母親的，應該知道自己的兒子成天跟伴崎混在一起吧！」

「即使如此，母親碰到自己的小孩就變得盲目了。伴崎的母親也是這樣。就算已經鐵證如山了，她大概還是不願意相信吧。即使心知肚明，也會假裝不知道。」

「那就讓她接受事實吧。」川崎詭異地笑著，「要不然，我也打算告訴她，她的兒子將會被殺的事。」

電梯到了五樓。房子前方也有對講機。川崎按下按鈕後，還沒聽到回應前，門就打開了。一個留著咖啡色長髮的女人出現在他們眼前。

「辛苦了。給你們添了不少麻煩，真是非常抱歉。」菅野路子用很客氣的音調說著。真野往前走。

「我們想請教您一下關於令郎的事。」

「我知道了。請進，不過屋子很小就是了。」

和伴崎敦也的母親比起來，織部覺得她非常鎮靜。不過因為快兒還沒被殺害，所以或許這是理所當然的。她看起來大約三十五歲到四十歲之間，但是她的實際年齡一定更大吧。離上班的時間還早，她卻已經化好妝了。

她雖然說家裡很小，但是客廳卻很寬敞，搞不好有二十疊榻榻米以上。屋內擺放的摩登風格家具，看起來也不便宜。

她說要泡咖啡，但是被真野阻止了。

「令郎還是沒有和您聯絡嗎？」

菅野路子嚴肅地皺著眉頭。

「沒有。他總是這樣，人一跑不見，就會好幾天都沒有消息，這種狀況常常發生喔。」

她想要說的是，菅野快兒出門去旅行失聯，並不是什麼了不起的事情。

「您不知道他去了哪裡嗎？」

「對啊。如果我問太多的話，他會生氣的。這個年紀的孩子大概都是這樣吧。」

這聽起來，也像是認為自己孩子的行為一點也不奇怪。

「您沒有試著找他嗎？」川崎問道。

「我是想要找他，但是不知道要去哪裡找。打他的手機，也轉到語音信箱……」她這麼說著，然後看著三名刑警的臉。「但是就算那個孩子回來了，也幫不上什麼忙的喔。我之前也跟其他的刑警說過。」

「幫不上忙？您是指……」真野問。

「就是伴崎的案子嘛。那真是個悲慘的事件，不過他剛好在那之前出門旅行了。我想我們家的孩子應該什麼都不知道。」

看起來她好像以為刑警來訪的目的是要找殺害伴崎兇手的線索。或者，她只是在裝模作樣。

「太太。」川崎用稍微嚴肅的口氣說道，「您應該已經知道被殺害的伴崎生前做了些什麼事吧？」

「什麼事是指……」

「昨天和今天的電視不是都囉囉嗦唆地報導了嗎？警方發現了一些錄影帶，裡面錄了很多有問題的畫面。您沒看電視嗎？」

菅野垂下眼睛。但是似乎不是害怕，她塗得鮮紅的嘴角往下撇。

「那個我也有看到啦。就是伴崎對女孩子惡作劇嘛。」她吐出一口氣，慢慢搖搖頭。「伴崎那孩子我多少也認識，他不是那樣的小孩喔，我兒子也說他是個好人啊。一定是哪裡搞錯了吧……」

「他還有一個共犯。」川崎說，「錄影帶裡還有另一個人。我們已經請好幾個人確認過了，那就是您府上的快兒。」

菅野路子塗了黑色眼影的眼睛睜得好大。接下來她皺起了眉頭，深深吸了一口氣，前額好像都要鼓起來了。

「那孩子不可能做出這種事！」她拚命搖著頭說道，眼睛瞪視著川崎。

川崎從西裝口袋取出兩張相片放在桌上。那並不是沖洗出來的相片，而是列印出來的。好像是從錄影帶畫面印出來的。

相片裡有一張年輕人的臉。是一個五官端正的年輕人，短髮豎立，好像只有臉部放大，輪廓稍微有些模糊，不過應該不至於影響辨識。

「你們這是什麼意思？」菅野路子叫道。

「請仔細看，這不是快兒嗎？」

「不是。」

「太太，這個很重要，這關係到令郎的性命，所以請您仔細看。應該是快兒吧？如果您覺得這張相片難以辨識的話，我們就只能請您看原版的錄影帶了。」

「原版的錄影帶是什麼？」

「剛才我已經說過了，就是在伴崎敦也房間裡找到的錄影帶。」川崎說。直接說出伴崎敦也的全名，或許代表他在暗示錄影帶的內容是犯罪的行為吧。

菅野路子不發一語低下頭。她根本沒打算看相片。織部從她的表情瞭解，她已經認出那是她兒子了。

「一定是哪裡……弄錯了。」她發出比剛才微弱的聲音，「我實在無法相信那個孩子會做那種事。一定是弄錯了，一定是半開玩笑，玩過頭了。」

「太太，這是強姦喔。」川崎用冷淡的口氣說道，「半開玩笑地強姦嗎？」

菅野路子的身體微微顫抖，織部無法判斷她是因為害怕還是生氣而發抖。

「這個……怎麼知道是不是強姦？只不過是從錄影帶的畫面看起來是那樣而已吧？而且我之前聽人說過，在打官司的時候錄影帶根本不能當作證據。」

這是事實。錄影帶只能做參考，不能視為證據。因為要怎麼變造或是加工錄影帶內容都不是問題。

「這個女生已經死了。」沉默了一會兒後，真野開口說道，「在荒川發現的女生屍體，就是伴崎他們的犧牲品。那個畫面裡也有令郎。」

「這是什麼意思？你說是我孩子殺的嗎？這……可是妨害名譽喔。請找律師來跟我談。」

織部一邊看著歇斯底里的她，一邊覺得她和伴崎的母親根本是一個樣。兩個人並非完全相信兒子，而且搞不好都知道是自己兒子做的，可是她們還是試圖包庇兒子們。

「如您所言，我們還不知道快兒是否真的有強姦。」川崎用平淡的口氣說，「只不過，問題是伴崎被殺了。而殺死他的兇手，現在恐怕已經鎖定了快兒。」

這一瞬間，原本還面色紅潤的菅野路子，迅速變得面無血色。

16

從菅野路子的大廈走出來後不久，真野的手機就響了。剛好是他們到達梅島車站的時候。

「喂……是，已經去過了。沒辦法欸，她好像不知道兒子的行蹤……看起來也不像是把兒子藏起來的樣子……是，現在我和織部在一起。今井組的人在菅野大廈對面的房子裡……咦？現在嗎？是沒關係啦……請等一下。中井嗎？……中井誠。我知道了，那我現在過去看看。地址是……是……是。三丁目嘛。」

織部等真野掛斷電話後便說：

「要去問口供嗎？」

「嗯。伴崎國中時的同學，聽說住在這附近的樣子。當事人的父親打電話到西新井分局，說是有些話想要告訴警察。」

「和伴崎是同學的話，那和菅野也是同學囉？」

「應該是吧。對了，你有地圖嗎？」

「有。」

織部站著攤開地圖，確認真野從電話裡問到的地址。確實，好像走路就可以到了。從地址看來，應該不是大廈或公寓，而是獨棟建築。

「會打電話到西新井分局，應該是要提供有關伴崎兇殺案的情報吧？」

「不，這也未必，或許只是通知附近的警察局而已。而且如果是伴崎那個案子的話，應該會指派川崎他們去吧。」

「說得也是。」

中井誠的家要從商店林立的大馬路再稍微往裡走，是櫛比鱗次的房屋當中的一間。從小小的門走進去後，一下子就來到了玄關的門前。

真野在對講機裡報出自己的姓名，門就立刻打開了，一位五十歲左右的男人走了出來。他的體格很好，臉曬得黝黑。

「不好意思，煩勞你們特地跑一趟。我是阿誠的父親。」男人遞出名片，上面印著中井泰造。他好像是在建築公司上班，職稱是課長。

「請問有什麼事嗎？」真野問。

「是的，請先進來吧。」

織部他們被帶到一間小而舒適的客廳。旁邊就是餐廳，泰造的妻子表情緊張地為兩人端茶水。

「去叫阿誠過來。」泰造命令妻子。

看見她走出去後，真野便問道：

「中井先生，請問您要談的事是關於哪方面的？」

泰造啜了一口茶，然後苦笑著。

「我還是讓我兒子來說明吧，是有關那個案子……伴崎的那個案子。」

「是他被殺的案子嗎？」

「不，不是那方面的，是關於在川口發現的女屍案。聽說兇手好像是伴崎。」

「原來如此。不過，那件命案目前尚未確定是伴崎所為喔。」

「哈哈，是嗎？但是應該不會有錯吧？電視上也都是這樣報導的。」

「那個……我不知道電視是怎麼報導的，不過我們還在做進一步的調查。」

「是嗎？如果是這樣的話，說不定我兒子說的話能對你們有所幫助。」

坐在一旁的織部聽了他的話後，覺得這個男人說話真慢條斯理，他似乎知道很多事情。

就在這時，門打開了，一個瘦削的年輕人和母親一起走進來。年輕人將染成咖啡色的頭髮豎起來，用警戒的眼神看著警察們。

「阿誠，過來這裡，把剛才說的話告訴刑警先生們。」

父親這樣說完後，阿誠不發一語地走過去，坐在父親旁邊，低下頭。

「你叫阿誠是嗎？有什麼話想對我們說嗎？」真野用非常親切的口氣對他說。

阿誠看了看身旁的父親，好像是在問我該怎麼說才好。

「從頭開始，就從煙火大會的那天晚上開始說。」泰造說。

「煙火大會的晚上，就是那個女孩在川口失蹤的那一天嗎？」真野問道。

阿誠輕輕點了點頭。

「那一天發生了什麼事嗎？」

「這小子說那一天他和伴崎他們見過面，而且還一起開車出去。」

「開車？你的車嗎？」

「是我的車，但有時這小子也會開出去。」

「車型是？」

「Gloria，五二年的破車。」

沒錯，織部心想，這和目擊者的說詞一致。

「你是說，你開那輛車載著伴崎他們嗎？」

「聽說是煙火大會那天，他們找他出去的，所以三個人就駕著車出去玩——」

「先生，對不起，我想要直接聽令郎說。」

「呃，也對，這樣比較好。喂，你好好說明一下！」泰造對阿誠說。

阿誠戰戰兢兢地抬起頭來。

「……快兒說煙火大會之後想要去把馬子，所以我們就和敦也三個人開車……到處亂晃……」雖然語尾聽不清楚，但是阿誠好像還沒說完。

於是真野催他繼續說。

「然後快兒和敦也叫我停車，我等了一會兒之後，他們就帶了一個不認識的女孩坐上車來，叫我開到公寓去……」

「等一下，那個女孩是他們兩個去搭訕的嗎？」

阿誠看著地上左思右想。

「我也不太清楚……看起來好像全身癱軟，失去意識的樣子。」

真野瞥了織部一眼。兩人四目交接後，他又重新看著阿誠。

「那個女生就是那個人嗎？就是屍體被發現的長峰繪摩嗎？」

「我不太記得她的臉，只是在想會不會是她……」

「哎呀，這個孩子的意思是說，他看到新聞報導被殺死的伴崎，有可能就是殺害川口女孩兇手的新聞報導之後，才在想會不會就是那個女生啦。在那之前，他好像完全沒想到的樣子。不知道他是太遲鈍了，還是少一根筋，真是不好意思。」

「現在那輛車在哪裡呢？」真野問泰造。

「停在停車場。沿著前面這條路走二十公尺左右，有一個月租的停車場。」

「可以看看您的車嗎？」

「請、請。現在我馬上開過來。」

真野用手制止正要起身的泰造。「不，不用了。」

「我們分局裡有專家，所以我會拜託他們來看。」真野這樣說完後便對織部使了個眼色。

織部說聲「失陪一下」，就站起身來。他是要向調查總部報告。

織部聯絡久塚請鑑識課的人過來。當他再次回到屋內時，偵訊阿誠的工作已經有相當程度的進展。

「也就是說，煙火大會的那天晚上，伴崎他們不知從哪裡帶來一個女孩坐上你的車，然後直接開到伴崎的公寓，但是你父親叫你把車開回去，所以你就回家了。兩天之後，伴崎打電話給你，說要借車，你不知道他要借車的目的。當天晚上他打電話來，第二天一早你就去他的公寓取車，當時菅野也在，但是他們兩人的樣子看起來並無異狀。——事情就是這樣嗎？」

「嗯，大概……就是這樣。」阿誠用細微的聲音回答。

「我真不知道該怎麼說，哎呀，真是有夠丟人的！」泰造的臉垮了下來，「再怎麼被威脅，也不至於要對那兩個不知道從哪裡擄回陌生女孩的同伴唯命是從吧？天底下哪有這種事啊！我已經這樣大罵過他了。不過，聽說那兩個人之前好像就常幹這種勾當，只是不知道該說是幸運還是湊巧，好像都沒有釀成大禍，因此這個孩子才以為這次應該也不會有事。所以即使看到電視上播報著川口有一名女生失蹤，以及發現那個女生的屍體等新聞，他也完全沒有想到會是同一個人。」

「是這樣嗎？」真野問阿誠。

阿誠略微點點頭。

「那為什麼你突然覺得自己或許和那個案子有關呢？」

「因為那個……新聞報導說敦也是殺死川口女孩的兇手，我才想到可能是那天那個女孩……如果是真的，那就慘了。」

「所以你覺得你最好應該跟警察說明，擄走女孩時你們在一起，還有你曾借車給他們嗎？」

「是的。」

「原來是這樣啊。」真野點點頭看了看泰造。「我們可以請令郎到警察局去，把剛才說過的話再說一遍嗎？我們會盡量讓他早點回來的。」

「現在嗎？」

「麻煩您。」真野低下頭。

「如果有需要的話也沒辦法。」泰造斜眼看著兒子，「嗯，那我可以一起去嗎？」

「當然，您能去是最好不過了。」

「那我去準備一下——喂！」

泰造拍了拍阿誠的肩膀，兩個人同時站了起來，接著便走出客廳了。

真野轉向織部。「已經通知組長了嗎？」

「通知了，鑑識課的人應該也快到了。聽說我們小組的人也會同行。」

「知道了。等他們到了之後，我們再和中井父子一起去西新井分局吧。」

「好。」

織部點頭時，阿誠的母親開口了。「對不起。」在此之前，她幾乎沒有說話，只是在一旁靜靜聽著丈夫和兒子說話。

「有什麼事嗎？」真野問。

母親舔著嘴唇慢慢說道：

「我的孩子會被判刑嗎？」

「這個……」真野低聲說著，「我們也不能說什麼，這要看檢察官怎麼判斷。剛才令郎說擄走女孩時他也在場，而且還開車，我不知道檢察官會如何看待這些行為欸。」

「果真是這樣。」母親嘆了口氣。「那個孩子太懦弱了，一受到威脅就什麼都不敢說，總是唯命是從……」

「他和其他兩人之間的利害關係我們今後會再調查，所以如果確定他真的受到威脅的話，我想我們也會讓檢察官理解實際的狀況。」

母親點點頭說：「是這樣嗎？」

她看起來放心多了。

「我們先去外面等囉。」真野站起來，對織部使了個眼色。織部也站起來。

「你覺得中井誠的話如何？」走到外面後，真野問織部。

「我想大致可以相信。」織部率直地回答，「那捲錄影帶裡也沒有中井，所以他應該不在強暴長峰繪摩的現場吧。」

「那棄屍呢？你覺得他有參與嗎？」

「我覺得這個可能性也很低。如果他有參與的話，應該就不會打電話過來了吧。而且只要抓到菅野，所有的事都會真相大白的。」

「是啊，大體上我也這麼覺得。」

「有什麼細節是你很在意的嗎？」

「也不是什麼很重要的事啦，」真野不再說下去，只是抿著嘴笑，「他的父母好像想盡辦法要讓自己兒子罪被判輕一點呢！不過這也是理所當然的。」

「你的意思是說他們有所隱瞞嗎？」

「應該還不到那個地步，只不過感覺在避重就輕。」

真野這樣說時，就看見巡邏警車和貨車正朝這裡開來。警車聲並沒有響起。

就在差不多同一時間，玄關的門打開了，中井父子走了出來，泰造身穿西裝。

在泰造的帶領下，織部他們朝向停著Gloria的停車場走去。

Gloria停在最角落。因為是五二年的車型，所以織部覺得外型很復古，但是車子保養得很不錯，看不到烤漆有刮傷的痕跡。

鑑識人員很快就展開作業，中井父子不安地看著工作人員的一舉一動。

同行的調查人員當中，有一個叫做近藤的刑警，他走到織部跟前，小聲地說：

「雖然找到車子很令人高興，但是另一邊好像碰到了麻煩事。」

「另一邊是指長峰嗎？」真野放低音量問道。

是的，近藤點頭。他注意了一下中井父子，然後又繼續說道：

「今天傍晚，警視廳的公關室收到了一封信。你知道是誰寄來的嗎？」

「難道是……」織部張大了眼睛。

「沒錯。」近藤的視線從織部移到了真野身上，「就是長峰寄來的。限時專送。」

「內容是？」

近藤停頓了一下後說道：

「請讓我為小女復仇，等我雪恨之後，一定會來自首的……他就是這麼寫的。」

17

負責偵辦伴崎敦也兇殺案的所有警員們敬啟：

我是前幾天在荒川發現的屍體——長峰繪摩——的父親，長峰重樹。有一件事我一定得告訴各位，所以便寫了以下這封信。

我想各位應該已經知道了，伴崎敦也就是我殺的。

動機或許也不用我再贅述，就是為小女復仇。

對於喪妻多年的我而言，繪摩是唯一的親人，是無可取代的寶貝。正因為有她，再苦的日子我都撐得下去，而且還能對今後的人生懷有夢想。

伴崎敦也卻奪走了我這無可取代的寶貝，而且做法兇殘瘋狂，讓我完全感受不到他的任何一絲人性。他把小女當作牲畜對待，不，甚至可說只是當作一塊肉來處理。

我親眼目睹了當時的情形。因為那披著人皮的禽獸，把蹂躪繪摩的樣子全都用攝影機拍了下來。

你們可以瞭解我看到錄影帶時的心情嗎？

就在我感到悲傷難抑的時候，伴崎敦也回來了。對他來說，這應該是最倒楣的一刻。但是對我來說，這是最棒、也是絕無僅有的機會。

我一點也不後悔殺了他。如果你們問我這樣就雪恨了嗎？我只能回答，並沒有。可是如果我什麼都不做的話，我覺得我應該會更不甘心吧。

伴崎未成年，而且他不是蓄意殺死繪摩的，只要律師辯稱他是因為喝了酒或是嗑了藥，而無法做出正常的判斷，法官就有可能判一個輕到不行的刑期。這種優先考量未成年者的自新機會，然而卻完全無視被害人家屬心情的主張，我是可以預見的。

如果在發生這件案子之前，我或許也會贊成這些理想主義者的意見。但是現在，我的想法不同了。遇到這種事之後，我終於明白了。曾經做過的「惡」，是永遠無法消失的，即使加害者改過自新了（現在的我可以肯定地說：那是不可能的，不過這裡是假設），但他們所製造出來的「惡」仍然會殘留在被害人心裡，永遠侵蝕著他們的心靈。

當然我也明白，不管有天大的理由，殺了人就要受罰。我早已有這個心理準備。

但是現在我還不能被捕，因為我要復仇的對象還有一人。我想警方也應該知道那個人是誰了吧。

不管發生了什麼事，我都要復仇，而在那之前，我並不打算被捕。不過復仇完畢之後，我會立刻去自首的。我也不會請求量情減刑，即使是被判死刑也無所謂。反正這樣繼續活下去，也沒有意義了。

只不過，我希望警方不要對我的朋友、親戚做不必要的嚴格調查。我沒有共犯。這全都是我獨自思考、獨自行動的，我並沒有和任何人定期聯絡。

以前我們父女曾經受到各方的幫忙，因為不想打擾到他們，所以我才寫了這封信。

希望這封信能順利送達調查第一線的各位警員手中。

長峰重樹

信紙總共有八張，雖然是手寫的，但是字跡很工整，看起來並不像是情緒激動時所寫的文章。

織部他們和久塚調查小組的成員們，聚集在西新井分局的會議室一角。所有人的手上都拿著一張A4的紙，那就是長峰重樹來信的影本。

透過筆跡鑑定，已經確認就是長峰本人所寫的了。從郵戳判定是在愛知縣境內投遞的。只不過到目前為止，長峰和愛知縣之間找不到任何關連。

「很強硬的文章呢。」坐在織部旁邊的刑警喃喃自語，「寫這種東西過來，我們也很困擾啊。我可以體會他的心情，但是我們也只能遵從上面的指示行事而已。」

「但是，這樣就可以確定殺死伴崎的兇手就是長峰重樹了。課長他們會怎麼做呢？」

「怎麼做是指？」

「應該會通緝吧？」

「應該吧。現在上面的那些大人物們，應該正在討論這方面的程序吧。」

不久後，會議室的門就打開了，久塚他們、還有組長階級以上的高階人物走了進來。久塚來到織部他們那裡。

「阿真，聽說車子已經找到了？」久塚問真野。

真野點點頭。

「伴崎有一個叫做中井誠的同學，我想應該就是他們家的車子。是Gloria，已經請鑑識課的人員過去調查了。根據中井所說，那輛車子應該也用來載運過屍體。」

「中井的筆錄做了嗎？」

「剛才做好，他已經回去了。」

真野簡單扼要地將中井誠的供述內容向久塚報告。這些剛才織部已經在電話裡告訴過久塚了，所以他的臉上並無驚訝的表情。

「那要怎麼做呢？明天再找中井來一次？」真野向久塚確認。

久塚搖搖頭。

「沒有那個必要了吧！他因為害怕伴崎和菅野，所以唯命是從，聽起來不像是在撒謊。他應該也完全不知菅野現在藏身何處吧。」

「話是沒錯，不過他也有可能是誘拐和強暴的共犯。」

「等抓到菅野再說吧，頂多也只是相關資料送審而已。更重要的是——」久塚拿起放在旁邊桌上的影本，「必須要將這個東西對媒體公布。」

「要全文嗎？」真野的聲音帶著驚訝。

「不，大概的內容就好。因為如果把長峰責怪少年法的部分也公布的話，媒體那些人一定會將焦點都放在那裡大鬧一場的。只要公布他自白殺死伴崎，和打算繼續替女兒報仇這兩點。同時，應該要在全國通緝長峰了吧。」

果然如此，織部看著上司的嘴巴想道，那菅野快兒呢？那傢伙難道就不用通緝嗎？

當然，他沒說出這些話。他清楚知道警方不能通緝菅野。就目前的狀況來看，還不能判斷是菅野殺死長峰繪摩的，而且也不曉得長峰繪摩的死是否和他有關。最重要的因素，是菅野還未成年。

「要看這封信透過媒體公布時，菅野會有什麼行動吧？」

久塚聽了真野的話，點點頭。

「希望他會覺得至少比被殺要好些，果決地到哪個警察局去自首。這才是我打算對媒體公布的目的，不過現在的年輕人在想些什麼，我真的是搞不太懂呢。」

「郵戳的部分呢？要公布那封信是從愛知縣寄出來的嗎？」

「阿真，你果然很在意那個東西呢。」

「我是很在意啊，因為這封信的目的就只有那個東西。」

「我也這麼覺得。不過是否要公布，全由課長決定。」

「對不起，」另一個刑警插嘴說道，「從哪裡投遞的有這麼重要嗎？」

久塚看了那個刑警一眼。

「你認為長峰為什麼會寄這封信過來？」

「為什麼？這不是都寫在信裡了嗎？就是他說不希望周圍的人受到莫名的打擾啊。」

「這可能也是原因之一吧。可是，他會為了這個專程寫信來嗎？再說，他都已經做出這種事了，如果有需要，我們還是會對任何人進行調查。長峰應該不至於會不瞭解吧。」

「那他寫這封信的目的是什麼呢？」織部問道。

久塚的目光落到那封信的影本上。

「這裡所寫的東西我們都已經掌握了，根本沒有什麼新的情報。這一點長峰自己也知道。總之，就如阿真所說的，只從這封信的內容，根本看不出長峰的意圖。既然這樣的話，就必須在內容之外的部分找出他的目的。可是除了寄件人是長峰重樹，剩下的就只有郵戳了。長峰應該也知道警察不可能不重視這個郵戳吧。但是他不管那麼多，還是從東京以外的地方寄出了這封信。所以，我們只要從郵戳是有某種意義的角度去想就好了。」

「長峰實際上並不在愛知縣嗎？所以您的意思是說，沒有必要公布？」織部說。

「這是原因之一。長峰應該不在愛知縣吧，而且他可能想要擾亂我們的調查，不過這可能只是一個小目的，我認為還有更大的目的。」

「那是什麼？」織部問道。

久塚的視線一一掃過部屬們。

「長峰可能早已有心理準備，總有一天會被通緝吧，到時候他正在追殺菅野的事也會被公布。問題是看到報導的菅野，會採取什麼行動。就如同我剛才所說的，站在我們的立場，是希望菅野能主動出來；但是站在長峰的立場，他當然不願意看到菅野那樣做，因為這樣就會失去復仇的機會。」

「就是為了防止這件事發生，他才寫那封信的嗎？」織部再次快速瀏覽那封信的內容。

「這只是我的猜測。」久塚說，「如果收到這樣的信，警方是不可能不公布的。這個時候，通常都會針對郵戳報導，長峰可能是認為這樣一來，菅野主動去警察局的可能性就降低了吧！」

其他警察問：「為什麼呢？」

「因為菅野並不在愛知縣。」真野回答，「因為他在一個大家都想不到的地方，所以看到新聞的菅野，便這麼想：搞什麼嘛，原來長峰根本不知道我在哪裡，既然這樣，我就不用擔心會被殺，也不用躲到警察局去了——」

久塚在真野的身旁點著頭。

「反過來說，長峰大概已經猜到菅野的藏身之處了，所以他才會選擇從愛知縣寄這封信，因為萬一菅野真的在愛知縣的話，他這樣做只會促使菅野去自首而已。」

織部對上司的推理發出驚嘆，他剛才完全沒想到呢。

「長峰會想到這麼遠嗎？」織部身旁的刑警說。

「所以我說，這只是我的猜測，但是有必要列入考量範圍。我們該做的事，是在菅野被長峰殺死之前保護他。因此，最好是讓菅野主動出來投案。」

「如果組長的推理正確的話，長峰是如何知道菅野的藏身之處的呢？」織部說。

久塚用下唇咬著上唇，慢慢點點頭。

「這確實是個謎。但是長峰最後有見到伴崎，很可能是在他殺死那傢伙之前問出來的。」

「更重要的問題是，長峰是如何找到伴崎的？」真野在一旁補充說道。「這封信裡沒有提到自己是如何找到殺死女兒的兇手，我覺得與其說他忘了，不如說他似乎另有用意。」

「什麼用意？阿真。」

「這個嘛，」真野也百思不解，「只能問長峰吧！」

久塚放下那封信的影本，再次掃視著所有的刑警。

「調查行動要和今井小組的人一起合作，但是基本上他們是要追查長峰，而我們是要追查菅野，去一個一個調查和菅野有任何關係的人。」

宣告解散後，刑警們三三兩兩散去。每個人都有預感，從明天開始，能回家的日子似乎不多了。

「阿真，還有織部，」久塚招招手，「很對不住你們兩個，不過有一件事希望你們現在去跑一趟。」

「是去找菅野的母親吧。」真野說。

久塚微微點頭。

「再去問一次她是不是真的不知道兒子的藏身之處。」

「剛才的信也要拿給她看是嗎？」

「那當然，威脅她說如果要救兒子，就要說實話。」

真野回答：「我知道了。」

「怎麼了？織部？你有什麼話想說嗎？」可能是因為織部沒有回答吧，所以久塚才會問他。

「不，沒有……」他一邊猶豫一邊開口說，「我覺得我們的調查行動，最後反而幫了菅野的忙呢。」

真野臉上浮現苦笑，但是久塚面不改色，他雙手抱胸。

「阿真，那封信的目的可能還有一個呢。」

「是什麼？」

「就是打擊調查人員們的士氣。現在這裡已經有一個感情用事的傢伙了。」

「不，我是……」

「不要忘了自己的身分，快去快回！」

18

丹澤家的墓果然沒有用心打掃——和佳子戴上自己帶來的棉手套，拔著周圍的雜草。她心想：自己為什麼非要做這些事不可呢？但是，只要她的腦海裡浮現出大志的臉，她的手就會自然而然地動起來。

拔完草後，和佳子又用跟寺廟借來的掃帚把附近打掃了一下，然後才終於能和墓碑面對面。墓碑前已經擺放了鮮花，她又將自己帶來的花放在旁邊。然後她點上香，雙手合十。雖然已經決定不要再多想了，可是她還是無法不想起大志活著時的樣子。她的眼眶發熱。不過這幾年來，她已經訓練自己抑制淚水流出眼眶了。

有人來了，她便順勢放下了合十的雙手。她望向腳步聲傳來的方向，丹澤祐二就站在那裡。祐二好像已經看到她了，和她四目相交後就低下頭。看得出來他的肩膀因為嘆氣而微微震動。

和佳子朝著他走了兩、三步。

「是湊巧嗎？還是……」和佳子說到後來就含糊其詞了。

他的臉上浮現出苦笑，再次抬起頭。

「是湊巧，但也可以說不是吧。我有想到妳今天可能會來這裡，不過我不是刻意等著妳來的。希望妳能明白這點。」

「做法事的時候你沒來嗎？」

「沒有，我出差去了，所以沒辦法來。因此今天才想來上個香。」

「是嗎？」

和佳子往旁邊移動讓出位置給祐二，他不發一語靠近墓碑，然後和她剛才一樣合上雙手。這段時間，和佳子一直盯著地面看，她並不是在等祐二，只是她不想打擾在那個世界的兒子。大志現在一定正在聽他爸爸的肺腑之言吧。

等祐二站起來後，她便拿起掃帚和水桶。

「親戚他們都沒有來打掃嗎？」祐二問道。

「有是有，不過因為還有些雜草……但我沒有別的意思，請不要放在心上。」

「要是我沒來的話，根本不會有人知道妳來除草，所以我不會覺得妳有別的意思。我看那些人，應該連打掃也敷衍了事吧。總之，謝謝妳。」

「你沒有必要跟我道謝，我只是順手做做而已。」

「不，我想大志會很高興的。他大概會覺得很不可思議吧，怎麼我們兩人今天會一起出現。」

或許祐二是想讓和佳子放鬆心情才這麼說的，但是她卻笑不出來。她告訴自己，他們現在已經不是這種關係了。

不知為什麼，他們兩人竟一起走出墓園。雖然有點怪怪的，但是分開走感覺也不太自然。

「今年怎麼樣？」在往停車場的途中，祐二問道。

「什麼怎麼樣？」

「就是民宿啊。今年是涼夏，有客人來嗎？」

嗯，和佳子應了一聲，點點頭。

「和往年沒什麼兩樣，每年都會來的大學網球社今年也有來。」

「是嗎？這樣就好。」

「你的工作順利嗎？」

「目前還沒有會被裁員的跡象啦。雖然是小公司，但是業績還算穩定呢。」

「加油喔。」

「謝謝，妳也是。」

「嗯。」和佳子輕輕點點頭，她並沒有看祐二。

到了停車場後，她的休旅車旁邊停的就是祐二的轎車。旁邊還有其他空位，可是她感覺祐二是故意停在她的車旁邊的。說實話，他這種戀戀不捨的行為讓她感到很心煩。

「要不要去哪裡喝杯茶？」祐二打開車門後，用輕鬆的口氣說。

和佳子心想果不其然，她搖了搖頭。

「對不起，我出來時說我會馬上回去的。」

「是嗎？」祐二的眼神顯得很怯懦，「那下次再見了。」

不會再見了，和佳子想道，但是她還是報以微笑。

「保重。」這麼說完後，她便坐進自己的車子，沒看祐二一眼就發動引擎。

當祐二坐上車時，和佳子已經將休旅車開走了。

墓園位於高崎市的郊區。和佳子從高崎交流道開上關越汽車公路的北上路段，因為如果從待會兒出現的岔路口，進入上信越汽車公路的話，很快就可以到佐久交流道。現在夏季旅遊旺季已過，路上車子很少。

和佳子的腦海裡浮現出祐二瘦削的臉龐，約她去喝茶到底想和她說些什麼呢？現在他們就算能聊些往事，也沒什麼意義，因為他們兩人之間沒有什麼快樂的回憶。不，以前曾經有過，但是因為發生了一件事，所有的一切都化為烏有，什麼東西都無法挽回了。

和佳子打開收音機的開關。路況報導完畢之後，男DJ便開始播報最新新聞。

「剛才收到一則可以說有點駭人聽聞、也有點令人難過的消息。前幾天我曾在本節目中播報了好幾次，就是那起發生在東京足立區的兇殺案——那個將強暴畫面錄在自家錄影帶裡的年輕人命案，現在有了後續報導。據說昨天警視廳收到了一封信，寄件人就是在兇殺案發前不久，在埼玉縣川口市發現的那具棄屍——長峰繪摩——的父親，長峰重樹嫌犯……這個，這裡說他是嫌犯，是因為他涉嫌足立區的兇殺案。聽說他在信中也承認，自己就是兇手。殺人的動機好像是為了被殺害的女兒報仇。長峰嫌犯宣稱還要對另一個人復仇，不過那個人目前也在逃，警方正在追查他的行蹤。——以上是本時段的新聞。事情好像變得很複雜呢，妳有什麼看法？」DJ詢問女助理的感想。

「嗯，感覺有點恐怖……不過，儘管是為了復仇，殺人也是不對的啊。」

「現在還不知道這封信的內容是不是真的，不過很難想像對方會專程寫一篇謊言寄過來吧。」

「說得也是。」

「長峰嫌犯……嗎？被害人的父親現在已經變成嫌犯了呢。真是的，今後的日本會變成什麼樣子啊。」

發出老生常談的評論後，ＤＪ便開始介紹歌曲。播出來的曲子是一個男演歌歌手以前的暢銷曲。和佳子操作著開關，切換到別的頻道。

世上還真有不幸的人——這是和佳子最直接的感想。她無法想像殺人的感覺，但是她可以理解失去孩子的悲哀。

不過在她經過交流道開下高速公路時，剛才在收音機裡聽到的新聞，就已經被她忘得一乾二淨了。

民宿「Crescent」就在蓼科牧場的前方，是一棟西洋式建築。綠色屋頂是它的標誌。和佳子將車子停進前方的停車場。

她看了看手錶，現在是下午三點過一點。「Crescent」的check in時間是三點。今天已經有兩組預約，聽說兩組都是傍晚才會到。

從玄關走進去的右手邊就是餐廳和交誼廳。父親隆明正在打掃。

「妳回來啦，怎麼樣？」隆明停下手邊的工作問道。

「也沒什麼，放了花、上個香就回來了。」

「是嗎？」隆明又繼續打掃著。他的背影很明顯看出好像有什麼話要對女兒說。

和佳子很清楚父親要對她說什麼。應該就是「差不多該忘掉大志了吧」之類的話吧，她想。但是同時，隆明很明白這是不可能的事。所以掃墓和大志生日時，他們父女之間的對話就變得有點尷尬。

和佳子走進旁邊的廚房，圍上了圍裙。她主要的工作就是準備料理。客人增加時，會雇用幾名工讀生，不過從本週開始，工讀生只剩下一人了。

十年前，她根本不曾想像自己現在會變成這樣。和丹澤祐二結婚後，她在位於前橋的新居裡，滿心期待地過著每一天。當時她的腦袋裡只有即將出世的寶寶，她有點擔心生產問題，可是一想到育兒的事，她就會很快樂。

三個月後，她生下一個男嬰，重四千公克，是個很健康的寶寶。她和祐二討論後，將寶寶取名為大志。

身為新手媽媽的她得熟悉一些做不慣的事情，所以讓她吃了不少苦。而就像全世界的丈夫一樣，祐二幾乎沒幫她什麼忙。當時公司的業績正在下滑，身為幹部的他，可能必須不顧家庭專心工作吧。

和佳子傾注所有的時間和精力養育大志，大志也長得頭好壯壯。當祐二因此感謝她時，她還高興得流下淚來，心想這一切都是值得的。

然而，幸福卻突然落幕了。

那一天，一家三口很難得的一起到附近的公園玩。那是一個天氣很好的星期一，祐二因為星期六上班，所以星期一可以補假一天。

大志已經三歲了，正是精力旺盛的時候。

大概是因為第一次和父親到公園玩的關係，大志似乎很高興。和佳子在長椅上眺望著兩人在沙坑玩耍的身影，心裡覺得好幸福。

空氣乾爽、陽光溫暖的過午時分。已經好多年沒有這種舒服的感覺了呢，和佳子想道，然後她就在不知不覺間打起盹來。

事後祐二堅持他有大聲對和佳子說：「妳顧一下大志。」因為他要去買香菸。

但是和佳子並沒有印象。她只記得看著他們兩人在沙坑玩。

有人在搖她的肩膀，她醒了過來。那是祐二嚴肅的臉。大志去哪裡了？他問道。於是她才發現獨生子不見了。

兩個人臉色大變，一起尋找著兒子。大志倒在螺旋形溜滑梯的下方。祐二趕緊將他抱起，但是大志一動也不動，臉已經變成了灰色。

雖然趕緊送去醫院，但是已經回天乏術了。他的頭頸骨骨折。

後來研判是沒有雙親看管的大志，從螺旋形溜滑梯的坡道逆向走上去，走到一半時，他因為往下看，所以頭朝下跌落。當時距離地面的高度將近兩公尺，而且下面是堅硬的水泥地。

她痛哭了好幾天，幾乎什麼也沒吃、沒喝，也沒有睡覺，只是一個勁地哭。還好當時她身旁一直有人陪著她，如果讓她一人獨處的話，哪怕只有一下子，她也一定會從大廈的陽台跳下去的。

結束悲傷度過的每一天之後，空虛感又襲上心頭。她無法思考任何事，就連活著都變得很麻煩。

經過那樣的時期後，她終於可以面對這個意外了。不過，當然也不可能因為這樣，就能積極樂觀地活下去。只要一想起這個意外，她就覺得後悔不已。她為什麼要打瞌睡呢——同時，她也想責怪祐二。為什麼要去買香菸啊——有好幾次，她都幾乎要脫口說出這句話。

他的想法，可能也是一樣的吧。只不過祐二並沒有責怪她。

表面上回復了平靜的日子，然而平靜並沒有真正造訪他們的內心，其證據就是：他們兩人幾乎不交談。既然必須避開共通的話題，對他們來說，不說話就成了最好的選擇。

「啊，對了，今天又進來一組預約。」

說話聲讓和佳子回過神來。隆明站在廚房入口。

「今天？突然打來的嗎？」

「中午過後打電話來的，說是要住到後天。我回答他沒問題。」

「是情侶嗎？」

「不，好像是一個人。一個男人。」

「一個人？真是難得耶。」

「聽他說話的態度不像是怪人啦。他說他要晚上才會到，所以不用準備晚餐。」

「住宿費你有說明嗎？」

「呃，他答應付一點五人的費用。」

「是嗎？」

「Crescent」共有七間房間，全都是雙人床。再加一張床，就可以住三個人。如果是一個人住的話，就要請客人支付一點五人的費用。

那個男性客人在晚上九點多的時候抵達了。他的頭髮很長，滿臉鬍碴，年齡大約四十歲左右。身穿休閒服，行李只有一個旅行包。

那個客人在住宿卡上登記了吉川武雄。

19

一走進房間後，長峰放下包包，直接倒在旁邊的床上。他的全身像是塞滿了沙子似的重得要命，而且還汗流浹背的，好像有一些異味從格子襯衫散發出來的樣子。

他看著旁邊的床。上面鋪著白底花朵圖案的床單。他發現這裡好像不是中年男人一個人來投宿的地方。格子窗框上掛著的窗簾，也是花朵圖案的。

他坐起身，將旅行袋拖過來，接著打開拉鍊，從裡面拿出鏡子。長峰將鏡子放在旁邊之後，一邊照著自己的臉，一邊將雙手伸進頭髮裡。用手指找到髮夾的位置後，他很小心地將它整個拿起來，長假髮就這麼從頭上取下來了。這是他在名古屋的百貨公司裡找到的。這並不是那種掩飾禿頭用的假髮，而是一種時髦髮飾。可能因為這樣，所以髮毛顏色幾乎都做成咖啡色或是金色的。

長峰將這頂假髮丟到一旁，把網罩從頭上取下後，再伸手插進自己原來的頭髮裡，將頭髮弄蓬鬆。悶了一天的頭接觸到空氣時，整個頭皮感覺涼颼颼的。

他又再照了一下鏡子，用手摸著嘴唇四周。鬍碴並不是假的，他從家裡出來後就一直沒有刮過。當然並不是沒有時間刮，而是他想要稍微改變一下自己的樣子。

平常他的頭髮都會整齊地分線，也從來不曾留過鬍子。他的相片也應該幾乎都是那樣的造型。

房間的角落放置著一台電視。他拿起遙控器，打開開關切換著頻道，最後轉到了新聞節目。他稍微看了一會兒，但是沒有出現長峰涉案的相關報導。

他吐了一口氣，再次照了照鏡子，然後將鏡子和假髮一起放回袋子裡。他的袋子裡有一副淺色的太陽眼鏡，白天他就會戴上那副眼鏡。

這樣的變裝到底有多少效果，他完全不知道。假設他的朋友也以同樣的裝扮出現，他真的會完全認不出來嗎？他想著。不過，因為一般人都不太會記得出現在電視上的人物相片，所以他也只能賭一賭這個社會的冷漠了。

他又再度將手伸進袋子裡。這次他拿出一張紙來，上面密密麻麻地印著長野縣主要民宿。其中也有「Crescent」。

昨天和今天兩天長峰拜訪了其中好幾家的民宿，走得腳都痛了。不用說，當然是為了尋找菅野快兒。他僅有的線索就是伴崎在斷氣前所說的那句「他去長野的民宿了」。

這樣做真的找得到菅野嗎？長峰自己也感到不安。但是在沒有其他辦法的情況下，他除了抓住這條很細的線之外，也沒有別的選擇。

可能是因為太累了，他就這樣在床上打起盹來。電視仍然開著。把他吵醒的，是從電視機裡傳出來的主播聲音。

「……也因為這樣，以殺人罪嫌遭到通緝的長峰重樹嫌犯，據說很可能持有槍械。掌握線索的人，請通知最近的警察局。接下來的新聞，是前幾天召開的世界環境改善會議——」

長峰趕緊起來，望向電視，然而已經開始播放完全無關的影像。他用遙控器切換頻道，不過也沒有其他台在播報新聞了。

長峰將電視關掉，看看手錶，現在已經過了十一點。

他是從傍晚的新聞得知自己被通緝這件事情的。因為早有心理準備，所以他並不是那麼驚訝，不過還是無法抑制貫穿全身上下的緊繃感。在家電行前面看到這則新聞的他，突然陷入一種路人的眼光全都投向他的錯覺。

新聞也報導了那封信。與其說那如他所料，還不如說長峰就是算準會被報導，才寄出那封信的。不過他沒算到的是，鄆戳完全沒有被提到。這麼一來，他刻意跑到愛知縣去寄這封信的意義就完全喪失了。

他在腦海裡背誦著他所寫的內容。我是前幾天在荒川發現的屍體——長峰繪摩——的父親，長峰重樹——開頭這麼寫著的這封信毫無虛言，裡面全是他的心聲。如果完成復仇的話，他就會去自首，所以希望警方不要對他的親友做不必要的嚴格調查——這個心情至今也沒有改變。

但是長峰也非常清楚，即使他寫這樣的信，警方也不會特別關照他。他們應該還是會毫不留情地將長峰的所有交友範圍都列為調查對象吧。

那封信最大的目的，其實是要讓躲在某處的菅野快兒掉以輕心。

只要菅野不是笨蛋，他就應該知道自己弄死的女生她父親殺死了伴崎，現在正在獵殺他吧。對長峰來說，最壞的情形就是害怕被報復的菅野主動出面自首。

長峰認為，菅野被捕根本就不能算是為繪摩雪恨。只有他親手處置菅野，才能算是報了幾分之一的仇。他不能讓菅野躲到警察局去，也不能讓他被關入少年法保護的監獄裡——

所以才寫了那封信。長峰原本是預測寄出的地點也會被媒體報導的。所以如果他是從愛知縣寄出的話，躲在長野縣內的菅野應該就會鬆一口氣，以為自己不用急著去自首吧。

然而新聞卻完全沒有報導鄆戳的事。應該是警方沒有公布吧？是單純地覺得沒有發表的必要？還是已經看穿他的目的？或是有別的意圖呢？長峰完全摸不著頭緒。

第二天早上，長峰七點起床。其實他更早就醒了，只是覺得必須讓身體休息，所以就一直躺在床上。不過他已經睡不著了。繪摩出事後就開始的失眠症狀，在他逃亡的期間變得更嚴重。因為這樣，他總是覺得頭重腳輕，全身無力。

他聽說早餐是從七點到八點半。但是不想看到其他客人的他，便抽著菸，或是用地圖確認周邊的情形來打發時間。他一點也不想打開電視。

八點多的時候，電話響了。他拿起話筒。

「早安，吉川先生，早餐已經準備好了，您要用餐嗎？」一名女性詢問道。

「好的，我現在立刻過去。」他這麼說完後，就掛斷電話。

戴好假髮和太陽眼鏡後，長峰便走出房間。他走下樓梯，發現餐廳裡沒有一個客人。一個三十歲左右的女性，正坐在角落打電腦。那是昨晚迎接他的女性。

「早。」她一看見長峰就笑容滿面地打招呼，「這邊請。」

她的手指著一張靠窗的桌子。上面已經鋪上餐巾，擺好了餐具。

長峰一就坐，她就立刻端了早餐過來。早餐是雞蛋料理、湯、沙拉、水果和麵包。女性問長峰餐後飲料要什麼？長峰點了咖啡。

「不好意思，這麼晚才下來。」長峰道歉。

「不，沒關係。」她笑著說，然後又走回放著電腦的那張桌子。

看來自己似乎不是一個可疑的客人——長峰暫時安心了。

他一邊眺望著窗外的景色，一邊慢慢吃著早餐。要是沒有發生那些事，能專程來此度假的話，不知有多好呢。而且要是家人就在身旁的話，大概沒有比這更幸福的事了，他打從心底這麼想。

民宿的那位女性替他端來了咖啡。他輕輕低頭致意。

「旅遊旺季已經告一段落了是嗎？」他問道。

「是的，差不多到上個禮拜左右。」

「暑假已經結束了呢。」

「是啊，您是來這裡工作的嗎？」

「算是吧。不過是個很奇怪的工作就是了。」長峰苦笑著。

可想而知，女性露出了訝異的表情。

「我在找人。一個十八歲的少年離家出走了喔，結果他的父母拜託我……」

「那您是偵探囉？」

「不，我不是這方面的專家，所以找得很辛苦。」長峰伸手端起咖啡，「你們這裡有雇用工讀生嗎？」

「有，但是現在只剩一人了。」

「那個人是什麼時候來這裡的？」

「從七月開始。」

「是嗎？」長峰點點頭，然後從襯衫的口袋裡拿出一張相片，「就是這個少年，您最近有看過嗎？」

這是從那捲錄製蹂躪繪摩的錄影帶裡印出來的。他只印出了那個可能是菅野少年的臉，所以畫質很粗糙。

民宿的女性左思右想。

「對不起，我沒有印象。」

「是嗎？打擾您工作了，真不好意思。」

長峰將相片收進口袋裡，開始喝著咖啡。女性則再度回到了電腦面前。

長峰非常清楚這樣的盤問很危險，只要一不小心傳到警察那裡去，他可能立刻就會遭到懷疑。但這是唯一找到菅野的辦法了。看是他先被警察找到，還是菅野先被他找到，長峰只能聽天由命地繼續行動。

吃完早餐後，長峰站起來。民宿的女性仍然坐在電腦前，她的樣子看來，好像遇到了什麼難題。螢幕上顯示出一個畫面，她似乎是要將照片數位輸出。這張感覺起來像是親子三人的照片，看起來是在神社院內拍的。

「我吃飽了，謝謝。」他對著女性的背影說。

「喔，粗茶淡飯的，招待不周請見諒。」她回過頭來笑著說。

長峰朝著餐廳入口處走。但是他又停下了腳步，再次走近女性。

「請問……」

女性立刻回過頭來，「是的。」

「您在忙什麼呢？似乎從剛才開始就陷入苦鬥了呢。」

「喔，這個嗎？」她有點不好意思地搗著嘴巴，「我想要把以前的相片放大印出來，可是不知道該怎麼做才好。我只會用掃描器掃描而已。」

「可以讓我看看嗎？」

「您可以幫我嗎？」

「我也不知道，或許可以吧。」

長峰坐到了電腦前，稍微操作一下，就瞭解狀況了。原來是她不懂得軟體的使用方法。

「這裡只要輸入尺寸，然後再按下Enter鍵，相片就會變得這麼大，最後再印出來就可以了。」他指著畫面，說明基本的操作方法。

「謝謝，太好了。我平常都只用文字處理和網路的部分。」

「我也很高興能幫上忙。」長峰將目光移到螢幕畫面，「那是您的先生和小孩嗎？」

「呃……嗯。」她不知為何垂下了眼睛。

「是七五三節[5]時拍的嗎？」

「不是，是過年。這是很久以前的照片了。」

「是嗎？您對這張相片有特殊的感情嗎？」

「該說是感情嗎……我想應該是喜歡吧。」

「原來如此，」長峰點點頭，「原本的相片的品質就不好嗎？好像到處都有刮傷呢。」

「那不是我保管的相片，可能是保管方法不好吧，所以刮傷得很嚴重……」

「是嗎？真是可惜。」長峰心想，明明知道刮傷放大後會更明顯，她還是堅持要放大，可見她有多麼喜歡這張相片，「但是你們還可以再拍更好的相片啊。」

長峰原本以為她會報以燦爛的笑容，但是不知為什麼，她卻只是不自然地稍稍揚起嘴角而已。難道是因為說出相片刮傷讓她不高興嗎？

他從椅子上站起來。這時，他看見電腦旁邊放著幾張相片。最上面的那一張背面朝上，上面用筆這樣寫著：得年三歲——

大概是因為注意到長峰的視線吧，她趕緊拿起那些相片。

「謝謝您。」她對長峰低頭致意。

「呃，沒什麼……」

長峰不知道應該說什麼，只好默默離去。

小小的桌子就像教室裡的課桌椅一樣整齊排放著。織部看著在櫃台領到的號碼牌，同時在和號碼牌相符的桌子坐了下來。桌面上都貼著禁菸標誌的貼紙。

他看了看四周，幾乎一半的桌子都有人坐。每一張桌子旁邊，都至少坐著一個穿著灰色制服的人。那應該是這間公司的員工吧。他們交談的對象和他們真是天差地別，有人穿工作服，也有像織部這樣穿西裝的，但是唯一的共通之處，就是來訪的客人看起來姿態都比較低。可能是這間公司的下包廠員工，或是這間公司的供應商之類的人吧。如果來訪的客人是站在相反的立場，也就是說，要是這間公司是在接待他們的貴賓的話，一定會準備更寬敞舒適的接待室。

看著身穿工作服的白髮中年男性，對著做他兒子都夠格的年輕人鞠躬哈腰，織部不禁覺得民間企業的階級制度真是嚴苛。

他坐下來後等了十分鐘左右，一個戴著眼鏡的瘦小男人走了過來。他也是穿著灰色制服，長相有點神經質，看起來大約四十五歲左右。

織部站起來問道：「您是藤野先生吧？」

「是的，請問……」

「我叫做織部，不好意思，百忙之中叨擾了。」

5. 每年十一月十五號是日本的七五三節，具體地說，就是三歲和五歲的男孩子，以及三歲和七歲的女孩子的節日。當天父母會為他們會換上和服，並帶他們去神社參拜，祈求平安順利。

藤野無言地微微點頭，然後拉出椅子。織部見狀，也坐了回去。

「我也曾經見過在製造公司上班的人好幾次，不過還是第一次來這種地方，感覺真是生氣勃勃呢。」

織部是想要緩解對方的情緒才這麼說的，但是藤野的表情卻一點也沒變，他舔了舔嘴唇看著織部。

「老實說，我完全不曉得警察為什麼要來找我。我什麼都不知道喔。」

織部擠出笑容。

「是，那是當然，我們並沒有認為您和這個案子有關。只不過在想，您會不會知道一些線索。」

「所謂的線索，其實就是指長峰先生的藏身之處吧？」

「呃，這也包括在內。」

藤野當場搖頭。

「我怎麼可能知道。就像我在電話裡所說的，我只是和長峰先生在同一個公司工作而已。」

「但是下了班之後，你們應該也很熟吧?像是有相同的嗜好之類的。」

聽完織部的話，藤野撇了撇嘴角。

「他幾年前就沒玩射擊了。」

「可是也不可能因為這樣，你們兩人就不往來了吧?聽說長峰到現在還會參加射擊社的聚餐不是嗎？」

「話是沒錯，但是我和他並沒有特別熟。」

「不過，聽說是藤野先生拉長峰去玩射擊的。」
「說是我拉的……我只不過是看他好像很有興趣的樣子，所以才常和他聊而已。」
「結果長峰玩了多久的射擊？」
「十年左右……吧？」
「技術如何呢？」
藤野稍微歪著腦袋想了一下。
「他的技術很了得喔。不過，我想他的程度在大型比賽也是拿不到冠軍的。」
「不會去打獵嗎？」
「真正的打獵嗎？我想應該不太常吧。他常參加射擊場的射擊比賽，射碟靶或是野外射擊之類的。」
「那長峰為什麼不玩射擊了？」
「因為眼睛。」藤野用手指著自己的眼睛，「他罹患了乾眼症，不能過度使用眼睛。當時他在公司裡都戴著太陽眼鏡。」
「那這樣子的話，他現在還能玩槍嗎？」
「如果只是玩一玩的話，」這樣說完後藤野蹙著眉頭，「不過因為中間有一段時間沒玩，所以很難說呢。如果不習慣的話，是不太能扣下扳機的。」
「您知道長峰可能會去哪裡練習射擊嗎？就算是非正式的射擊場也沒關係。」
在藤野眼鏡後面的眼睛變成了三白眼。
「沒有什麼非正式的練習場喔。」
「不會去人煙稀少的深山練習射擊嗎？」

「不會。」

「那麼正式的練習場也可以，可以告訴我嗎？」

「告訴你是可以，但是長峰先生是不可能會去那種地方的。這樣不是馬上就會被發現了嗎？」

「我也是這樣想，但是為了謹慎起見。」

藤野裝模作樣地嘆了口氣，然後從外套的內側拿出一本記事本。

「我常去的射擊場就寫在這上面。至於其他的地方，可以麻煩你自己打聽嗎？」

「當然。我可以抄下來嗎？」

「呃，請。」藤野用冷淡的口氣說完，打開記事本。

當織部正在抄寫射擊場的名稱、電話和地址時，藤野開口問道：「請問……」

「那封信真的是長峰先生寫的嗎？」

「您的意思是？」

「會不會是誰在惡作劇，或是有其他的兇手想要讓長峰先生頂罪？有這個可能性嗎？」

看來，藤野似乎不願相信長峰重樹是殺人兇手這個事實。剛才還說和長峰不太熟，但是照這樣看來，他果然還是很擔心長峰吧。

「這個我也不能說什麼。」織部謹慎地回答，「只不過既然媒體都那麼公布了，我想上面的人應該認為那是長峰寫的。」

是嗎？藤野顯得很失望。

「長峰先生還是會被逮捕嗎？」

織部皺起眉頭，略微點頭。

「因為他殺了人啊。」

「這個我知道，可是被殺的那個人也有問題不是嗎？會被逮捕也是沒辦法的事，但是不是有緩刑或是量情減刑之類的東西嗎？」

「那是法官的事，我們是沒辦法回答的。」

「不過，他會因為殺人罪被起訴吧？」

「沒錯。」

「關於這一點，該怎麼說呢……我沒辦法認同。因為殺了人所以被判殺人罪，可是對方是個該被殺的人啊！自己的女兒遭遇到那樣的事情，任何做父母的應該都會想要報仇。我也有一個和繪摩同年紀的孩子，所以完全可以理解長峰先生的心情。什麼都不做才奇怪呢！」

「我可以理解您所說的，但是現在日本的法律就是不允許復仇。」

「這種事情——」藤野咬著嘴唇。他應該是想說，這種事情不用你說我也知道。

織部抄完以後，就將記事本還給藤野。

「公司的人的反應怎麼樣呢？」

「你所說的反應……是指？」

「長峰的事，應該已經是大家談論的話題了吧？」

「喔，那個嘛……但是該怎麼說呢？公司的人好像都不太願意去談論這件事，而且這也不是個令人愉快的話題。」

「除了藤野先生之外，還有哪些人和長峰比較熟呢？」

「不，我不是說過了嘛，我和長峰先生並沒有特別熟。」藤野眉頭緊蹙，露出不悅的表情，「所以我也不太清楚長峰先生和誰比較熟。你要不要去問其他人啊？」

「我問過好幾個人了，但是他們都說是您啊。」

藤野睜大了眼睛，好像是在思索到底是誰說出這種話的。

「如果連我的名字都被說出來的話，就表示長峰先生在公司內沒有比較親近的朋友吧。所以我想刑警先生來這裡，應該也不會有什麼收穫吧。」藤野誇張地捲起外套衣袖，「如果您沒有其他的話要說，我可以告辭了嗎？因為我是在工作中溜出來的。」

「對不起，還有一件事。」織部豎起了食指，「長峰看到繪摩小姐的遺體後，好像就開始請假了，不過在殺死伴崎敦也的前一天，他卻來公司上班了。你還記得當時的情形嗎？」

藤野在瞬間做出一個像是在回想什麼事情的眼神，然後微微點頭。

「記得啊。可是我沒有和他說話──因為不知道說什麼。其他人應該也是一樣吧！」

「也就是說，失去女兒的事情讓他很沮喪是嗎？」

「看起來是。」

「他有什麼引人注意的舉動嗎？就是和平常不一樣的地方，任何事情都可以。」

不知道，藤野聳了聳肩。

「我也不可能一直觀察長峰先生啊。只是覺得他好像不太能工作的樣子，時常離開座位。我去自動販賣機買飲料的時候，就看見他在走廊的角落。」藤野看著遠方繼續說，「好像是在哭的樣子。大概是忘不了女兒的事吧！這也是理所當然的。」

「原來如此。」織部點點頭。藤野的口氣雖然輕描淡寫，但是聽了卻讓人百感交集。

織部向藤野道謝後，就離開了半導體公司的大樓。他一邊往車站走，一邊反覆想著藤野剛才說的話，不過就是找不到任何可以查出長峰藏身之處的蛛絲馬跡。

他想起了藤野那張從頭到尾都不太高興的臉。他雖然重複了好幾次說自己和長峰不是很熟，但其實並不是害怕被牽扯進去，而是想要避免長峰因為自己的關係被捕吧？織部這才知道，原來透過運動培養出來的友誼，竟然這麼牢固。

我可以理解長峰先生的心情，什麼都不做才奇怪呢——

那應該是藤野的心聲吧，織部自己也有相同的感覺。雖然站在他的立場，是不能認同這種想法的，但是其實他真的很想和藤野兩人一起為長峰辯護。

他回想起最後一個問題的回答。從藤野的答案來推測，長峰當時應該沒有什麼特別引人注意的舉動。在走廊上哭泣，就當時的情況來判斷，那也是很合理的。

然而就在隔天，長峰卻去了伴崎的公寓復仇。這個突如其來的變化到底是怎麼回事？當然，長峰可能在最後一次去上班的時候，就已經注意到伴崎了。可是既然這樣，又為什麼還要去公司上一天班呢？為什麼復仇行動要等到第二天呢？

長峰最後一天上班的那個晚上，曾經打電話給上司，好像是說第二天要請假。也就是說，長峰很可能是在那天他下班回家以後，才知道伴崎敦也這個人的。

他是怎麼知道的呢？

這仍然是讓調查團隊傷腦筋的問題。到目前為止，調查資料都顯示伴崎和菅野根本不認識長峰繪摩，會將她擄走也是臨時起意的。就算長峰再怎麼亂猜，也沒道理鎖定殺死女兒的兇手才是。

回到警視廳之後，真野和近藤他們正好聚集在電視機前。每個人的表情都很難看。

「怎麼了？」織部問真野。

「被擺一道了，那封信流到電視台去了。」

「咦？流出去……」

「剛才整封信都被公布了。」近藤說，「說是獨家新聞，報導得很誇張呢。」
「怎麼回事？不是不打算公布那封信嗎？」
「所以我就說，不知是從哪裡流出去的嘛。報社和電視台確實都很想弄到那封信，可能是我們四周的天真刑警，隨隨便便把那封信交出去了吧。完了啦，上面一定又會開始吠了。」
「但是這有那麼嚴重嗎？信上大部分的內容不是都已經公布了嗎？就算整封信都被公開，也不至於有什麼影響吧？」
近藤搖了搖頭。
「你真是嫩啊，老兄。」
「是嗎？」織部看著真野。
真野點燃一根菸後，吐出一大口煙。
「你回想一下你讀那封信時的心情就好了。老實說，你的心有受到影響吧？」
「話是沒錯……」
「那就像是長峰直接在跟你說話。直接說話時有直接說話的影響力，那個影響力如果過大的話，對我們來說就會變成麻煩的阻礙。」
「阻礙……」
「公關室的電話響個不停喔。」近藤說，「打來的內容幾乎都一樣——請停止追捕長峰先生。」

對於和佳子下的這一著棋，男性客人的臉上露出苦笑。他身穿T恤，雙臂抱胸，低聲沉吟著。

「怎麼了？孩子的爸？你不是說下西洋棋的話，沒人是你的對手嗎？難道是騙人的？」他的老婆在旁邊說著風涼話。

「煩死了，妳安靜一點啦。」男性客人用手指指著西洋棋的棋子，同時皺起了眉頭。他好像是在想：既然已經對老婆誇下海口了，就應該再多堅持一下吧。其實勝負早已定了，不管他再怎麼努力，還是得再走好幾著棋，才能將和佳子的軍。這點他自己也應該很清楚。

吃完晚餐後，和佳子正在擦桌子，結果有人來問她要不要下一盤棋。好像是發現了放在交誼廳架子上的西洋棋盤吧。這個男性客人看起來相當有自信。

「爸爸，加油！」七歲的兒子不斷替額頭出油而泛著光芒的父親加油打氣。那是一個身材瘦長，手腳被太陽曬得黝黑的健康男孩。剛才還一直沉迷於電玩的他，一看到父親和民宿的阿姨在西洋棋盤上開戰，就開始津津有味地盯著戰況，根本不管自己懂不懂規則。

和佳子無法控制自己不去想這個男孩的事情。他平常都在玩些什麼呢？有什麼樣的朋友呢？他喜歡什麼東西呢？將來想要做什麼呢——不用說，這些想像全都是因為她把對死去兒子的思念，移情到這個男孩身上的緣故。不過她並沒有對男孩或是他的父母問東問西。想也知道，他們一定會愉快地回答吧。然而和佳子害怕自己在聽到那些答案之後，內心會波濤洶湧。

父親終於下了下一步棋，這是和佳子預料中的一步。她拿起早就決定好的棋子，放到她早就決定好的位置上。看見和佳子的這步棋後，父親顯得很洩氣。

「哎呀！我輸了。」他將兩手撐在桌上，低下頭來。

「咦？怎麼會？爸爸輸了嗎？」不懂西洋棋規則的老婆在一旁顯得很驚訝，她應該是沒想到棋局這麼快就結束了吧。

「爸爸好弱喔！」男孩敲著父親的大腿。

「嗯，我很少輸呢。您實在太厲害了。」

「也還好啦！」和佳子一邊微笑，一邊開始收拾西洋棋。西洋棋是和佳子開始在這間民宿工作後，父親隆明教她的。其實或許該說，是隆明在結束一整天的工作後，一定會找她下一盤棋。

西洋棋就像是人生——這是隆明的口頭禪。

「一開始我們就擁有所有的棋子。如果能一直維持這樣，就會平安無事，但這是不被允許的。要移動、要走出自己的陣地才行。越移動或許就越能打倒對方，可是自己同時也會失去很多東西。這就和人生一樣。西洋棋和象棋不同，從對方贏來的棋子，並不能算是自己的棋子。」

一想起大志的事，和佳子就會覺得這句話是真理。一直以為兒子的死是對方的錯，夫妻互相指責，結果卻只傷害了對方，什麼也沒留下。

男性客人的老婆打開電視開關。開始播報新聞。畫面上是一封信的特寫，主播的聲音配合著這個畫面傳了出來。

「『不管發生了什麼事，我都要復仇，而在那之前，我並不打算被捕。不過復仇完畢之後，我會立刻去自首的。我也不會請求量情減刑，即使是被判死刑也無所謂。反正這樣繼續活下去，也沒有意義了。』——長峰嫌犯是這樣描述自己的心情的。他真的是為了復仇，不惜賭上性命。針對這樣的行為，一般人的想法如何呢？讓我們走到街頭去聽聽觀眾的聲音。」

和佳子立刻明白那是發生在東京那起強暴魔的復仇事件。白天的新聞談話性節目中，已經發表了兇手寫給警方的信，吃晚餐時，住宿的客人們都在討論這件事情。聽說郵戳好像是愛知縣的，她還是覺得這件事離自己很遠。

畫面出現一個像是上班族的中年男性，麥克風對著他。

「我瞭解他的心情喔。因為我也有小孩嘛。可是實際要我付諸行動的話，我想我做不到的。殺人畢竟還是……該怎麼說呢？還是不可以的吧。」

接下來是一個中年女性的臉。

「一開始我覺得他是一個非常可怕的人。因為你們看，他殺人的手法很殘忍嘛。但是看了那封信之後，我覺得他很可憐。」

對於是否想讓他去復仇的問題，中年女性想了半天。

「想和不想的比例各占一半吧。我也不知道。」

接下來是一個白髮老人，老人對著採訪記者瞪大了眼睛。

「不可以喔！復仇是野蠻的行為，絕對不可以！日本是法治的國家，所以這種事情必須在法院裡殺伐才對。做了壞事的人，應該依據法律來判他們的罪。」

如果因為兇手是少年犯所以就不用坐牢的話，您會怎麼做呢？記者問他。

「這個……這樣還是不可以啊。如果大家都用自己的方法去復仇的話，會變得亂七八糟呢！」

畫面上出現了一個圓餅圖。針對長峰嫌犯的行為，總共分為「可以認同」、「能體會他的心情但無法認同」、「無法認同」、「不予置評」四個區塊。取得壓倒性多數的，是「能體會他的心情但無法認同」，超過了整體的半數。

「果然會得到這樣的結果呢。」男性客人一邊看著電視一邊喃喃自語，「對著麥克風應該說不出『我同意殺人』吧！」

「如果是爸爸的話，會怎麼做呢？」老婆問道。

「怎麼做？」

「假設說這個孩子被人殺了嘛。然後，你知道兇手是誰的話，你會怎麼做？」妻子看著開始玩電動的兒子，再次問道。

「我會殺了他。」男性立刻回答。雖然臉上帶著笑意，但是他的眼神卻是認真的。

「妳呢？」

「我可能也會殺了他──如果我有辦法的話。」

「辦法這種東西是一定有的吧。」

「不只要殺死他，我還不能讓自己被捕。孩子被殺已經夠不幸了，還因為復仇而得坐牢，這未免太划不來了。為什麼要為了那種傢伙，遭遇第二次的不幸呢？所以我如果要復仇的話，就一定要先想好不被警察抓到的辦法，然後才去執行。」

「原來如此，女人還真會算計呢。就算在這種時候，也要想辦法不讓自己吃虧。」

「男人太單純了啦。因為你看，報仇雪恨了之後，自己卻被抓進去關，這樣子哪有意義啊。」

「被抓也無所謂，只要能報仇就好了嘛。我只要能殺死那傢伙，根本不會考慮被捕的事。」

「爸爸就是因為這樣才會失敗喔。要想遠一點。所以你下西洋棋才會輸嘛──是不是啊？」老婆徵求著和佳子的認同。和佳子沒有回答，只是苦笑著。

「這和下西洋棋無關吧。好了，該回房了。明天還要爬山呢！得睡飽一點才行——謝謝您的招待。」

「晚安。」和佳子帶著笑容目送這一家人。

新聞的內容已經變成在談論經濟問題了。暫時看不到景氣復甦的跡象——經濟學者使用統計圖，說明著不值得一聽再聽的東西。和佳子按下遙控器的開關，將電視關掉。

她將西洋棋盤放回架子上時，裝在玄關門上的鈴響了。她一看，原來是吉川武雄。他的帽子戴得很低，雖然已經是晚上了，他卻仍然戴著淺色的太陽眼鏡，他襯衫的腋下部分被汗水濡濕了。

「您回來了啊！」和佳子從交誼廳走出來對他說。

吉川像是失了魂似的，愣了一下才略微點點頭。

「不好意思，錯過晚餐。」

「這不要緊。您應該在外面用過餐了吧？」

「嗯，隨便吃了一點……」吉川點點頭。

傍晚時，和佳子接到了他的電話，要她不用為他準備晚餐。

「那個人找到了嗎？」和佳子問道。她還記得他說要去找離家出走的少年。那麼，他今天應該也是為了這件事四處奔走吧。

「不，很遺憾。」他臉上浮現無力的笑容，搖了搖頭，「我在這一帶繞了繞，但是民宿的數量多得驚人。」

「難道沒有其他的線索嗎？像是姓名之類的。」

「我知道他的姓名，但是這關係到個人隱私，所以不方便說。」

「喔，這麼說也是。那明天您還要繼續找嗎？」

「看來也只能這樣了。」

「那麼明天之後的住宿地方，您找到了嗎？」

「待會兒才要去找。我打算再稍微往北走。」

看來他好像是一邊移動據點，一邊繼續調查的樣子。

「如果您決定好下一個地點之後告訴我，我可以幫您找民宿。」

「真的嗎？要是可以的話就太好了。」

「直接告訴我沒關係，我還可以拿到折扣價喔。」

「謝謝。」吉川低下頭致意，然後就打算上樓去了。然而他又停下了腳步，轉過頭來，

「昨天的相片，印出來了嗎？」

「相片？喔……」

和佳子立刻明白他在說什麼。大志的相片。是親戚把這張很久以前拍的相片拿來給她的。因為相片保存的狀態很差，所以她便將之存入電腦裡，想要重新列印出來，但是卻不知該如何做才好。就在她傷透腦筋的時候，吉川來幫她了。

「請等一下好嗎？」這麼說完後，她就往走廊的盡頭跑去。那裡是她自己的房間。

那張相片已經印出來了。她拿著相片回到吉川那裡。

「大概就是這樣。」她遞給吉川。

吉川摘下太陽眼鏡，看著相片。這時，和佳子突然覺得好像有什麼東西牽動了她的記憶深處。她感覺自己好像在哪裡看過這個人——但那是種非常不真實的感覺。昨晚她也曾見過他拿下太陽眼鏡的臉，可是當時卻沒有什麼感覺。應該是心理作用吧，她這麼解讀。

「還是看得見刮傷呢。」吉川說。

「這也沒辦法。只要能保留下相片……」說到這裡和佳子就打住了。她不想親口說：那是她死去兒子的相片。

「相片已經先掃描進電腦裡了嘛，那個資料還在嗎？」吉川問道。

「是的，還在。」

「能不能讓我看一下？」

「嗯，可以的……」

和佳子一邊思忖著他的目的，一邊走進了交誼廳，朝著放在餐廳角落的電腦走去。和佳子打開電腦的電源，叫出了那張相片。

吉川在電腦前面坐下，然後手上拖著的小文件包中拿出一張新的磁碟片。

「我可以複製這張相片嗎？」

「欸？您要做什麼嗎？」

「我也有帶電腦來。用我的電腦，說不定能把刮傷去掉。」

「是嗎？」

「我想應該可以。妳不想消除相片上的刮痕嗎？」

「如果可以的話，就拜託您了。」

「那我試試看。」吉川將磁碟片插入電腦旁邊的插槽內，「我已經很久沒用磁碟片了，最近通常都是用CD-ROM來儲存資料。」

「這台電腦是別人給我的，所以很老舊，而且裡面的軟體也還沒升級……」

「如果平常不會覺得不方便的話，這樣就夠了。」

吉川以熟練的手勢操作鍵盤和滑鼠之後，便取出磁碟片。好像已經複製完了。
「今天晚上我來試試看。」吉川將磁碟片放入包包中。
「可以嗎？拜託您這麼麻煩的事。」
「應該是不會花太多時間啦。」這樣說完後，他的表情變得有點陰沉，接著稍微猶豫地開口說道，「問您這樣的事情，或許會讓您覺得有點唐突……」
「什麼事？」和佳子問道。
「令郎是……生病還是怎麼了嗎？」
她不由得盯著吉川的臉看，他垂下了眼睛。
他果然還是發現了呀，和佳子想道。
「不，是意外。」她盡量以平靜的聲音回答，「從公園的溜滑梯摔下來……因為父母不小心。」
吉川睜大了眼睛。可能是因為這個答案出乎他的意料之外吧。
「是嗎？真抱歉，問了一個不該問的問題。這張相片我想明天早上就可以弄好了。」
「請不要太勉強自己。」
「沒問題的。那麼，晚安。」
這樣說完後他就摘下太陽眼鏡，低頭致意。
這時，和佳子再次覺得他跟某個人很像。

22

回到房間，長峰從包包裡拿出筆記型電腦，打開電源，然後在等待電腦啟動的時間，點燃了一根香菸。

襯衫的腋下部分有汗臭味。他注意到之後，便直接叼著菸將襯衫脫下。他的全身上下都冒出了汗水。

他一看錶，發現快要十點了。原本想先洗個澡的他，還是決定撐到最後一刻。他希望今天能洗個頭，為此，他非得脫掉假髮不可。要是在那個時候剛好有誰進來澡堂的話，就麻煩了。

他帶電腦來這裡的原因有好幾個。其中一個原因，是他覺得可能可以利用網路蒐集情報。但是其實和案子有關的事情，只要看電視和手機就能知道得一清二楚了。所以實際上，他還沒因為這個理由而使用過電腦。

電腦開機了。長峰點擊顯示在畫面上的其中一個圖示，整個畫面也跟著切換成動畫顯示模式。

開始播放的影像，是長峰不願再次看到的東西。換言之，就是繪摩遭到兩個男人蹂躪的畫面。他離開家時，將那捲錄影帶的內容存進這台電腦裡。

長峰目不轉睛地盯著畫面看，香菸就夾在手指之間。那是即使看了再多遍，他都無法習慣，只會讓自己的絕望和憎恨越來越深的影像。那是他不想再看，卻又不得不看的影像。

這就是長峰帶電腦來的最大理由。不論何時何地，他都要看這個如同惡夢般的影像。除了想要牢牢記住菅野快兒的臉之外，他也得透過這個影像鼓舞怯懦的自己。

菅野快兒的臉部特寫相片，也是從這個畫面截出來的。長峰拿著那張相片四處奔波，尋找民宿。

不過今天毫無斬獲。他總共問了將近二十家民宿，卻沒有得到像是菅野快兒的人住宿或是工作的情報。

明天以後該怎麼辦呢？老實說，他也一籌莫展。像現在這樣的找法，真的能找到菅野快兒嗎？他一點自信也沒有。而且他也擔心再這樣找下去，總有一天會有人通報警方的。

今天那封信已經在電視上公開了，因此長峰的臉出現在電視上的頻率變得更高。如果電視台反覆播報的話，記憶力再差的人也應該會慢慢將他的臉烙印在腦海裡吧。會發現他這個問些奇怪問題的人，就是要為女兒復仇的殺人犯，也只是時間的問題了。

但是還有其他的方法嗎——

長峰將剛才的磁碟片放入電腦裡，然後將其中的影像儲存到硬碟去。接著他開啟相片加工用的軟體，利用這個軟體修飾相片。

在神社院內笑得很幸福的親子三人。民宿的女人看起來比現在要豐腴些，應該是她丈夫的男性，身穿西裝，是個美男子。正中間比著V手勢的男孩身穿格子上衣，配短褲和白色半筒襪。

她說是從公園的溜滑梯摔下來的，然後兒子就這麼死掉了。長峰沒辦法再繼續追問下去，但是卻不敢相信真的有這種事。她是說因為父母不小心，可是那究竟是什麼樣情況呢？

不管怎麼說，當時她應該非常悲傷吧——現在的長峰能夠想像了。不知道這是幾年前的事，不過恐怕她心裡的傷口還沒有癒合吧。這樣一想，長峰就可以理解，為什麼在她優雅地微笑時，眼睛深處仍透露出哀傷的神情了。

長峰戴上老花眼鏡，使用軟體工具，開始謹慎地修復相片。消除背景和衣服部分的刮傷還沒什麼，但是要消除臉上的刮傷就得費心了。因為如果人的長相變了的話，就沒有任何意義了。

為什麼會想要幫這個連姓名都不知道的女人做這些事呢？長峰自己也不知道。對於不知道相片中的小孩已經過世，還粗神經地問東問西這點，他確實感到很抱歉。還有，他對同樣失去小孩的女人，抱持著同病相憐的心情也是事實。然而不僅如此而已。如果只是因為這些原因的話，他才不會想做這麼麻煩的工作。

可能是自己想要得到贖罪券吧，長峰心想。不管有什麼理由，都不能讓殺人合理化，這他都知道。做了不可饒恕的事之後，罪惡感是不會消失的。

為了戰勝罪惡感，他只能反覆唸著「這是為了繪摩」的咒語。也就是除了站在家長為了孩子著想這種理所當然的立場之外，他別無他法。而因為這個想法支撐著他的心，所以他才無法默默看著民宿這個失去孩子的女人不管。

如果她知道長峰是以這樣的心情來修復相片的話，就算相片出來的效果很好，她或許也不會高興吧，長峰想道。

馬上就要十一點了，可是卻還有人進入浴室的聲音。來到走廊上，原本打算去鎖浴室門窗的和佳子很失望地回到自己房間。洗澡時間最晚到十一點，不過她不想催促泡澡正泡得舒服的客人。而且那個客人可能是吉川吧。回到民宿後，他應該還沒洗澡，因為他為了找人奔波了一整天，所以和佳子想讓他悠閒地泡澡。

然而她只等了幾分鐘。就好像是洗戰鬥澡似的，和佳子聽見客人出來的聲音。

和佳子走出房間後，看到吉川正在走廊上的販賣機前面買罐裝啤酒。頭上裹著毛巾的長峰看見和佳子後，不知道為什麼好像很驚訝似的連連後退。

「怎麼了嗎？」和佳子問道。

「不，沒什麼。」他一隻手將洗臉盆拿到身後，一隻手按住裹著頭髮的毛巾，「對不起，這麼晚才來洗澡。」

「不，沒關係。水還熱嗎？」

「水溫剛好，很舒服，我還差點睡著了呢。」

「那就太好了。」雖然心裡納悶洗戰鬥澡是否真的會想打瞌睡，不過她還是這麼回答。

「剛才我已經開始修復相片了，應該沒問題。」吉川說。

「是嗎？真令人高興，但是也請不用太勉強。」

「其實並不是那麼麻煩的事，所以請別放在心上。那麼，明天見囉。」

「晚安。」

道完晚安後，吉川便拿著啤酒離開了。和佳子目送他離去後，便往浴室走去。

到底像誰呢——和佳子一直在想。絕不是自己身邊的人，而是以其他形式看過的人，比方說在電視上看過之類的，但是應該也不是某位藝人。

可能只是錯覺吧，和佳子心想。明明是第一次造訪的地方，卻覺得自己曾經來過，這種案例也不少。就是所謂的似曾相識。或許就是類似這樣子的感覺吧。

不管怎麼說，和佳子只覺得那個人是好人。雖然她完全不知道要消除相片上的刮傷有多困難，但是一定需要費一番工夫，一般人應該是不會自願幫忙的。

他可能喜歡小孩。也或者是他比一般人更尊敬有小孩的人吧。說不定他去找行蹤不明的孩子，也不完全是為了錢。

關好浴室的門窗、打掃完畢後，和佳子便打算走回房間。不過在經過剛才那台自動販賣機前時，她下意識望了一眼找零錢的洞口，然後停下了腳步。

伸手一摸之後，她發現還有零錢留在那裡。可能是吉川忘了拿走的吧。

她猶豫了一會兒，最後決定送到吉川房間去。剛才聽他說話的口氣，應該還沒打算就寢吧。

她走上樓梯，輕輕敲了吉川住的那個房間的門。裡面立刻傳來小聲的回應。

「您是不是忘了拿走自動販賣機找零了？」

她一說完，就聽見對方有點驚訝地「啊」了一聲，門也應聲打開了。探出頭來的吉川戴著眼鏡，頭上仍然裹著毛巾。

「您的錢。」和佳子將零錢遞出去。吉川說了聲謝謝後，就接了過去。

「我正好在修相片，我想再一下子就好了。」吉川說。

「謝謝。」和佳子一邊道謝一邊盯著吉川看。

吉川似乎有點訝異地說：「怎麼了嗎？」

「喔，沒什麼。」和佳子趕緊搖著手，「對不起，因為您戴著眼鏡。」

「這個嗎？」他苦笑了一下並摘下眼鏡，「老花眼。如果沒有這個的話，就看不清楚細微的部分。」

「請別讓眼睛太疲勞了。」

「沒關係的。」

他們互道晚安之後，吉川便關上門。和佳子則從房前離去。

但是當她的腳踩到樓梯時，突然有一道光閃進她的腦海，這道光照亮了她想看卻看不清楚的記憶深處，從中浮出來的東西，是一個電視畫面。

是葬禮的景象。喪家的男性正在向大家致意。他在讀著事先準備好的稿子，然後戴著眼鏡的臉抬了起來，雙眼盈滿了淚水。

這是她最近看到的影像。到底是哪一個葬禮呢——

和佳子倒抽了一口氣。她發現那是在新聞談話性節目中曾經看過幾次的影像。就是那個父親為了被姦殺的女兒復仇，正在追殺兇手的事件。在節目裡介紹那個父親時，都會使用女兒葬禮時拍攝到的影像。可能是因為這樣才能更深刻表現出他的遺憾吧。

長峰……下面的名字是什麼呢？

和佳子慢慢走下樓梯。她覺得如果走太快的話，雙腳好像會不聽使喚。她的心跳加速，全身冒冷汗。

走到交誼廳後，她攤開昨天和今天的報紙。被通緝的時候，報紙上應該會刊登他的相片。

找到了——不久她便找到了。一張男性正面的相片，下面寫著「長峰重樹嫌犯」。

和佳子盯著那張相片看。果然沒錯。她看到吉川之後，一直覺得他長得跟某個人很像，原來就是這號人物。雖然髮型不同，相片裡的長峰重樹也沒有鬍碴，不過如果留了鬍子的話，應該就一模一樣了。

吉川就是長峰重樹嗎？

他的長髮也有可能是假髮。和佳子知道有男性用的假髮。洗完澡後，他在頭上裹了毛巾，難不成就是為了遮掩本身的短髮嗎？

而且他的行動也很可疑。雖說要找一個年輕人，可是那個人，其實就是他想要復仇的對象吧。

和佳子拿著報紙的手開始顫抖。她收起報紙，趕緊回到自己的房間。雖然檢查完門窗是否全都關好的工作還沒做完，不過她現在已經沒辦法想那麼多了。

她打開電視，然後在電視前面坐了下來。她想要先確認吉川是否真的就是長峰重樹，因為光憑報紙上的照片，是很難判斷的。不過很不湊巧的，沒有一個電視台在播報新聞。

如果真的是長峰重樹的話，該怎麼辦——

當然應該通知警方吧？不，或許應該現在就通知警方。光是長得很像長峰重樹，這個情報就很有價值了。即使弄錯了，警方當然也不會怎樣，吉川應該也不會生氣才對。

現在除了她以外，好像還沒有人發現吧。這也是理所當然的，因為吉川幾乎沒讓自己和其他人打過照面。這一點似乎也顯示他就是通緝犯。

必須先讓隆明知道。後續的處理他應該會判斷吧。

然而，和佳子並沒有站起來。她發現自己在猶豫要不要去告知父親。隆明一定會立刻報警吧？然後不一會兒，警察就會趕來確認事情的真偽。如果吉川就是長峰重樹的話，當場就會被逮捕；如果不是的話，就當是鬧個笑話，和佳子他們並不會有任何損失。

但是這樣真的可以嗎——

某個看不見的東西，將想要站起來的和佳子壓在座位上。

23

窗外已經變亮了。和佳子從床上坐起來。雖然距離鬧鐘響還有將近一小時的時間，但是繼續躺在床上也不會改變什麼。她昏昏沉沉躺了一個晚上，結果還是無法熟睡。

和佳子打開電視開關。可是別說新聞了，就連有在播放節目的頻道都找不到，她只好又關掉電視。

可能是因為睡眠不足的關係，讓她覺得頭很重，胃部也脹脹的。

她還沒決定是否要將吉川的事告訴隆明。不，其實她想法已經確定了。她想要親自確認吉川是不是長峰重樹，如果覺得沒有錯的話，就會自己打電話給警察。她也不知道自己為什麼要這麼做。總之，她認為這件事情不能靠別人。她確實也不想將責任推給父親，不過這並不是唯一的原因，應該說是一種直覺吧。如果不親自判斷的話，她覺得自己一定會後悔。

等了一會兒，和佳子再次打開電視。電視正在播報昨天體育競賽的成績。她鎖定了這個頻道，等著一般新聞節目開始。晨間新聞會重複播報昨天的內容。如果固定在這個頻道的話，一定會播出和長峰重樹有關的新聞的，她想道。

和佳子回想起自己和長峰重樹之間的談話。的確，他身上是有種類似逃亡者的感覺，好像做了什麼虧心事似的，總是很少抬起頭來。但是，他說的一些話又帶著一股暖意，感覺一點兒也不像殺人犯。和佳子不覺得他是那種憑著感覺行動的人。事實上，他也主動說要幫和佳子修復大志的相片。如果是只考慮到自己復仇的人，現在這種情況下，應該不會說出那種話吧？

想到這裡，和佳子嚇了一跳，因為她發現自己的心中有一份想要包庇長峰的情感。她輕輕搖搖頭，繼續看著電視。就在這時候，主播開始播報發生在足立區的兇殺案後續報導。

「——所以長峰嫌犯的信，似乎也為一般市井小民帶來了影響。針對這一點，警視廳除了承認被公開的信的內容是真實的之外，並沒有再多做評論，調查方針也沒有改變。此外，針對郵戳來自愛知縣這一點，警方表示，只能說長峰嫌犯是從愛知縣將信寄出，並不能證明他就潛伏在愛知縣內。」

男主播的右上方出現了一個男性的大頭照，下面寫著長峰嫌犯。和佳子探出了身子。那張相片好像和登在報上的是同一張，但是因為比較大，畫質也比較好的緣故，所以臉部的輪廓可以看得較為清楚。

她的心跳又開始加快了。越看她越覺得長峰和吉川長得很像，甚至已經沒辦法想成別人了。

好像有人經過了走廊。和佳子聽到聲音之後嚇了一跳。即使知道那是隆明，她的心還是怦怦跳個不停。

她簡單打扮了一下，就走出房間。經過樓梯前方時，她往二樓看了一眼。儘管知道吉川應該沒那麼早起床，她還是擔心會碰到吉川。

走進廚房，她看見隆明正在穿圍裙。隆明看見女兒之後，露出驚訝的神色。

「喔，今天怎麼這麼早起床啊？」

「不知不覺就醒來了。」和佳子看了看掛在牆壁上的鐘，好像比她平常的時間早了三十分鐘以上。

「妳來得正好，有一個客人說要早點出門喔。那料理的準備工作就交給妳吧！」

「我知道了。」和佳子拿起圍裙，「那個……說要提早出門的是哪一個客人啊？」

「帶著一個小男孩的夫婦。他不是和妳下過西洋棋嗎？」

「喔，那一家人啊。」和佳子點點頭，開始洗著馬鈴薯。如果是吉川說要提早出門的話，該怎麼辦呢？她自忖。

和佳子一邊削著洗好的馬鈴薯，一邊看著隆明的背影。他正要開始煮湯。那個背影和平常一樣。他做夢也想不到，受全日本矚目的大事就要發生在這間民宿裡吧。就是因為討厭凡塵的喧囂，他才會選擇這樣的生活，每天過著一成不變的平凡生活，享受著與來來去去的旅客短暫的接觸。電視上播報的恐怖殺人事件，對他來說，一定就跟異次元的故事一樣。

「怎麼了？」突然轉過身來的隆明，看著和佳子露出驚訝的表情。他大概看見她手裡拿著菜刀發呆的模樣吧。

「沒什麼。」她露出笑臉。

「妳的臉色不太好看喔。如果身體不舒服的話，就去休息吧。」

「不要緊，我只是在想些事情。」和佳子擠出笑容，開始動起菜刀。隆明沒有再繼續問下去。

打工的學生也起來了，廚房一下子就充滿了活力。餐桌上鋪著漂亮的餐巾，所有的準備也都已經完成了。不管客人們什麼時候過來，他們都可以立刻上菜。

到了七點，最早出現的客人就是昨天和和佳子下西洋棋的那個男人，以及他的老婆和孩子。她和和佳子打了照面後，說了聲「昨天謝謝妳」，然後點點頭；和佳子也報以微笑說著「哪裡」。她覺得自己的臉頰好像麻掉了。

其他的客人也陸續進來了，但吉川沒有出現。和佳子回想起昨天早上，他也是比大家晚一些才進來。她對他的懷疑越來越深了。

喜歡下西洋棋的男人迅速吃完早餐，接著不管老婆和小孩還沒吃完，他就自顧自地離開座位走到電視前。打開開關後，他將頻道轉到新聞節目。

「搞什麼嘛，爸爸。我們還沒吃完耶！」老婆抗議著。

「我不用在那裡等你們也沒關係吧。」

「可是這樣我們會吃得很趕啊。」

「沒關係，你們慢慢吃。」男人將電視的音量調大。

長峰嫌犯——這個聲音跳進了和佳子的耳朵裡。端著放了餐具的托盤的她，差點因為過度的驚惶失措而打翻托盤。還好，似乎沒有人看見。

她偷偷將目光投向電視。男主播用稍微緊張的表情說道：

「這是本節目獨家查證的消息。長峰嫌犯在幾年前曾經參加過射擊比賽，而且也擁有自己的獵槍。至於長峰嫌犯是不是帶著那把獵槍失蹤的，調查總部尚未出面證實。如果他打算用槍復仇的話，就有可能在大街小巷開槍，一般的市民也有可能受到傷害，所以大家就必須嚴加戒備了。」

坐在電視前的男人雙手交抱胸前，嚇了一大跳。

「哇，他打算用來福槍報仇呢！這樣一來，事情就越來越嚴重了。和好萊塢的電影一樣欸。」

「一般人可以那樣用槍嗎？」他的老婆問道。

「可以啊，不過必須持有特殊的執照才行。不然，不就不能打獵了嗎？」

「是喔。」他的老婆做出理解的表情點點頭。

和佳子試著回想吉川的行李。如果是來福槍的話，一般的包包是放不下的吧？在和佳子的印象中，他的行李好像只有一個旅行包。還是說來福槍也可以折疊，變得很袖珍呢？

到了八點時，吃過早餐的客人們全都消失了蹤影。他們也幾乎都辦好退房手續了。

「和佳子小姐，還剩下一位吉川先生。」工讀生多田野說道。

「喔，對，那我來打電話問問好了。」和佳子走到電話那裡。和客人聯絡是她的工作。她想起昨天早上，自己也曾打過電話給他。

雖然猶豫了一下，她還是拿起話筒，在確認房間號碼之後，她便按下按鍵。電話一響，吉川就立刻接了起來，好像在等著和佳子打來似的。

「喂？」吉川低沉的聲音傳來。

「請問……早餐已經準備好了，您要用餐嗎？」她的聲音沙啞。

「好，現在我就過來。」

「好，那我等您。」

掛掉電話後，和佳子不自覺地嘆了口氣。握著話筒的手已經滲出汗水來了。

「真是難得啊。」她身後的多田野說。

「啊？什麼事？」和佳子轉頭問道。

「和佳子小姐打電話給客人時，一定都會先說早安不是嗎？可是剛才卻沒有說。」

「喔……」這麼說來的確如此。因為太過緊張的關係，她連平常會說的話都忘記了。和佳子擠出笑容，「剛才一不留神就忘了。因為我一邊打電話，一邊在想事情……」

「您是不是太累了？收拾的工作就由我來做吧。」

「不會，沒關係，謝謝你的關心。剩下的我來做，你去幫忙大叔吧。」

大叔就是指隆明，他應該正在打掃已經退房的房間。不知為什麼，和佳子不想讓多田野看到吉川。本來這種時候，也應該讓多田野看看吉川的臉，看他覺不覺得吉川長得很像那個通緝犯。但是不知為何，和佳子卻是抱著相反的想法。如果那麼做的話，她就只能走上報警那條路了。她想要避免事情變成那樣。

吉川和走出去的多田野擦肩而過，走了進來。他不可能會知道和佳子心裡在想什麼，但仍然垂下眼睛，對和佳子笑著說：「早。」

和佳子也回了聲：「早。」接著便開始準備他的早餐。

她將食物放在托盤上，端到他的座位。明明不是很重的東西，卻讓她感到步履蹣跚。等她將食物放到桌上時，才發現那是因為她在發抖。

「那個……」吉川對她說。

「什麼事？」和佳子不禁睜大了眼睛。

「這個給妳。」這樣說完後他就將磁碟片放在桌上。

「啊……是那張相片嗎？」

「嗯。我自己是覺得修得還不錯，不過還要等妳看過才知道好不好。有時候，修圖會把人的長相改變喔。」

「那我待會兒再來看。」

「如果可以的話，能不能現在就看呢？要是還需要修正的話，我可以當場再修。」

「是嗎？那我現在就去看。」

和佳子拿起磁碟片，離開他的桌子。她坐到電腦前面打開電源，插入磁碟片。不久後，螢幕上就出現磁碟的圖示，她點擊了那個圖示。

看見顯示出來的影像後，和佳子說不出話來。原本刮得一塌糊塗的相片完全脫胎換骨，就像剛沖洗出來的相片一樣漂亮，而且她覺得色彩似乎變得更鮮豔了。

「怎麼樣？」聲音從她身後傳來。吉川就站在和佳子的斜後方。

「太厲害了。」和佳子坦率說出她的感受，「我沒想到會變得這麼漂亮，謝謝您。這樣放進相框裡，就一點也不奇怪了。」

「令郎的長相有沒有變？」

「沒有，那個孩子的臉就是這樣。」

當和佳子看著修復成功的大志面容時，眼眶裡盈滿了淚水。她趕緊用圍裙的一角擦掉眼淚。

「真的很感謝你。應該很辛苦吧？」

「不，也沒那麼辛苦，只要妳高興就好。」吉川笑咪咪地回到自己的座位上。

和佳子看著他吃飯的背影，再看看在電腦上的兒子的相片。雖然不是很瞭解，但是她覺得這種修復工作不可能那麼簡單。她可以想像，他八成是在電腦前忙到半夜吧。證據就是，他的眼睛看起來有點充血。

他不是壞人，她心想，甚至比一般人更善良一倍。她不得不思索著這樣的人為什麼會……

「對了。」他突然轉過頭。

「是。」和佳子挺直了背。

「今天的預約已經滿了嗎？如果可以的話，我還想再住一晚。」

24

從「Crescent」民宿出來的長峰，還是像往常一樣沒有坐公車，而是步行前往蓼科牧場。不過他並沒有目標。一直待在房間裡可能會被人覺得有點奇怪，所以他只好先出門。

今天早上醒來時，他感到一股難以言喻的倦怠，就連從床上起來都很痛苦。雖然晚去吃早餐是為了不要和其他客人打照面，但其實在電話響之前，他都還倒在床上。

昨天他為了修復那張相片，一直忙到半夜兩點。如果這樣做能安慰那個失去孩子的女性就好了——他是以這種心情開始修復的，只不過沒想到一旦著手後，就不知不覺陷了進去。

可能在他的內心深處，也想跳脫目前的處境吧。這是他的自我分析。疲於幾乎沒有線索的搜尋和被通緝的他，非常想忘掉目前的處境，專注於這項作業——即便只有一下子也好。

感到渾身疲倦的原因，並不是作業的操勞，而是這項作業已經結束的關係吧，他不得不這樣想。想要復仇卻找不到對象——這種地獄般的時間又要開始了。

得讓頭腦和身體都休息一下才行。仔細想想，他從離開家之後，就不斷地過度消耗自己的精神和肉體。再這樣下去的話，他就要垮掉了。在沒有找到菅野快兒並復仇之前，他絕對不可以倒下。

現在住的「Crescent」，是個可以讓他喘一口氣的好地方。員工很少，又沒有經營咖啡廳，所以不會有其他閒雜人等進進出出。最大的好處，就是身為通緝犯的他，幾乎不會和其他人碰到面。

所以他想要再多住一晚。今後不知何時才能再休息——不，可能連稍作休息都沒辦法。

當他詢問可否再多住一晚的時候，那個女性的表情很訝異，似乎想要知道原因。於是長峰就回答：「因為我喜歡這裡。」其實這也是真的。

她還是帶著困惑的表情，先退到裡面。讓長峰等了兩三分鐘之後，她瞪大眼睛走了出來，對長峰點點頭，接著說：「沒問題。」

可能很少有像他這樣的客人吧，長峰心想。中年男子一個人投宿本來就很少見，現在又突然說要多住一晚，她或許很困惑吧。

越靠近蓼科牧場，長峰就看見越多攜家帶眷出遊的人群。發現今天是暑假的最後一個星期日之後，他就理解了。所以民宿才會出現一家大小來住宿的客人吧。

有店家在賣飲料和霜淇淋，門前排列著遮陽傘，有人在傘下休息，也有男人大口大口喝著啤酒。情侶也不少，而且每個人看起來都很幸福。

長峰在自動販賣機買了可樂，然後在距離稍遠的長椅上坐了下來。周圍的這些人一定做夢也沒想到，自己身邊就坐著一個被通緝的殺人犯吧。

雖說是避暑勝地，不過陽光還是很強，今天大概也會很熱吧。長峰調整了一下太陽眼鏡的位置。戴了帽子的頭悶得要命。不過這也是當然的，加上假髮的話，他的頭上等於疊了兩層東西。他想要到沒人看到的地方，將假髮脫下來。

話說回來，接下來他該怎麼辦才好呢——

差不多該開始想一些讓他覺得憂鬱的事情了。長峰單手拿著可樂，開始思索。

為什麼一開始菅野快兒就會想要到長野的民宿來呢？伴崎敦也在斷氣前說菅野「逃走了」。也就是說，菅野知道自己非逃走不可。由於當時長峰尚未展開復仇，所以他的意思應該是指躲警察吧。

會選擇長野，是因為這裡比較適合逃亡嗎？還是說他想不到其他地方呢？不管怎麼說，對菅野而言，長野應該是個很特別的地方。

可是，會不會是在長野有親戚什麼的呢？長峰想道。不過，如果是這樣的話，警方應該早就猜到和菅野有直接關連的地方，然後現在這個時候，菅野一定也已經被逮捕了。過去曾經住過、或是工作過的地方，可能性也很低吧。

警方是透過什麼方法來調查菅野的藏身之處呢？首先一定是去問他的親友吧。到現在都還沒找到，就表示菅野是躲在這些人也想不到的地方。

不——

他的父母不見得會說實話。如果他們知道兒子行蹤的話，不管警察怎麼追問，他們也會保持沉默，不是嗎？不是想要讓兒子逃走，而是希望兒子能在被警察逮捕之前出面自首。不管什麼樣的小孩，在父母眼裡一定都是可愛的。即使長大後變成罪大惡極的人，父母也會像那個民宿的女性一樣，一心記得他們小時候可愛的模樣，甚至扭曲自己的良知。

長峰想起殺害伴崎時的情景。那個野獸也有父母。從新聞報導得知，他的父母為了讓他唸書、參加大學資格檢定考試，租了一間房子給他。真是荒唐！讓那樣的人獨自生活，他怎麼可能會乖乖唸書？八成只是父母為了擺脫麻煩，才讓他離家的吧。媒體也有報導，他好像會在家裡對父母暴力相向。

結果造成了別人麻煩，只能說是因為他父母放棄了自己的責任。根據媒體的報導，伴崎敦也的父母在兒子屍體被發現時，還以遭遇悲劇的雙親姿態接受採訪。可是當伴崎平日的素行不良曝光，而且警方懷疑是遭人尋仇之後，他的父母就突然失去蹤影。當然，因為他們曾經告訴警方住處的緣故，所以也有幾個記者找到了他們。不過，聽說他們態度丕變，拒絕接受採訪。他們沒有對遭到自己兒子性侵的女孩道歉，只是一味強調自己是喪子的父母。

看到這些報導後，長峰殺害伴崎敦也的良心苛責便全都煙消雲散了。只不過，他還是會覺得自己做了一件沒有意義的事，徒勞無功的感覺更加強烈。如果能看到他父母自責的樣子，長峰也許會稍感痛心，覺得自己似乎得到了一些補償。

可能菅野的父母也一樣吧！一定是由警方告訴他的父母，他的兒子到底在外面做了多少壞事。就結果來說，他們應該也已經知道菅野就和伴崎一樣，都成了兇手鎖定的目標了吧。即使如此，做父母的還是不希望兒子被捕。不管對他們做了多合乎邏輯的說明，他們一定還是不願意承認自己的兒子是壞到要被人追殺的人，也不會相信自己的兒子已被兇手鎖定了吧。

就是因為有這樣的父母，所以才會有像他這樣碰到如此憾事的父母，長峰想道。十幾年前，他們應該都是一樣站在為人父母的立場，抱著剛出生的孩子，期待著要把這個孩子養育成怎樣的人吧。

無法原諒——不管是本人或是他的父母。長峰從長椅上站起來，捏扁了手裡的可樂罐。

但是要怎樣做才找得到菅野呢？在這幾天的搜尋之下，長峰終於明白自己的行動跟海底撈針沒兩樣。

「——喂！和佳子。」

叫聲讓和佳子抬起頭來。她在交誼廳，攤開週刊發著呆。

戴著草帽的隆明一臉驚訝地站在那裡。

「妳在發什麼呆呀？沒聽見我的聲音嗎？我敲了好幾次窗戶欸。」

「啊，對不起。」和佳子闔上週刊。那裡面刊載著關於足立區兇殺案的特別報導，是客人留下來的。

隆明應該是在屋外拔草。一定是有事，所以想敲窗戶叫屋內的和佳子。

「有什麼事嗎？」

「不用了，已經弄好了。」隆明將掛在脖子上的毛巾取下來，一邊擦著汗，一邊走進廚房。他打算找找看有沒有喝的東西。

和佳子手裡拿著週刊雜誌，站了起來。在敞開的廚房門另一頭，她隱約看見了隆明的身影。開關冰箱的聲音傳來。

她還在猶豫是否該告訴父親。早餐時，她又再次看到了吉川的臉，而且還是覺得他很像長峰重樹。看了登在週刊上的相片再次確認後，更加深了他們倆是同一個人的看法。
隆明用草帽當作扇子搧著風走出來。
「吉川先生還要再住一晚是嗎？我已經登錄在預約表內了。」
「是的，今天早上他才突然跟我說的……」
「嗯，可能是行程有了變化吧！」
「這個我也不知道，他好像很喜歡我們這裡。」
「是嗎？這樣就太好了。」隆明點點頭，然後走出去。他好像一點都不覺得吉川這個客人可疑。
和佳子無論如何也說不出吉川的事情。那要自己報警嗎？她也沒辦法下定決心。現在，她發現自己只想默默地看著吉川退房，離開這裡。就算他總有一天一定會被逮捕，她也希望是在別的地方。並不是因為和佳子不想被捲入惹這種麻煩，而是她不想親手破壞長峰賭上性命的冀望。
多田野從二樓走下來。
「房間已經打掃好了，二〇二號房不用去管它是嗎？」
二〇二號房是吉川的房間。和佳子剛才是那樣指示的。
「對，謝謝喔。」
「那如果還有事的話，請叫我一聲。」多田野這麼說完，便將萬能鑰匙放在和佳子面前，然後就出去了。
她看著那串萬能鑰匙。這裡的房間仍然是用老式圓筒鎖。隆明曾說：會撬鎖的人應該不會來這裡住吧。

只要使用萬能鑰匙，任何房間都進得去，二〇二號房也一樣。

他應該要到晚上才會回來——

現在正是好機會，和佳子心想。雖然外貌神似，但是這樣並不能確定吉川就是長峰重樹，搞不好只是莫名地相像而已。如果是這樣的話，她不就是自尋煩惱了嗎？要煩惱的話，得等弄明白了再來煩惱也不遲。而能讓真相大白的方法，就在這裡。

和佳子拿起萬能鑰匙，走到走廊上。她的心跳越來越快。

儘管沒有這個必要，她還是躡手躡腳爬上樓梯。為了通風，幾乎所有房間的門都敞開著，唯獨二〇二號房的門是關起來的。

和佳子站在門前，將鑰匙插進鑰匙孔。她的手指在顫抖，金屬發出了碰撞聲。喀嚓一聲，鎖打開了，她深吸了一口氣後，慢慢將門打開。

房內並不會很亂。兩張床的其中一張，根本就像是沒用過的樣子。旅行包就放在房間的角落，筆記型電腦則擺在桌子上。

和佳子戰戰兢兢地將包包打開，裡面只有簡單的換洗衣物和盥洗用具等等，並沒有看見筆記本或是身分證之類的東西。

她的眼睛看向電腦。他應該是用這台電腦幫她修復相片的吧。一想到這裡，她就覺得自己不應該做這種事。

她打開電腦，猶豫了一下，最後還是開了電源。系統啟動之前的這段時間讓她覺得漫長無比。

要如何確定他的真實身分呢？和佳子想到的辦法是看電子郵件。不用看內容，只要查查他在寄郵件時，是用什麼署名就好了。

然而，和佳子從來沒有用過別人電腦，所以也不知道該如何操作，才能啟動郵件軟體。在無計可施之下，她只好一一點擊桌面上的圖示。

當她點擊其中一個圖示的時候，整個畫面的感覺突然變了。不久後，螢幕上出現了一個影像。

糟糕，點到一個奇怪的東西了——

她雖然想要趕緊中止影像，但是卻不太清楚操作的方法。在她手忙腳亂的時候，影像一點一點地放映出來。

然後，是令人震驚的畫面出現了。

一開始，和佳子以為這只是色情影片。可是仔細看過放映出來的影像後，她才覺得好像不是那種東西。

一個年輕的女生被兩個男的性侵。女生癱軟無力，臉上也面無表情。男人們正在蹂躪著這樣的女生。光是看著這令人不快的影像，就令和佳子作嘔了。

和佳子好不容易找到了操作面板，然後點擊了一下，讓畫面停止，順便關掉電腦的電源。不舒服的感覺並沒有因而消失。

當她啪噠一聲闔上電腦時，腦海中閃過一件事。

剛才看到的影像，該不會就是吉川，不，是長峰重樹的女兒遭到性侵時的畫面吧——

25

在西新井分局的梶原刑警催促下走進會議室的，是一名年約五十歲的矮小男人。他的雙眼內凹，兩頰凹陷。織部覺得他好像不是因為變瘦，而是因為過度疲勞而形容憔悴的。充血的雙眼也證明了他的勞累。他緊張的表情似乎在告訴別人，他是煩惱了很久，才決定這樣挺身而出的。

「您是鮎村先生吧。」織部確認道。

男人點點頭，小聲回答：「是。」

「總之，您先請坐。我已經聽過事情的大概經過了，只不過還有些地方想要確認一下。」

鮎村將折疊椅拉出來，坐了下去。梶原就坐在織部的旁邊。

「呃，我想先問一下令嬡千晶小姐自殺時的情形。聽說是今年五月七日的事嗎？」織部一邊看著手邊的資料一邊問道。「是的，就是黃金週剛結束的時候。——那個，我剛才說的話是不是再說一遍比較好啊？」鮎村看著梶原問道。

「是的，麻煩您了。我們都只聽到大概的內容而已。」梶原說。

鮎村點了一下頭，喉頭因為吞口水而動了一下，然後又看向織部。

「我老婆是說，早上千晶一直沒起床，所以她想要去房間叫她。我當時已經去上班了。然後她發現女兒……千晶把繩子掛在窗簾的滑軌上……上吊了。我老婆慌忙將女兒放下來，然後叫救護車，可是那個時候她好像已經死了。是警察打電話給我的。因為我老婆……已經快發瘋了，連電話都沒辦法打。」

鮎村似乎在拚命忍耐什麼的樣子。雖然經過了三個月，但他心裡的傷害一定還沒有痊癒。

織部又看了資料。鮎村的地址是埼玉縣草加市。關於這個案子，聽說草加分局是以自殺結案。現在聽鮎村的話，好像還有什麼隱情似的。
「有遺書嗎？」
「沒有。」
「關於自殺動機，您有沒有什麼想法呢？」
鮎村搖搖頭。
「沒有。她是一個開朗的好孩子，看起來根本沒什麼煩惱。只不過，她自殺的前一天特別晚回家，沒吃晚飯就直接進了房間，之後就沒再出來過了。所以我想，那一天她應該發生了什麼事……」
「前一天是指五月六日嘛。學校不應該是放假吧？可是她卻很晚才回家，是嗎？」
「我想應該是九點……左右吧。她跟我老婆說，她跟朋友去唱了卡拉ＯＫ，不過那也是隔著門的對話。」
「她就這樣，沒再出現在家人面前過了嗎？」
「是的。所以我很納悶她到底發生了什麼事，便詢問了來參加葬禮的學校朋友。可是根本沒有一個人跟她去唱過卡拉ＯＫ。傍晚他們在車站分手後，千晶好像就一個人回家了。」
和長峰繪摩的情形非常相似，織部一邊聽他說話，一邊這麼想著。
「千晶曾經說過，隔週六她喜歡的樂團就會舉辦演唱會，好像很期待的樣子。所以，那天一定發生了什麼事。我也去找警察談過，但是他們完全不站在我們的立場，甚至根本就不理睬我們……總之，他們就是一副不想管的樣子。搞到最後，對方甚至還說是我們自己教育的方式有問題……」
鮎村咬著嘴唇，右手握拳敲了一下桌子。他的拳頭在顫抖。

警察無法對已經以自殺結案的案子積極調查的心理，織部可以理解。尚未結案的案件就已經堆積如山了，每天又還有新的案子發生。如果知道是自殺的話，即使動機不明，也不會在辦理文件上出現任何問題。

「那為什麼您會覺得這次的足立區兇殺案與令嬡的自殺有關呢？」

「因為最近我聽到女兒的朋友說了些奇怪的話。」

「奇怪的話是指？」

「大約四月的時候，女兒的朋友說自己和千晶兩人在放學的路上，被兩個開車的男生搭訕。千晶她們雖然沒有搭理，但是那兩個男的好像一直糾纏不休。當時她們總算是甩開了那兩個男的，不過後來那輛車好像又停在學校旁的路邊，千晶她們還因此繞路回家。可是因為在千晶過世之前，就沒再發生這種事了，所以我也沒想到這會是千晶自殺的動機。那個孩子是這樣說的。」

「那兩個男生就是……」

「是的。那個女生說，其中一人很像這次被殺的伴崎，而且他們開的車子感覺也很像。」

織部看了看梶原。

「問過那個朋友了嗎？」

「還沒有，不過我已經將聯絡方式抄下來了。要叫她過來嗎？」

「不，還不用。」

織部將視線挪回鮎村身上。

「聽了那孩子說的話之後，您就立刻覺得和令嬡自殺有關嗎？」

「因為和那個長峰繪摩小姐的兇殺案情況類似啊。」

黏村正確記得「長峰繪摩」這個名字。他八成對於這一連串事件相當關心吧。而且他還把長峰繪摩棄屍案說成兇殺案，可見他對伴崎他們的憎恨。

「而且，」黏村又再次垂下眼睛，然後再抬起頭，「我老婆說，千晶在死之前好像有淋浴過。」

「淋浴？」

「嗯。是後來才知道的，不過好像有洗過澡的跡象。她在半夜淋浴完之後，似乎還換上新的內衣。我老婆一直沒告訴我這件事情，所以我想，我老婆應該多少知道出了什麼事了吧。」

織部將視線從說得很傷心的黏村身上移開。只要一去想黏村千晶是以什麼樣的心情在淋浴，他的心就會痛。她可能是想在死之前，將身上的髒污清洗乾淨吧。

織部手上的資料上還附有兩張相片——黏村千晶的大頭照。兩張都是穿制服的，是個大眼睛的可愛女孩。

西新井分局的人說，黏村好像是帶著這兩張相片去警局的。然後他問警方性侵長峰繪摩的兇手的錄影帶當中，有沒有拍到相片裡的這個女孩。

從伴崎敦也的房間收押回來的錄影帶，全都由西新井分局保管。梶原他們好像是先一邊播放這些帶子，一邊比對黏村的相片。

然後，他們找到了應該是相片中的女孩——織部是這樣聽說的，不過他還沒看過錄影帶。

「可以看錄影帶嗎？」織部問梶原。

「現在馬上就可以看。」梶原望著房間的最後面，那裡已經設置好電視和錄放影機。

「帶子呢？」

「已經放進去了。」梶原小聲回答。

請問，是鮎村的聲音。

「果然……找到了嘛。我的女兒出現在錄影帶上了，是嗎？」他提高了音量。

「不，目前還不能斷定，只是我們覺得有點像。」梶原的口氣似乎是在推託，「所以想要請您確認一下。我們已經在那裡設定好錄影……」

「請讓我看。」鮎村用力點頭，挺直了背脊。

梶原看了看織部，織部對他點點頭。讓鮎村看錄影帶已經獲得上司們的許可。

這邊請。梶原這樣說完，就將折疊椅放在電視機前。鮎村猶豫地坐了下來。梶原拿起遙控器後，開啟電視和錄放影機的電源。但是他在播放前，向織部問道：

「織部先生也要看嗎？」

織部遲疑了一下，然後立刻搖搖手。

「不，我待會兒再看——如果鮎村先生確認無誤的話。」

梶原點點頭，他的表情似乎是在說：這樣比較好。

「我們已經事先找到了像是令嬡的片段了，所以只要按下播放鍵，應該就會出現畫面。等您確認完之後，請告訴我們一聲，我們就在外面。」

我知道了。鮎村說完後就接過遙控器。

織部和梶原將他留下，一起走出會議室。當門一關上後，梶原吐出一大口氣，同時伸手到外套的內袋裡掏出香菸。

「我們都碰到了討厭的差事呢。」梶原用親切的口氣說。他看起來比織部要年長幾歲。

「梶原先生應該看過錄影帶了吧。你覺得是他的女兒嗎？」

「可能是吧。」梶原皺起眉頭，「一開始影像很黑，而且沒有拍到臉，所以很難確認——而且那兩個蠢材都只拍肚臍以下的部位。不過到了後半段，就拍到正面了。那也是讓人看了很難受的畫面。只要一想到要讓一個父親看那種東西，就連我都覺得心情沉重了。」

織部搖搖頭。光是聽他說話，就已經很難過了。

「那些傢伙真是垃圾。」梶原一邊吐煙一邊說，「說句老實話，我還真希望菅野也被長峰殺掉呢！我暗自禱告長峰不要被捕。」

織部默默看著地上，他不知該如何回答，因為他的內心也有相同的想法。

梶原低聲笑著。

「身為調查一課的刑警，即使嘴巴裂開，也不能說出這種話吧！」

織部也報以苦笑。他是想要當作笑話一笑置之。

從伴崎的房間收押的錄影帶，包含長峰繪摩在內，共拍了十三名女性。居然有那麼多的被害人。但是到目前為止，似乎沒接到這麼多的被害人報案。也就是說，被害人們都躲在被窩裡暗自哭泣。

今後她們應該也不會站出來吧——這是調查團隊的看法。尤其是當自己被性侵的畫面被拍成錄影帶之後，更是如此，刑警們都這麼認為。

而鮎村就是在這個時候出現的。

「要來一根嗎？」梶原遞出菸盒。

不。織部拒絕時，從門內傳來「噢嗚——」的一聲，聽起來像是野獸在叫的聲音。同時，某種東西倒下去的聲音也傳了出來。

織部打開門，衝了進去。鮎村趴在地上，雙手抱頭，就保持這個姿勢一直「噢嗚、噢嗚——」地叫著。

電視機已經關了。遙控器掉在地上。

「鮎村先生，請振作。」

織部對著鮎村的背大叫，但是他好像沒聽見。他一邊叫著一邊扭動著身體，地板都濕了，大量的鼻涕和淚水從他臉上流下來。

其他警員們好像也聽到了他的叫聲，衝了進來。梶原對他們說明事情的原委。

鮎村的叫聲慢慢變成了語言。織部沒有立刻聽懂他在說什麼，但是在他反覆說著時，織部慢慢明白了。

畜生、畜生、還給我、把千晶還給我、畜生、為什麼、畜生、為什麼要這樣、噢嗚——噢嗚——

織部無法靠近鮎村，就連和他說話都沒辦法。憤怒、絕望與悲傷化成了一道厚厚的牆，將女兒遭到蹂躪的父親團團圍住。

長峰一定也是這樣吧，織部心想。

當長峰在伴崎的房間裡發現錄影帶時，一定也是這樣。當他被推到一個比地獄還悽慘的世界後，心也就被撕成了碎片。

假使就在這時候，兇手出現了的話，他會怎麼做呢？應該沒有一個人可以保持冷靜吧？想要殺死他是理所當然的。殺死他還不夠，他一定還想要將之千刀萬剮吧？即使做到這樣，對長峰來說，對身為父親的他來說，永遠也無法挽回任何東西，他什麼也得不到。

鮎村的叫聲，變成了：「我要殺死你！我要殺死你！」

26

長峰回到民宿時，已經接近九點了。和昨晚一樣，他在傍晚打電話過去交代不用幫他準備晚餐，所以民宿的人應該也不會等他回來的。

「Crescent」的廣告是訴求老闆兼廚師的廚藝精湛，晚餐是他們的賣點。長峰很想嚐一嚐他們最自豪的料理，但是一考慮到和其他客人面對面的危險性，他只能忍耐。長峰今晚的晚餐是咖哩牛肉。那是一家非常嘈雜的店，根本不會有人注意到身旁的客人——唯一的優點就是寬敞。對現在的他來說，這種店家的存在，讓他覺得很感恩。

打開玄關的門，走進民宿。電燈已經關了一半左右，建築物內很昏暗。從交誼廳流洩出來的燈光也很微弱。

長峰正在脫鞋子時，便聽見交誼廳傳來的腳步聲。他趕緊將鞋子放在架子上，不打算碰到任何人。

從交誼廳走出來的就是那個女性。長峰安心了——如果是她的話，就沒關係了。她好像什麼也沒發現似的，甚至還對他很親切。

「您回來啦。」她對長峰微笑。

「不好意思，回來晚了。晚餐不回來吃也沒事先說，真是非常抱歉。」

「那個……沒有關係。」她低下頭，喃喃自語地說。

「那麼，晚安。」長峰鞠躬致意後，就從她身旁走過，正要爬上樓梯。

「那個……」她對長峰說。

長峰停下腳步，回過頭，「是的。」

「那個……如果可以的話，要不要喝杯茶？我這裡有蛋糕……還是說您不喜歡吃蛋糕？」她的口氣有點生澀。

長峰的腳跨在樓梯上，考慮了一下。她可能是想對長峰幫忙修復相片這件事情致謝吧？除此之外，長峰也找不到她會說出這些話的理由。

就在這時，長峰聞到了從交誼廳飄散出的咖啡香味。看來她本來就計畫好提出這個邀請，而且似乎一直在這裡等著他回來。

在避暑勝地的民宿，和一個不知姓名的女性一起吃著蛋糕、喝著咖啡──這是多麼愜意的時光啊！長峰心想。想要如此度過光陰的欲望在他的心裡快速膨脹。這種不會再出現的機會，不，應該說是連做夢都不會來的短暫片刻，就在他的眼前。

然而，他笑著搖搖頭。

「我不是討厭蛋糕，不過今天晚上還是算了吧，我還有些事要回房處理。」

「是嗎？我知道了，對不起。」她表情僵硬地點點頭。

長峰爬上了樓梯。他站在自己的房門前，拿出鑰匙開門。然後打開電燈，走進房內。

這一瞬間，一種詭異的感覺包圍著他。

也不是說有什麼古怪。今天已經是他在這間房間過夜的第三晚了，可是眼前的氛圍卻讓他覺得有點微妙的改變。他邊想邊坐到床上去。從毛毯和床單的樣子看來，仍和他早上出門時一樣。

會不會是自己的心理作用呢，他思忖著。然而就在這時，他看到一樣東西。

桌上的筆記型電腦。他覺得位置稍微有點不同。具體而言，他感到電腦的位置比他平常放的位置要稍微前面。他平常使用電腦時，都會盡量離自己遠一點，因為這樣手比較不會疲。

他開始覺得忐忑不安，全身也冒出冷汗。

長峰站在桌前，啟動電腦。他握著滑鼠的手微微顫抖。現在他要執行的，是檢查最後一次使用的應用程式。

最後一次使用的應用程式是看影片專用的軟體。他一邊努力讓自己保持冷靜，一邊回想著。看繪摩遭到性侵的影像確實是他每天必做的功課，但是最後一次使用這台電腦的時候，他是在看這個嗎？

不是——他想起來了——是使用影像加工軟體修復那張相片，那才是最後一次。他將修復完的畫面存進磁碟片，然後就將電腦關機了。

從那之後，他就不曾使用過電腦。也就是說除了他以外，還有人看過繪摩的影像。

那會是誰呢——不用想也知道。

他趕緊將電腦收起來，並將丟在一旁的內衣塞進手提袋裡。將假髮脫下，也放進包包裡，只戴上帽子。

他將行李全都打包好，檢視過屋內後就打開門。走廊上沒有人。今天是星期日，所以住宿的客人應該很少。

他躡手躡腳地走在走廊上，然後走下樓梯。他站在交誼廳的門前，將手伸進口袋裡，取出了皮夾，從裡面抽出三張一萬圓的鈔票。這是住宿費用。他原本覺得留個字條比較好，不過立刻又改變了想法。即使不留字條，她也應該知道為什麼他會突然離去。

他將三張一萬圓的紙鈔摺好後，正要夾入交誼廳的門上時，門突然打開了。他嚇了一跳，將手收回來。

那女性站在那裡。她吊著眼睛盯著長峰看，長峰也看著她的臉，隨後立刻將目光移開。

「要出去嗎？」她問道。

長峰點頭回答是，並將手裡拿著的錢放在旁邊的架子上，重新將帽子戴低一點，正要往玄關走去。

「等一下。」她叫道，「請等一下。」

長峰停下腳步，但是沒有回頭。於是她走了過來，站在他面前。

兩人又再次四目相交。但是這次長峰沒有移開視線。

「您是長峰先生……嗎？」她問道。

他沒有點頭，反而問道：「妳已經報警了嗎？」

她搖搖頭。

「只有我發現是您。」

「那妳現在要報警嗎？」

對於長峰的問題，她並沒有回答。她眨了眨眼，看著地上。

為什麼她沒有報警呢？長峰納悶著，如果看到那個影像的話，就應該知道他是通緝犯了。剛才她還邀他一起喝茶，實在很不可思議。他不知道她在想什麼。

「現在我必須馬上離開。」長峰說，「我有個自私的請求，那就是如果妳要報警的話，請再等一下，我會很感激妳的。」

於是她抬起頭來，又輕輕搖搖頭。

「我沒有打算報警。」

長峰張大眼睛。「是嗎？」他半信半疑地問。

她盯著長峰看並點點頭。

「所以今晚你不用急著走。這麼做的話，你自己也很困擾吧？沒有地方去不說，在車站遊蕩的話，也更容易被人懷疑。」

「話是沒錯。」

「今晚請住在這裡，因為這樣我父親也比較不會覺得奇怪。」

她這麼說完，長峰便明白她是要放他一馬。她不打算報警，等到明天，她就會默默看著他離開。

「這樣好嗎？」對於她這麼做很感激的長峰問道。

「是，但是……」她想要說什麼似的舔了舔嘴唇，不過她很猶豫。

「什麼事？」長峰逼問。

她深深吸了一口氣。

「你能告訴我一些事嗎？今天晚上沒有其他客人，而且我父親也睡了。」

「要聽我的事嗎？」

是的，她點點頭。那認真的眼神好像是在說她至少有這個權利。

「我知道了。那我先把行李拿回去放，再過來。」

長峰看見她點頭後，便折返房間。當他走上樓梯後，他腦海裡閃過一個念頭：不知她會不會趁這時候報警？不過，他立刻就打消這個想法。

和佳子一邊泡著咖啡，一邊心想自己到底在幹什麼。明明自己都沒想清楚，卻對長峰說出那樣的話。老實說，她還在猶豫是否要報警。

只不過，她想報警的念頭越來越薄弱了。看見那個悲慘的影像之前，她只能冷淡地想像著長峰的憤怒與悲傷，然而現在，這些東西已經在和佳子心中具體成形。由於太過沉重，她覺得如果不假思索就報警的話，是非常輕率的行為。

那到底該怎麼做呢？她也想不出答案。她應該要打消報警的念頭，然後等到第二天早上，再裝作什麼都不知道地送他走，這樣或許就沒事了吧？可是這只是單純的省麻煩不是嗎？

總之，先和他談一談吧——這是她考慮很久的結論。談完以後會怎樣還不知道，但是她不能置之不理，因為她覺得這樣就像她放棄了曾經為人母的感覺。

長峰從樓梯上走下來。和佳子將兩杯咖啡放在托盤上，送到桌子那裡。

他說了聲謝謝，便將椅子拉出來坐下，接著把剛才一直戴著的帽子脫下來。

「那個，你戴的是假髮吧？」和佳子看著他的頭。

是的。他小聲回答，有點難為情地笑了笑，「很奇怪吧？」

「不，我覺得很自然，因為我一直都沒發現。但是你不會熱嗎？」

「非常熱。」長峰說，「尤其是白天，熱得難受。」

「現在可以脫下來沒關係，剛才我已經說過了，我的父親已經睡著了。」

「是嗎？」他有點疑惑的樣子，但是不久後就將手指伸進頭髮裡。「既然妳這麼說，那我就……」

在他的長髮下是剃得很短的頭髮，其中還混雜著白髮。可能是因為這樣，和佳子覺得他看起來一下子老了五、六歲。

呼——他吐出一口氣，微笑著。

「好舒服。我已經好久沒在別人面前脫下來過了。」

「如果您一直戴著，我想應該沒有人會發現。」

「那妳為什麼……」長峰似乎想要問為什麼她會發現。

「昨天晚上，您洗好澡出來時，我碰到了您。當時您的頭上裹著毛巾，而且還戴著眼鏡……因為我在電視上看到的長峰先生，就是戴著眼鏡的。」

「是嗎……」長峰伸手拿起咖啡杯，「我太大意了。因為太專注於修復那張相片。」

「那個真的很謝謝您。」和佳子低頭致意。她是真心的。

「不，做了那件事之後，反而讓我的心情變好了呢！」這麼說完，他便喝了一口咖啡。

「在這麼危急的時候，為什麼您還想幫我做那件事呢？」

「這個嘛，為什麼呢……」長峰思索著，「我可能是想要忘記自己是罪人的身分吧。做一些好事，或許能稍微原諒自己。」

「您覺得自己做了不可原諒的事嗎？」

「那是當然。」長峰將咖啡杯放在碟子上，「不管有什麼理由，也不可以殺人。這個我也知道。那是不可原諒的行為。」

和佳子低下頭，將咖啡杯拉過來。一直看著長峰悲傷的眼神讓她覺得很難受。

「那個……我可以請教您貴姓嗎？」長峰問道。

她抬起頭，「丹澤。」

「丹澤小姐……那您的名字是？」

「和佳子。」

丹澤和佳子小姐，他在嘴裡低聲唸道，然後面帶微笑。

「和我想的有點不一樣。」

「您覺得我應該叫什麼呢？」

「不，我並沒有具體的想法……」長峰笑著垂下眼睛，立刻又抬起頭來。他的笑容消失了，「您應該已經看過電腦裡的影像了吧？」

和佳子回答，是。她的聲音沙啞。

「是嗎？我不應該把電腦留在房間的。不，您是看到那個東西，才發現我的真實身分的吧？反正都一樣。」後半段像是他一個人自言自語似的說著。

和佳子吐出一口氣。

「我覺得太過分了。這世上居然會有人做出那麼過分的事……太令人震驚了。」

「是啊。」

「一想到長峰先生的心情，我就受不了……如果我是長峰先生，可能也會做相同的事——」

「和佳子小姐，」長峰制止她繼續說下去，「您不可以說這種話。」

「喔……」對不起。和佳子喃喃自語。

27

長峰喝著咖啡，悠悠吐出一口氣。

「我已經很久沒有這樣悠閒地喝著咖啡了。」他的嘴角微微揚起，這樣說道。

那是一個帶著悲傷的微笑，和佳子心想。

「我看過報紙了。長峰先生好像還在追殺另一個兇手是嗎？」她問道。

長峰點點頭，他將咖啡杯放下，「沒錯。」

「就是那個您給我看過相片的男孩嗎？」

「嗯。我想妳如果看過電腦裡的影像的話，應該就會知道了。我就是從那裡列印出來的，所以畫質很差。」

「您就是帶著那張相片，用著對我說的那套說詞，四處去找人嗎？」

「是的，因為我幾乎沒有其他的線索。」

「那您為什麼會來我這裡？」

「我得到的唯一線索，就是那個兇手已經到長野的民宿來了，所以我就在長野縣內的民宿四處繞。」他臉上浮現出自嘲似的笑容，「我太天真了。沒想到民宿有這麼多，就像是在大海撈針一樣。」

和佳子心想：或許是吧。

「您今天也有四處去找嗎？」

長峰搖搖頭。

「我覺得現在的找法毫無進展，所以就去圖書館和觀光諮詢處等地。主要是為了查資料。」

「資料？」

「我在想那個男生為什麼會逃到長野的民宿。或許是因為有親戚或朋友在這裡，可是我覺得不只是這樣。長野縣對他來說，可能有什麼特殊的意義吧。例如過去曾經有過什麼特殊的體驗之類的。」

「像是運動集訓之類的嗎？」

和佳子脫口而出她的想法。這個民宿每年也有許多學生社團會來這裡住。

長峰點點頭。

「也不一定是運動類的，就是為了學習體驗什麼而來過之類的。但是不管怎麼說，這樣的活動應該都會盛大舉行，所以搞不好會留下當時的紀念相片，這也不是不可能的。」

嗯——和佳子用力點點頭，她瞭解長峰想要說的話。

「那您有去看裝飾在各個場所的紀念相片嗎？」

「沒錯，社團的紀念相片、修學旅行，總之叫做紀念相片的，我幾乎都看過了。」

「那麼結果……」

對於和佳子的問題，長峰露出了苦笑。

「如果有結果的話，我現在就不在這裡了。在我看那些相片的時候，我發現了一件事，那就是自己確實是看過兇手的影像，但是卻不知道兇手真正的長相。也就是說，如果我沒有非常熟悉那張臉的話，即使當我看到他小學時候的相片，也不可能認得出就是那個人吧。」

和佳子點點頭。或許是這樣吧，她想。

「搞不好在我今天看過的相片當中，就有我要找的人，可是卻沒有足夠的資訊讓我可以認出他來。事到如今，我才在氣自己的無能。我沒考慮清楚就跑來這裡，我到底打算要幹什麼呢？」長峰握起右拳輕輕敲著桌子，看了和佳子一眼後皺起眉頭，「我很遜吧？妳要笑我也沒關係喔。」

「我怎麼會笑你……」她低下頭，然後又立刻抬起頭來，「那你今後打算怎麼辦？雖然我這樣說很奇怪，但是如果繼續用這個方法，你一定會被發現的。就連粗枝大葉的我，都發現你了耶。」

長峰皺起眉頭，將咖啡杯整個往嘴裡倒，他好像是喝完了。

「我再端一杯過來好嗎？」

「不，不用了。」長峰拿著空的咖啡杯搖搖頭。

「請問……如果你找到了你要找的人，你會怎麼做呢？」

聽了和佳子的問題後，長峰垂下眼睛。

「還是要為令嬡復仇嗎？」

「是。」長峰看著她平靜地說，「我是打算這樣。」

「因為警察靠不住嗎？」

「與其說警察，不如說是目前的司法制度。警察應該是會逮捕另一個性侵我女兒的男人吧。但是給予那個男人的懲罰，卻是輕得令人驚訝。或許連懲罰都說不上吧？為了讓他們重新做人或是重回社會，司法制度完全不顧被害人的心情。」

「但是——」

「妳要說的話我知道。」長峰張開右手，放到眼前，「我以前也和妳的想法一樣。可是發生了這件事之後，我才知道法律根本不瞭解人性的脆弱。」

和佳子沒有回話。不管有什麼理由都不可以殺人——她覺得想要說出這種老生常談的自己很丟臉——這個人是大徹大悟之後，才展開行動的。

「至於今後要怎麼做呢……這個問題嘛……」長峰開始說。

「老實說，我還沒決定。我不知道明天會發生什麼事，不過我想我還是會繼續找下去——因為我只有這個選擇。或許不久後，我就會被警方逮捕，可是如果害怕的話，是無法達到目的的。總之，我只有往前走。」

「你沒想過要自首嗎？」雖然覺得問了也是白問，但和佳子還是問了。

長峰盯著她的眼睛看，輕輕點點頭。
「只有在我達到目的後，我才會去自首。」
果不出其然。和佳子垂下頭。
「怎麼樣？妳改變心意了嗎？」他問道。
「改變是指？」
「就是妳會不會改變想法，覺得還是報警比較好？」
「不，那個……」和佳子吞了口口水，然後說道，「不會。」
但是長峰似乎不瞭解這句話的意思。一直盯著和佳子的眼睛看，想要看穿她內心的想法，然後突然站起來。
「我還是走比較好。」
「請等一下，我是說真的，請你相信我。」她也站了起來。
「我很感謝妳。如果不是妳，我現在應該已經被捕了。妳可能是覺得與其被警察逮捕，不如自己去自首比較好，所以才會給我一點時間的吧？但是我剛才已經說過了，我不會改變我的計畫的。妳放心，即使我被逮捕，我也不會對任何人說今天晚上的事的。所以請不要放在心上，按照妳的想法去做吧。」
「我不是已經說過我不會報警的嗎？」和佳子不由得提高了音量。在寂靜無聲的交誼廳，顯得很大聲。
看到彷彿被嚇到似的睜大眼睛的長峰，和佳子將手放在臉頰上。
「哎喲，我在生什麼氣啊……」
長峰低頭看著她後，搔了搔頭，又再坐回椅子上。

「我不想給妳添麻煩，我想我還是現在離開比較好……」

「如果你這樣想的話，請等到早上。如果現在這個時間突然離開的話，我父親一定會懷疑的。如果我父親追問的話，我會不知道該如何解釋。或許會因為這樣，使得我父親發現你的身分的。」

長峰的臉扭曲著，用手搓了搓臉。

「那個……或許妳說得對吧。對我來說，今晚有地方住也是值得高興的事。」

和佳子看著他，感到一股近似同情的情緒。這個人不是壞人，只是非常普通的人，她心想，不，他比一般人還要認真，是個會為他人著想的人。只不過人生的齒輪莫名其妙地亂轉，他才會被放到這麼奇怪的位置上。明明知道那是不對的，卻又不得不復仇的痛苦，以及無法順利復仇的絕望──他必須對抗著這些東西，生存下去。他活得很辛苦。

「請問……」和佳子開口說，「上次那張相片，你現在還帶著嗎？」

「相片？」

「就是你給我看過，那張你要尋找的年輕人的相片。」

「喔，我帶著。」

「能給我看一下嗎？」

「可以。」他從襯衫的口袋裡拿出相片。

那是年輕人的大頭照。之前長峰給她看時，她並沒有仔細看。五官還生得真端正呢。即使不去強暴女孩子，也應該會有女孩子主動上門吧，和佳子心想。

「有什麼問題嗎？」長峰問道。

和佳子的心中突然湧現一個念頭，那是一個讓她感到非常迷惑的激動情緒。那種情緒促使她想要說話，而她體內冷靜且理智的那一部分，又想要阻止她。如果說出來的話，事情會變得很嚴重——

但是她開口了。

「這張相片可以放在我這裡嗎？」

「給妳？不，這個，」長峰伸出手想要拿回相片，「這樣我會很困擾的。」

「不是的，我不想給長峰先生添麻煩。我是——」

她身體裡的另一部分制止她繼續說下去。但是她不管，仍然繼續說：

「我來找。請讓我幫你找他。」

第二罐啤酒也喝完了。鮎村站起來打開冰箱，伸手去拿第三罐啤酒。

「能不能不要喝了？」他的老婆一惠說道。不過，她的口氣並不是很強硬。

她正在隔壁的和室看書。自從女兒死後，她看的書越來越多。鮎村覺得她是想要逃避現實。

他什麼都沒說就打開第三罐啤酒，重新坐回沙發上。沒有配任何下酒菜，只是一個勁地喝著啤酒。他應該是酒量變好了吧，最近完全都不會醉。

當他正要將啤酒罐放到嘴邊時，玄關的門鈴響了，鮎村和一惠互看一眼。

「會是誰？這個時間。」

老婆似乎也不知道似的納悶著。鮎村看了看時鐘，已經快要十點了。

門鈴又再響了一次，鮎村將啤酒放在桌上，站起身來。廚房旁邊就是對講機，他拿起話筒說了聲：「喂？」

「那個……這麼晚了，很抱歉。我是《焦點週刊》的人，能不能打擾您一下？」

週刊？——鮎村很訝異。他沒想到這些人會跑來。

「請問有什麼事嗎？」他很警戒地問道。

「是關於令嬡的事。」對方很快地回答，「聽說您去過西新井分局了。」

鮎村的臉扭曲起來。難道他們已經嗅到了什麼嗎？他很生氣，連這點隱私，警方都沒替他保護好。

「我沒有什麼好說的。」這樣說完就準備掛斷。

「請等一下！請您給我一點時間就好，因為我有一件事想要請您確認。」

正打算將話筒放回去的鮎村，因為對方這樣說，便將手收了回來。因為他在意的是對方說「想要請您確認」，而不是說「我想要確認」。

「要確認什麼？」他問道。

「那個……在這裡不太方便說，是關於年輕兇手的事。」對方說道。

年輕兇手應該不是指長峰重樹吧？那麼，就是性侵千晶的那些人。

「請在那裡等一下。」鮎村說完後就放下話筒。

「什麼事？」一惠問道。

「好像是週刊的人，我要去玄關見他。」

一惠皺起眉頭，「見那種人……別去了吧！」

「沒關係。」

鮎村打開玄關的門。那裡站著一個鼻子下方和下顎都蓄著鬍子的男人。身材雖然消瘦，但是露在Polo衫外面的手臂卻有著結實的肌肉。

那男的禮貌地打完招呼後就遞上名片，上面寫著《焦點週刊》的記者。

「請問有什麼事嗎？」鮎村拿著名片問。

「您去西新井分局看過錄影帶了吧？我想應該不用我再說是什麼錄影帶了。」

鮎村撇下嘴角，一副不高興的樣子。那是他最不願意談的部分。

他想要裝蒜，但是這樣就沒有必要和這個男人見面了，所以他只好不置可否地點點頭。

「那麼您一定看過伴崎他們的臉囉？」

「看過了。」

「警察有告訴您另一個男生的姓名嗎？」

鮎村搖搖頭。他想起當時的情形。看完錄影帶後他整個人歇斯底里，等他稍微冷靜後，便向警方詢問兇手的姓名，但是他們堅持不肯告訴他。

「那個兇手是不是這個年輕人？」記者拿出一張相片。

28

菅野路子從大廈走出來的時候，時間是下午兩點多。

正在對面那棟大廈監視的織部喃喃自語說：「真奇怪。」

「怎麼了？」真野問。

真野因為要調查其他案子而來到這附近，順便過來看看。現在只有一個人負責在這棟建築物監視，而今天剛好輪到織部。菅野快兒出現在母親這裡的期待幾乎已經要落空了。

「她很少會這麼早出門，而且她走的方向和她平常出門的方向相反，也不是往車站。」

真野從窗戶往下看，「跟去看看。」

「遵命。」織部走向門口。

一走到屋外，已經看不見菅野路子的蹤影。他跑到一半時，手機響了。是真野打來的。

「下一個路口往左轉，不要被發現了。」

「知道了。」

他按照真野說的轉彎後，立刻看到菅野路子的背影。她身穿白色襯衫和黃色裙子，撐著黑色洋傘。

織部以那把洋傘為目標，尾隨著她。她好像沒發現自己被跟蹤似的，完全沒回頭看。不久，她停下腳步，開始收傘。那是在信用合作社前。織部看見菅野路子走進去。

織部撥打手機。

「她走進銀行，是新協信用合作社。她在排隊等著使用ATM。」

「銀行嗎？也就是說是處理店裡的事囉，那麼，你再等一下好了──」過了一會兒，真野又說道，「奇怪了，菅野經營的店應該沒有和新協信用合作社交易，而且也沒設立酒錢的帳戶。」

看得見菅野路子站在ATM前方。她將皮包放在前面，正在操作機器。

「她在補登存摺。」織部對著手機說，「只有這樣。」

「沒有領錢或是存錢嗎？」

「看不清楚，不過我想應該是沒有。她快要出來了。」

「她出來的話叫住她，請她把存摺給你看。」

「看存摺的內容嗎？」

「沒錯，我現在也趕過去。」

幾乎在織部掛掉電話的同時，菅野路子就走出來了。她正要撐起洋傘時，織部就快步靠近她。

「菅野女士。」

聽到聲音後，她似乎嚇了一跳，身體往後退。

她應該認識織部的臉，但是織部仍然報上自己的名字。

「請問有什麼事嗎？快兒還沒和我聯絡呢。」

「您剛才好像是來補登存摺的，存摺可以給我看一下嗎？」

路子的臉霎時變得鐵青。織部心想果然沒錯。他不知道到底是有什麼事，但是真野的指示是正確的。

「這種東西為什麼非得給你看不可呢？這不是侵犯個人隱私嗎？」

「確實是不能強制，但是——」

織部說到這裡時，「但是還是給我們看比較好。」真野走了過來。

「如果需要調查的話，我們可以直接跟銀行交涉，請他們提供妳的金錢進出狀況。但是這樣做比較麻煩，而且彼此感覺都不太好，不是嗎？」

路子怒目相視。

「所以我問你們為什麼要看我的存摺。」

即使對方是刑警，她也絲毫不讓步。真不愧是經營聲色場所的，織部心想，不，應該是說真不愧是菅野快兒的母親吧。

「我們的目的是要找到妳兒子的下落，所以我想要掌握所有相關訊息。」

「存摺和這有什麼相關？」

「有些時候會有關係。」真野用很沉重的口氣說，「可以給我看嗎？只要最近的部分就可以。」

路子皺起眉頭，低著頭。過了一會兒才戰戰兢兢地將存摺從皮包裡拿出來。

「那我看了。」真野拿了過來。很快看過後，他的目光停在一處，「兩天前被領出二十萬圓，這是您領的嗎？」

「喔……是。」路子含糊地點點頭。

事情發展至此，織部終於明白真野的意圖了。

「是用提款卡領的嗎？您有帶提款卡嗎？」

「那個、呃、在家裡……」

「真的嗎？如果是這樣的話，那我們現在去府上，您拿那張卡片給我看好嗎？」

真野的話讓路子顯得很狼狽，眼神閃爍不定，似乎不知該如何回答的樣子。

「領錢的人是令郎……對吧？」

真野盯著她的臉說。

是，她輕輕點頭。

「令郎帶著這家銀行的提款卡是嗎？」

「是，我告訴他如果零用錢不夠的話，就從這裡領，是我讓他帶在身上的。」路子小聲地說。

當織部聽到遊手好閒的兒子帶著提款卡在身上時，很驚訝地看著那個母親的臉。而且他注意到存款餘額竟然還有五十幾萬圓。

「我們有些細節想要請教您，能不能麻煩您到局裡去？」

對於真野的請求，菅野路子低著頭回答，是。

「對不起，請問你是中井同學吧？」

從漫畫出租店回家的路上，一個男人對阿誠說。那是一個蓄著鬍子，體型魁梧的男人。

「是的。」阿誠很緊張地回答。對方的穿著很休閒，不過他覺得可能是警察。他老早就發現自己常被跟蹤了。警方應該是懷疑他可能會跟快兒接觸吧。

「要喝杯咖啡嗎？我有些話想跟你談談。」

「你是……哪位？」

男人遞出名片，上面印著《焦點週刊》和小田切和夫的姓名。

「我只是要跟你談談你朋友的事。」

「朋友？」

阿誠一問道，小田切的嘴角就浮現出令人討厭的笑容，「就是那位叫做菅野快兒，你和他很熟吧？」

阿誠嚇了一跳。快兒的名字應該只有警方知道。

「我什麼也不知道。」他正準備要走開。

但是他的肩膀被小田切抓住，「等一下。」他的力氣很大。

「我聽很多人說你和菅野還有伴崎常玩在一起。撥點時間給我吧！不會耽誤你太久的。」

「警方交代我不可以跟別人亂說話。」

「是，這個說到警察嘛……」小田切的鬍子臉靠了過來，「我知道你被警察叫去，而且也知道是為什麼喔。如果你肯協助我的話，我在報導裡就不會提到你。」

阿誠看著記者狡詐的笑臉。他說只要協助，他就不會寫，也就是說如果拒絕的話，他就會寫囉？

「我還未成年，你們不可以刊登我的姓名。」

「我不會把你的名字寫出來，我只會寫綁架長峰繪摩小姐時，除了那兩個強姦惡魔之外，還有另一個人幫忙。說不定也會寫你和那兩個人很熟。你周圍的人看了這篇報導後會怎麼想，我就不知道了。」

阿誠瞪著小田切。但是這個年輕人的目光對小田切來說好像根本不痛不癢，他冷漠地看回去。

「只要十分鐘就好。」小田切豎起一根手指頭，「可以吧？」

「我知道的也不是什麼大不了的事，警方也叫我不要跟媒體亂說話……」阿誠說著說著就低下了頭，這時的他已注定要豎白旗。

「我不會問你什麼大不了的事，請放心。我們去喝一杯涼的好了。」

小田切推著阿誠的背，阿誠便跨出蹣跚的步伐。

雖然是說只要十分鐘，不過最後阿誠被放走時已經過了三十幾分鐘。回到家後，他大概是不想看到母親的臉，立刻衝上樓去，關進自己的房裡。

小田切對於這個案子瞭若指掌。但是讓阿誠覺得最恐怖的，是他似乎確信敦也的共犯就是快兒。當然，只要去他們平常鬼混的場所打聽一下的話，就會知道敦也最好的朋友就是快兒，可是他們也不是沒有其他朋友，所以他應該沒有證據可以一口咬定就是快兒。

「你不用管這個，反正我已經知道了。」小田切對於這一點是這樣回答的，他的表情充滿自信。

小田切主要是問阿誠，快兒的個性和平常的行為舉止。當阿誠用很拙劣的文句敘述後，小田切會用稍微艱深的語詞再向他確認。譬如自私自利、好猜疑、暴力傾向、霸道、自我彰顯慾──阿誠只能含糊地點頭。他隱約猜得出來，小田切會在報導裡如何描寫快兒。

接著小田切便問阿誠，他們綁架長峰繪摩時的情形。這一點不可以寫吧！阿誠表示抗議。不過記者卻帶著很正經的表情搖搖手。

「我不會寫第三個年輕人──也就是你。關於這一點，我會盡量輕描淡寫。」

雖然阿誠感到懷疑，但是他也只能相信。沒辦法，他只好將綁架時的情形一五一十地回答。

小田切問完問題後，就說沒事了，然後很快地離去。阿誠很想再向他確認一次，是否真的不會提到他，但是他就連這樣的機會也不給阿誠。

如果自己被登在週刊上的話，後果會怎樣呢──

即使是現在，阿誠都可以感受到周遭的人的眼光變得很冷淡。平日的玩伴也完全不和他聯絡，大家都盡量避免和他有所牽扯。他深切體認到，大家雖然都裝作跟他感情很好，可是到頭來，他還是一個朋友也沒有。

阿誠躺在床上。當他正想要用毛巾被蒙住頭時，手機便響了起來。他慢慢爬起來，拿起手機。液晶螢幕上顯示的是公共電話。

「喂？」

「喂？」聲音很低沉。

阿誠嚇了一跳，因為他認得這個聲音。

「欸？喂？」他握緊手機。

「你旁邊有人嗎？」對方問道。這是阿誠非常熟悉的聲音。

「快兒？」

「我問你旁邊有沒有人？到底怎樣？」不耐煩的口氣。沒錯，就是他。

「沒有，就我一個人。」

「是嗎？」他聽見對方傳來「呼」的一聲吐氣聲，「現在情形怎樣？」

「呃……什麼？」

「就是你那邊的情況嘛，怎樣了？我已經被發現了嗎？」

「可能是吧。敦也都已經那樣了，所以警察應該會詳細調查。」

「你有跟警察說嗎？」

阿誠沒說話。然後他聽見很大的咂舌聲。

「你出賣了我嗎？」

「不是啦，是我老爸發現車子的事，所以就自己去跟警察說了，我也沒辦法隱瞞——」

「你不要忘了，」快兒恐嚇道，「你也是共犯。」

「我並沒有對那女的下手吧？」

「閉嘴！我如果被捕的話，就全都是你害的。」

「就算我什麼也不說，警察也已經知道你的事了啊。你還是自首比較好。」

「不是叫你閉嘴嗎？」

因為對方的怒吼，阿誠不自覺將電話拿得遠遠的，然後又再次貼近耳朵。不知對方掛斷了沒有。不過電話還沒斷掉，他聽見快兒的喘氣聲。

「有證據嗎？」

「證據？」

「就是我害死那個女的的證據。也有可能是敦也一個人幹的吧？」

阿誠明白他為什麼要問這個問題——快兒想要將所有罪過都推給敦也。

「可是錄影帶裡有拍到你吧？」

「那個無所謂，那也不能算是我害死那個女生的證據啊！」

「這個……我不知道。」

他又聽見了咂舌聲。

「你去查一下，我再打電話給你。我話先說在前頭，你要是讓別人知道我打這通電話給你的話，我絕對不會放過你的。」快兒撂下這句話後，就掛斷電話。

29

和佳子將ＲＶ休旅車停在路邊，打開車門。她環顧四周，發現附近沒有人。不遠處的便利商店裡走出兩個像是ＯＬ的女性，但是她們是往另一個方向走。

「沒問題了，請下車。」她對著後座說。

長峰老老實實地坐在後座。

「真的沒關係嗎？」他問道。

「你也沒有其他的地方可去不是嗎？事到如今，請不要再客氣了。」

長峰點點頭，提起放在身邊的旅行袋。

一下車後，和佳子仍然注意著四周。她小跑步過馬路，長峰跟在她的身後。

兩人進入一棟五層樓的舊大廈。她從皮包裡拿出鑰匙。因為希望盡量不要碰到其他住戶，所以她的動作顯得很慌亂。

自動鎖打開後，他們便迅速進入，然後按下電梯的按鍵。在等電梯來的這段時間內，她仍然無法鎮靜。

長峰苦笑著。

「我一個人行動時，都沒有這麼小心呢。」

「可是不知道會不會有人發現你……」和佳子說。

「話是沒錯，但是如果妳這麼緊張的話，是沒辦法找人的。」

「我覺得到目前為止你還沒被發現，只是因為運氣好而已。」

長峰表情變得嚴肅，垂下眼睛。

「是啊。還好第一個發現我的人是妳。」

對於長峰的回答，這次換和佳子移開目光。

他們進入電梯後，一直坐到三樓。幸好在進入三〇三號房之前，沒有碰到其他的住戶。

屋內只有一個七疊榻榻米大的房間。沒有家具，空蕩蕩的。室內瀰漫著一股霉臭味。和佳子打開窗戶。

「在去年底之前這裡還有人住，那個人搬走後就一直找不到房客。房屋仲介的人跟我們說一定得翻修，不然至少也要大掃除，不過我們沒有那個時間……」

長峰環顧室內，然後盤腿坐在地上。

「不好意思，這間房子是妳的嗎？」

「算是我的吧。」和佳子將手上提著的行李打開，裡面是毯子和坐墊，「離婚時我丈夫給我的。」

「是特地買給妳的嗎？」

和佳子搖搖頭。

「當初買是為了節稅還有對未來的投資。這是很久以前買的房子，是在比現在景氣好的時候買的。現在房價好像下跌了不少，雖然貸款已經都還完了，但是如果我想要賣的話，應該賣不到什麼好價錢吧。」

「那妳自己住不就好了嗎？」

「一開始是打算自己住的。我去父親店裡幫忙之後，要從這裡通車到店裡很麻煩，到最後就決定租人了。雖然租金很便宜，但也是一筆收入，所以我也比較放心。但這間房子現在已經老舊成這樣，似乎沒有人願意租了呢。」

距離最近的車站走路要十幾分鐘，而且也沒有停車場。新的出租公寓又陸續興建中，這間房子實在是相形見絀。雖然房租已經算得很便宜了，但是房屋仲介那裡根本沒有音訊。

和佳子做夢也沒想到，這間屋子竟會被用在這種地方。不過，她也不能一直讓長峰待在「Crescent」，讓他去別的旅館投宿也很危險，所以乾脆就讓他躲在這裡。

「自來水和電應該都還沒斷，再裝上窗簾就好了。」和佳子看著窗戶說。

「丹澤小姐。」長峰從盤腿而坐的姿勢變成跪坐，將雙手放在膝蓋上，「我覺得還是太麻煩妳了。老實說我很感激妳，只是一想到可能替妳添麻煩，我就覺得不好意思……」

和佳子慢慢彎下腰，雙膝跪在地上，「其實我自己也不是很確信這樣做對不對，只是不知道為什麼，我就是無法坐視不管。搞不好有一天我會突然改變心意，不過我絕對不會送你去警察局的。我答應你。」

長峰的表情並不是很釋懷，他點點頭。

「我明白了，當妳改變心意時，我會立刻離開。在那之前，我會相信妳說的話。」

「請你相信我。不過話又說回來，我完全不知道我能幫上多少忙，但是……」和佳子用手攏了攏頭髮，「請問……線索就只有那張相片嗎？」

對於和佳子的問題，長峰一時之間似乎沒有意會過來。過了一會兒，才發出「喔」的一聲。

「妳是說菅野快兒的相片嗎？對，就只有那個，剩下的我只聽說他躲在長野的民宿。」

只有這樣的線索，要怎麼去找才好呢？——而且還不能被警方發現。和佳子對於長峰之前魯莽的行動感到驚訝。當然，他可能是因為太專注於找人了吧。

「為什麼他會來長野的民宿呢……」和佳子喃喃自語。

「對，這點我也不知道。雖然不知道是不是他親近的人或是親戚住在這裡，但是如果是那樣的話，警方應該立刻就可以找到他了。」

「長峰先生之前說過，可能是他以前曾經來這裡旅行，或是有什麼特別的回憶。但我覺得不是。」

「是嗎？」

「因為，」和佳子看著他的臉，「即使是我們家那麼平凡的民宿，也有很多因為懷念，好幾年後還來投宿的年輕人。不過，這些人基本上都很單純，就算外表看起來有點壞，可是只要一跟他們說話，就會知道他們都是好孩子。但是菅野快兒這個人，應該不是這種感覺吧？」

聽到和佳子的意見，長峰皺起了眉頭。

「這個……或許吧。」

「當然也有例外的可能。」

「不，妳說得沒錯。如果是對於旅遊地珍惜懷念的人，應該是做不出那麼惡劣的事情的。那個人簡直就不是人，是禽獸。不管是什麼有意義且美好的經歷，他們也不會感動或是懷念。他們應該天生就沒有這方面的神經。」

彷彿一吐為快似的，長峰的口氣裡參雜著對蹂躪且殺害他女兒的人的憎恨。和佳子低下頭。

「那個傢伙為什麼會特地來長野縣的民宿……真是令人納悶。」長峰搖著頭低聲唸道。

「總之，我去問問看認識的民宿業者。」和佳子說，「調查看看最近是否有從東京來的年輕男子，而且長期住宿，或是打工的人？」

「可以嗎？」

「嗯，我會想辦法的。」

「對不起，讓妳這樣麻煩……」

看見低下頭的長峰後，和佳子站了起來。

「我先去買東西。除了食物以外，還要買些熱水瓶等日用品。」

「不，那種東西我自己去買就好了。」

和佳子用手制止正要站起來的長峰。

「請你留在這裡。我好不容易幫你找到藏身之處，如果你輕舉妄動，讓別人發現的話，不就什麼事都不用談了嗎？」

「話是沒錯。」
「請你待在這裡，我馬上回來。」和佳子朝著大門走去。
「不，但是……」長峰追了來，「我也一起去。」
「長峰先生。」
「不是的，我有其他的事。」這樣說完後他便從口袋裡掏出一樣東西，那是置物櫃的鑰匙，「我把東西放在車站的置物櫃裡，如果沒有時常去拿出來重放的話，工作人員會打開來看。」
「那我去——」
這樣說完後，和佳子正準備接過鑰匙，但是長峰卻將握著鑰匙的手收了回來。
「不，我必須自己去。」
「為什麼？可是車站人很多……」
長峰搖搖頭。
「我不想讓其他人碰到置物櫃裡的東西，那是危險物品。」
「危險？」
和佳子說出口後就恍然大悟了。長峰嫌犯是帶著獵槍逃亡——她想起了電視上曾經出現過這樣的字幕。
「我自己去。」長峰又再說道。
和佳子也不能反對，只能默默點頭。
兩人一走出大廈，就一直走到馬路上才分開。和佳子目送著他的背影，感覺自己好像是在做夢，她無法相信自己正在做的事，還有目前的狀況。

當然她也有自己的想法。她並不是要讓長峰去復仇，但是她想在警察之前找到菅野快兒。在被警方逮捕之前，必須要讓菅野快兒道歉，必須要讓長峰親耳聽到他的道歉，等他道完歉之後，再報警也不遲。

應該一起去置物櫃的，和佳子心想，因為那是從長峰那兒沒收兇器的唯一機會。

和織部想的一樣，房間非常凌亂，連個站的地方都沒有，到處都散落著雜誌和紙屑，床上則被脫下來亂丟的衣服霸占了。和伴崎敦也的房間一個樣。織部茫然地環顧屋內心裡想著。

「要從哪裡開始呢？」織部詢問前輩近藤。近藤看了看打開的衣櫥，露出很厭惡的表情。

「只能從頭開始查了。」近藤脫掉外套，但是卻不知該放在哪裡，只好拿著外套走出房間。

在門的另一頭傳來了真野的聲音。

「隨便什麼都好，難道妳什麼都想不到嗎？」

「你這樣問……我真的完全想不到。」回答的是菅野快兒的母親路子。

「不應該這樣吧？應該可以想到什麼才對喔。他的舊識或是朋友，沒有人住在那裡嗎？」

「可是長野縣……那個孩子有去過嗎？」

「有吧，現在他就在長野縣。離開東京後，他就直接去長野縣了，而且現在還在那裡。他應該不會去一個完全陌生的地方吧？」平日說話口氣總是不溫不火的真野，也似乎不耐煩了。

「可是，我完全不知道那孩子平常在做些什麼，他的朋友反而還比較瞭解他……請你去問那些孩子吧。」

「妳是他母親吧？兒子去哪裡旅行做母親會不知道嗎？」

「長野距離東京這麼近，應該不算是旅行吧？就算他是去那裡，也不會一一向我報告的。不只我家的孩子，每家的孩子都一樣吧？刑警先生，您的孩子不也是這樣嗎？」

「我的孩子還沒這麼大。」

「總有一天您會瞭解的。到了一個年紀之後，他們就什麼都不跟父母說了。」

近藤苦笑著走回房間。

「真是個好狡辯的女人。明明兒子已經被警方和長峰雙方盯上耶。」

「會不會是真的想不到呢？」

「可能是吧。真野也這麼認為。」近藤低聲說。

從路子那裡取得的信用合作社存摺看來，菅野快兒在逃亡後曾經領過兩次錢。兩次都是由長野縣內的ＡＴＭ領取的。如果只領取一次的話，還有可能是在逃亡途中剛好路過，但是隔了一陣子又領第二次的話，那麼他藏身在長野縣某處的可能性就很高了。

他們已經請長野縣的警方協助，也正在著手分析銀行的監視錄影帶畫面。不過調查團隊最想知道的，是為什麼菅野會在長野縣。

織部和近藤一起著手整理這間雜亂無章的房間。或許從這當中，可以找到菅野和長野縣之間的任何關連。

「長峰也在長野縣嗎？」正在整理的織部問道。

「根據真野先生推論，應該是。」近藤回答。

「為什麼？」

「你忘了嗎？上次長峰寫來的信，郵戳是愛知縣吧？那是為了擾亂我們的調查，才故意從那裡寄出來的。他之所以要擾亂我們，就是因為他已經大致掌握菅野的藏身之處了。」

30

來到這裡的兩名刑警當中，其中一個看起來較年長的是川崎。他的眉毛稀疏，目光銳利，表情冷漠。

走進阿誠房間的川崎環顧室內後，喃喃自語：「真是亂啊。」他的聲音很低沉，令人感到害怕。

阿誠的父親不在家，是由母親出來接待。她想讓刑警們在客廳坐，但是刑警們卻表示想去阿誠的房內談。

「因為有些事情我們不想在你母親的面前說。」川崎說出這樣的理由。聽起來好像又有什麼麻煩事要問他，阿誠感到不安。

「你沒去上學嗎？聽說你現在也沒打工了，那你每天都在做什麼？」川崎坐在書桌前的椅子上問道。另外一個刑警仍然站著，不時看著屋內。阿誠決定坐在床上。

「沒做什麼……就是看看電視或是打打電動……」阿誠結結巴巴地回答。即使對方不是警察，他一樣很討厭被人問到每天在做些什麼。他自己也覺得每天無所事事很難受。

川崎揚起嘴角。

「嗯，你還這麼年輕不是嗎？」

阿誠低下頭。他感覺自己好像又要被人說是沒有存在價值的廢物了。

「你會和朋友見面嗎？」

阿誠默默地搖頭。

「為什麼？應該不至於沒有朋友吧？還是說，只有伴崎和菅野這兩個朋友？」川崎語帶諷刺地問他。

阿誠仍然低著頭開口回答。

「因為我太常出去的話會被爸媽唸，而且朋友都有所避諱，不和我聯絡……」

「避諱？為什麼要避諱？」

「因為……我現在這樣，而且敦也又碰到那種事，所以……」

「也就是說，不想惹麻煩。」川崎斷然地說，「你們這些人所說的哥兒們感情，頂多就是這樣吧？有難時會幫助你的人，才是真正的朋友，但是他們卻逃之夭夭。不過是些虛情假意的傢伙罷了。」

對於川崎挑撥性的言論，阿誠不由得抬起頭來瞪著他。但是刑警對於少年的目光根本不畏懼，反而還以「你有什麼不滿嗎？」的眼神瞪回去。阿誠不發一語，又低下頭。

「也就是說，你完全沒和朋友聯絡？譬如說有沒有和誰聊過菅野的事？」

「最近我沒和任何人說過話，也沒有聯絡……」阿誠小聲地回答。

「喔，你能給我看一下你的手機嗎？」

「手機？」

「我只是看一下。」川崎對他笑著說。

阿誠拿起床旁邊的插頭上正在充電的手機，遞給刑警。

川崎對著卡通人物的待機畫面苦笑之後，便將手機交給另一個刑警。那個刑警立刻開始操作。

「你在做什麼？」阿誠用抗議的口吻說。

「我要看一下撥叫電話和接聽電話的清單。」川崎說道，「應該沒關係吧。」

「這不是侵犯隱私權嗎？」

川崎臉上帶著冷笑，用三白眼瞪著阿誠。

「這是調查所需。你應該知道我們在調查什麼吧？要是你們一開始不要侵犯長峰繪摩小姐的話，我們現在也不用做這些事。你也是綁架她的幫兇吧？那是不是應該協助我們辦案呢？」

阿誠將目光從刑警身上移開，緊緊握住床尾。

檢查手機的刑警將手機拿給川崎看，並在他耳邊竊竊私語。川崎的表情變得很嚴肅。

「昨天有人打了一通公共電話給你吧？這是誰？」

阿誠心臟怦怦跳，全身開始冒冷汗。

「那個是……那個是哥兒們。」

「哥兒們？是朋友嗎？你不是說完全沒跟朋友聯絡嗎？算了，那你可以告訴我他的姓名嗎？」

阿誠無法回答，他想隨便掰個名字，但還是作罷。因為只要警察一去查，就會穿幫了。

「怎麼了？是不能說嗎？不過，你們這個年代，還有人沒有手機嗎？還是說因為沒有繳電話費而被停話呢？」

對於接二連三的問題，阿誠只能閉口不說，他的口越來越乾。

「喂！回答啊！」

另一個刑警對著阿誠大吼，川崎制止他，「沒關係。」

「該不會是菅野快兒吧？」川崎用溫柔的口氣問道。

再掩飾也沒用了，阿誠心想，沒辦法再隱瞞了。雖然快兒說如果告訴別人他打電話來的話，就絕不饒他，可是面對這個情況，阿誠實在是無計可施了。

他輕輕點頭。另一個刑警好像很震驚。

「他為什麼打電話給你？」川崎問道。

「我想……是為了瞭解這裡的情況。」

「你和他說了些什麼？」

「我就說……你的事警方都知道了，最好還是去自首……」

阿誠將與快兒之間的對話，能想到的全都告訴了警察。川崎面色凝重地聽著，另一個警察則做記錄。

「你知道他在哪裡嗎？」川崎問。

阿誠搖搖頭，「我沒聽他說。」

川崎想了一下後，小聲地對另一名刑警說了些耳語。那位刑警點點頭，接著就走出房間。

「他說還會再打電話來是嗎？在你調查好警方有沒有找到能證明他就是兇手的證據之後，是嗎？」

「是的。」

「嗯——」川崎雙手抱胸，將身體靠在椅背上。他保持這個姿勢盯著阿誠看，「菅野好像在長野呢。」

「欸？」

「長野縣。已經證實菅野快兒就躲在長野縣的某個地方。」

「長野縣……」

「怎麼樣？聽到這個地名之後有想到什麼嗎？任何事情都可以。你和他們聊天時，曾經提到過長野這個地名嗎？」

阿誠陷入沉思。他盡量回想和敦也、快兒之間的對話，但是最後他還是搖頭。

「我不知道，我沒有去過長野。」

「你有沒有去過不重要。我是在問菅野快兒他們。」

「我不知道。」

川崎不耐煩地看向一旁，他的表情似乎是在說「真是一個沒用的小鬼」。

另一名刑警回來了，他對川崎點了點頭。

「好，我們走吧。」川崎站起來，低下頭看著阿誠。

「欸？要去……哪裡？」

「還用說嘛！當然是警察局囉！我想要仔細瞭解一下有關你和菅野通的那通電話，你的手機就暫時先由我們保管。」

阿誠在西新井分局的會議室裡受到疲勞轟炸般的盤問，可是他也只能一再對川崎重複相同的話。刑警們似乎是想看看能否從他的敘述中，找到快兒藏身之處的蛛絲馬跡。不過搞到最後，阿誠還是無法滿足他們的期望。

到了晚上，他們終於讓阿誠回家了，還把手機還給他。但是在送他回來的車上，川崎這麼告訴他的：

「從今天晚上開始，我們會派人在你家前面監視。我們也在你的手機上動了手腳，只要有人打電話來，我們就會知道。我們會竊聽你談話的內容，所以如果你要保有自己的隱私，就請使用家裡的電話或是公共電話。如果是菅野快兒打來的話，就盡量拖延和他說話的時間，明白了嗎？」

「快兒如果沒有打來呢？」

「但是他不是說還會再打來嗎？」

「話是沒錯，但是……」

「如果沒有打來的話，我們會等他打來的。沒關係，我們已經習慣等待了。在逮捕菅野快兒之前，我們本來就打算一直等下去。這段時間可能會很長，所以要多多麻煩你了。」這樣說完後，川崎便拍了拍阿誠的肩膀。

川崎也和阿誠的父母說了同樣的話，然後才離開他家。不過阿誠並沒有聽到川崎乘坐的那輛汽車離去的引擎聲。看來，他們是打算從現在開始一直等了。

在刑警面前很謹慎的泰造，一等川崎走出去就露出不悅的表情。他叫住正要上樓的阿誠：「等一下！」

「什麼事？」

「還有什麼事？總之你給我坐到那裡。」他指著客廳的沙發。

阿誠整個人用力靠在沙發上，坐了下來，臉轉向一旁。他不想看父親的臉。已經在警察局被問得很煩的他，一想到父親又要對他說教，就覺得很不高興。

「為什麼你沒告訴我菅野有打過電話給你？」泰造說。

「沒什麼……特別的理由。」

「我不是跟你說過，有任何事都要立刻告訴我嗎？」

「因為快兒沒有說什麼重要的事啊，所以我覺得沒什麼好說的。我也不知道那傢伙現在在哪裡。」

「重點不是這個！」

對著正在咆哮的泰造背影，母親像是責備似的叫著「爸爸」，然而面紅耳赤的父親表情仍然沒變。

「你覺得我為什麼要告訴警察我們家的車子可能被用去犯罪嗎？就是不希望他們覺得你是共犯啊。不是說好綁架女生的時候，你以為只是普通的惡作劇，所以才去幫忙的嗎？從現在開始，你必須要竭盡所能地協助警察。你要是讓那些人留下壞印象的話，以後會很麻煩的。你連這種事情都不懂嗎？」

阿誠的臉扭曲著。父親說的話他都明白，確實是應該這樣做，但是他沒辦法老老實實地道歉。他想說的是，每次你都只會生氣，在這種氣氛下，哪有可能什麼事都說得出來啊！

「算了。你在警察局裡被問了些什麼？」

「就是問我和快兒通的那通電話嘛！」

「不是叫你說出來嗎？」

又要說嗎？阿誠感到非常不耐煩，但是他忍住沒表現出來。如果再被罵的話，他會崩潰的。

他又對父親說了一遍他已經反覆說到想吐的話。泰造的嘴角往下撇。

「如果只是這樣的話，你只要說你什麼都不知道應該就沒事了。你可以堅持說，你只有幫忙綁架女生，之後發生的事情是你當初沒想到的。」

「但是如果快兒被逮捕的話怎麼辦？那傢伙會說我是共犯吧？警察或許會相信快兒說的話。」

「所以我不是說過很多次了嗎？最重要是要讓警方對你留下好印象。「只要魚有心，水也會善待之」[6]，不管在哪裡都是這樣。」

阿誠並不懂這句俗諺的意思，但是他知道這好像是大人狡詐的生存方式之一。

「但是，菅野會怎麼說，還真教人不放心呢！他為了被捕而洩恨，或許會咬定你也是共犯。」泰造咬著嘴唇，「那些傢伙做過的事，你全都知道嗎？」

「不是全部，但是有一部分……」

「他們常常會侵犯女孩子嗎？」

「嗯。」

「白痴！」泰造罵道，「為什麼不早點和那種人劃清界線呢？」

現在說這些還有什麼用！阿誠在心裡暗罵著。

「你聽好了，如果警察問你那兩個傢伙之前做過什麼壞事的話，你要說你什麼都不知道。你要說你雖然常常借車子給他們，但是你不知道他們用來做什麼。你以為他們只是搞些惡作劇，沒想到他們會做出那麼過分的事。明白了嗎？」

「知道了。」

阿誠鬧著彆扭回答。這麼做一點意義也沒有吧？他想道。他回憶起在警察局被盤問時的情景——每個警察的表情看起來都像是能看穿他似的。

6. 意指只要釋出善意，對方也會相對地對待你。

31

織部移到警視廳的一個房間內，繼續開始作業。他旁邊放著三個大紙箱，裡面全都是從菅野快兒房間內搜出來的東西。有音樂專輯、筆記本、雜誌、錄影帶、ＣＤ、電玩等各種東西。織部正在謹慎確認這些東西，說不定能顯示菅野快兒和長野縣之間關係的蛛絲馬跡，就藏在這裡面。

但是事實上，織部覺得好像是在找一樣不存在的東西。一種白費工夫的感覺襲上心頭，菅野可能只是一時心血來潮而去長野縣的。或許是受不了這種做白工的感覺吧，原本和他一起作業的近藤說他很久沒有回家，於是剛才就先回去了。

看完所有的漫畫雜誌後，織部開始捏了捏自己的肩膀。他不覺得漫畫裡藏著蛛絲馬跡，但是又不能不看。因為搞不好菅野喜歡的漫畫裡有以長野縣為背景的，這就成了他去長野縣的動機。

他覺得身旁有人，抬頭一看，是久塚正一邊拿出老花眼鏡一邊坐在他的對面。

「有發現什麼嗎？」久塚拿起雜誌問。他的口氣似乎並沒有期待會有什麼好消息。

「沒有……」織部悶悶不樂地說。

「是嗎？」久塚點了點頭，似乎是在說果然如此。他拿出菸盒後四下張望。織部發現後，就去其他的桌上拿了一個菸灰缸來。

「阿真那裡好像也沒有斬獲。」久塚說。

「是啊，菅野路子看起來不像是在說謊。」

「儘管她隱瞞兒子偷偷領錢的事，但是事情都到這個地步了，她應該不會不說出他的行蹤……吧？」久塚朝天花板吐了口煙，「不過他為什麼要逃到長野去呢？」

織部不明白久塚為什麼要來找他。因為上司和部屬的關係，所以平常他們雖然會交談，但是像現在這樣只有織部一個人的時候，久塚很少會刻意過來。

「銀行的監視攝影機畫面不知怎麼樣了？」織部不禁覺得自己快要窒息了，他趕緊找話題。

「已經確認了。兩次都是菅野本人沒錯，那個小鬼就這樣毫不偽裝地外出，是沒想到有監視攝影機嗎？還是心想就算被拍到也沒關係嗎？總之，我搞不懂他在想什麼。」

「菅野還待在長野縣嗎？」

「這我就不知道了。不過就算他離開了，只要能找到他之前的藏身處，或許就可以掌握他現在的行蹤了。」

所以織部覺得久塚好像是來叮囑他，要他仔細認真調查的。

「菅野的事是不是可以公開了？」織部試著說出自己的想法。

「是要公布他可能躲在長野縣嗎？還要登出他的相片嗎？」

「我知道不太可能，但是我是想能不能用些方法徵求情報？菅野不可能一個人生活吧？只要能公開，他周圍的人就會來通報。」

「長峰已經被通緝了吧？但是也沒有任何人來通報啊，提供情報的電話多到令人心煩，但全都是胡說八道。」

「我知道，但是……」

「我知道你想要說什麼，但是不行就是不行。菅野只是關係人，而且還未成年。」

說得也是，織部低下頭。

「你今年幾歲？」久塚突然問了一個奇怪的問題。

「二十八。」

「嗯——那麼你比他們大十歲以上囉？」久塚繼續抽著菸。他們就是指伴崎敦也和菅野快兒吧。

「那個年紀的傢伙在想些什麼，我完全搞不懂。」

織部一說完，久塚就笑了出來。

「我們這裡面最年輕的人怎麼可以說這種話？那我們怎麼辦？只有舉雙手投降了是嗎？」

「但是差十歲也很多耶。」

「或許是吧。但是你能不能盡力想像一下？我希望你能告訴我那些傢伙到底在想些什麼？」

「不可能的，我完全無法理解那些傢伙的想法。」

「那你回想你十八歲時的情形，來回答我的問題。這樣應該可以吧？」

「這個……」織部苦笑著。他的腦海裡浮現出幾個高中同學的臉。

久塚將菸灰抖落在菸灰缸裡。

「老實說，你覺得那些死小鬼是如何看待少年法的？稍微為非作歹一下，名字也不會被登出來，而且也不太可能會被關進牢裡，所以就放心大膽地胡作非為——就是因為有這樣的想法，才會讓他們做出那些亂七八糟的事嗎？」

織部皺著眉頭，雙手抱胸。

「我自己身邊也有很多不好的人，但是我想，應該沒有人會說出這種想法吧。我覺得他們不會想這麼多才行動。不過大致瞭解有少年法這個東西，也的確是事實。所謂的瞭解，其實只是知道一旦自己出了什麼差錯，有少年法這個東西可以保護自己而已吧。」

「伴崎他們的情形是怎樣呢？因為認為自己未成年，應該會被饒恕，所以才會幹出那些蠢事嗎？」

「我不能說完全沒有這個可能。」

久塚點點頭後將香菸捻熄。等香菸完全熄滅後，他仍繼續捻碎菸灰，彷彿是要甩開自己的焦躁似的。

「關於這個問題，組長不是應該比較清楚嗎？」

對於織部的話，久塚挑起了一邊的眉毛，「你這是什麼意思？」

「聽說您以前曾經負責過少年殺人事件，就是那個用打火機燒傷屍體的案子……」

「那個案子啊。」久塚皺起了眉頭，「你是聽阿真說的吧？」

「是。」

「那也是一個很可怕的案子。」久塚叼著第二根菸，「小鬼們因為一些無聊的理由，殺害了一起玩的同伴。即使被逮捕後，他們也不認為自己闖了多嚴重的禍，因為他們沒有一個人試圖向被害人家屬道歉。」

「真野說，兇手們只為自己流淚。」

「他們是因為不爽被警察抓才哭的。其中還有一個家長居然安慰這種混帳兒子說：『沒關係，馬上就可以出來了。』」

「聽說組長到現在還有和被害人家屬保持聯絡。」

織部一說完，久塚不好意思地咬著上唇。

「那並不是因為站在道德的立場，只是我剛好負責這個工作，也就是負責聯絡家屬的工作。」

「是這樣嗎？」

「不過見過幾次面之後，我終於能稍微體會家屬的心情。因為我曾經也有一個差不多年紀的小孩嘛。」

織部想起久塚的兒子因為車禍過世的事。

「被害人父親叫我告訴他將兇手們移送法辦的日子。」久塚邊摸著長滿了鬍碴的兩頰邊說，「我問他為什麼要知道?他說因為有些話想跟兇手們說，所以他要參與移送。我馬上就瞭解了。於是我就對他說：『還是算了吧。』」

「那個父親想要報仇嗎？」織部問道。

「可能是吧。不，我不知道他到底是怎麼想的。不過我這麼說了之後，那個父親臉色大變。他說，你們的工作不是要懲罰壞人嗎？既然你們不懲罰那些混帳傢伙，那我只有自己來了。」

「那組長您怎麼回答？」

「無話可說吧。」久塚直直地看著織部的眼睛，「怎麼可能答得出來呢？如果是你的話，你會說什麼？」

織部將視線移開，他的腦海裡浮現出長峰重樹和鮎村的臉。

「織部，你想得通嗎？」久塚說。

「什麼？」

「關於這次的案子，你的工作是負責找到菅野，找到之後還要調查他和長峰繪摩的死有什麼關係。但是，這麼做就等於剝奪了長峰重樹報仇的機會，喪女的怨恨也會被迫封印在心裡。

你應該感到很疑惑吧？現在這裡只有我和你，你可以老實告訴我。你說的任何話，都不會列入考核的。」這樣說完後久塚便抿嘴一笑，然後又立刻變得很嚴肅，「怎麼樣？」

織部咳了幾聲，挺起背脊，嚥下一口口水後說道：

「老實說，我是希望長峰先生……長峰比我們先找到菅野，而且我希望他打消復仇的念頭……」

「喂，等一下。」久塚伸出手，「你是說真的嗎？不要說謊喔！」

「是……」

「真的希望他打消復仇的念頭嗎？」

「嗯，沒有。」織部低下頭去，接著又再度抬起頭來，「沒錯，我真正的想法是，如果長峰先生能完成復仇最好。」

「嗯，這樣想也沒關係。」久塚抬起下顎，「你會這樣想也是理所當然的，不要對於這種想法有罪惡感。我們並不是道德導師，也不是牧師，只是一般的刑警，沒有必要考慮什麼正義之類的事。對於這個問題，我們也沒有必要爭論——至少刑警是可以這麼做的。」

「至少刑警可以」——織部感覺久塚好像在強調這一部分。

「總之，你現在的工作就是找出菅野的藏身之處，其餘的事都不要多想，只要專心做這件事就好了。」

「我也是這麼想。」

「你明白就好。」久塚捻熄了第二根菸，這次他很乾脆地弄熄了。

另一名刑警過來叫久塚。組長看看織部，對他點點頭後就離開了。

阿誠想起那件事，是在茫然看著電視的時候。本來打開電視，是為了看會有搞笑藝人出現的深夜節目，但是之前的職棒賽好像延長了，所以現在還在報新聞。

搞不好可以瞭解一些長峰重樹和快兒的情形，他想。不過並沒有這方面的後續報導。節目裡的特別單元是報導因為不景氣而無法經營下去的旅館和飯店。

看到這個專題報導時，阿誠腦海裡閃過一個東西。

「有一些倒閉的民宿喔。我都帶女孩子去那裡。」他想起快兒笑得很詭異的表情。

對了，他確實是說過民宿——

大約是在三個月前。和往常一樣，敦也向他借車子。他知道他們又要去釣馬子，不過當時阿誠並沒有和他們一起去。

還車時，阿誠問他們去了哪裡。於是快兒就回答了。

「你猜我們去了哪裡？是信州喔。」

「信州？」

「敦也拐來的那個馬子說要去兜風，所以我們就開關越，然後直接走上信越道。我也搞不清楚那是哪裡，總之就是信州啦。我們隨便找個地方下高速公路，開進了山路，結果那女的竟然開始鬼叫。因為實在太吵了，所以我就用刀子威脅她。」

他們兩人好像要找一個可以強暴那女生的地方，所以在山路繞來繞去，不久後，他們發現了一個可以逞獸慾的好地方，那就是倒閉的民宿。

「我們打破玻璃窗，從那裡爬進去。那裡可能才剛倒閉沒多久，裡面沒有完全荒廢，床還可以用。我和敦也說，以後如果發生了什麼事就躲到這裡來。」

當時阿誠並沒有特別留意，他已經習慣了他們兩人大膽的行徑，所以不管聽到多麼荒謬的事，他也不會有什麼特別的印象。

但是現在，當時的記憶卻讓阿誠膽戰心驚。

沒錯，快兒一定是去那間民宿了，他一定是躲在那裡——

阿誠不知道地點，他們也沒說出詳細的地名，但是確實是在長野縣。

長野縣內剛倒閉沒多久的民宿——這樣的資訊應該足夠了吧？如果能知道這個情報，只要再稍微調查一下，應該就可以找到快兒了。

這要和在屋外的刑警說吧？可是阿誠猶豫了。他想起自己和父親之間的對話。

敦也和快兒之前幹過什麼樣勾當，都要裝作不知道。所以他不可以知道他們在倒閉的民宿裡強暴過女孩，還有自己曾經借他們車子，讓他們去做這些事。

可是不告訴任何人對嗎？應該要告訴誰吧？

阿誠看著自己的手機，然後想起自己不能用這支電話。

32

和佳子拍回來的相片總共超過了三百張，占了五張記憶卡。長峰正用自己的電腦一張一張過濾這些相片。

主要是拍各個民宿的員工或是住宿的年輕客人。和佳子找到空閒就去長野縣內的民宿集中區，用數位相機拍攝。不用說，這個行動當然是希望能拍到菅野。

水正在沸騰的水壺發出「咻咻」的聲音，和佳子用紙杯泡著即溶咖啡。

「好像還是沒有拍到，是嗎？」她問道。

「不，還不知道，我才看了三分之一而已。」長峰說，「沒想到妳居然拍了這麼多張。光是要去這些地方，就很辛苦了吧？」

「我想不到別的辦法，就只能拚命按快門。對不起，我居然說出要代替你去找菅野快兒這種大話……」

「該道歉的是我才對。我根本沒有理由要妳幫我做這麼多。」長峰盤腿而坐，身體原本是對著電腦的，現在轉向和佳子，「這樣就夠好了。妳讓我躲在這裡，我已經很感激了，還這麼麻煩妳。我不敢再有所奢望了，請妳回到妳原來的生活吧。」

「我都已經插手了，是沒辦法再裝作什麼都不知道的。」

「現在還來得及。」長峰看著她，「即使我被逮捕，也絕對不會提到妳，更不會說出我曾經住在這間屋子裡的事。」

「不是這樣的，你不要擔心這個。」和佳子看著長峰，那眼神意味深長，「對於長峰先生的行為，我覺得我必須找到屬於自己的答案。我不想只用表象的邏輯告訴你，不管有什麼理由都不可以復仇，我覺得那不是經過我自己的思考得到的東西。我非常能體會你的心情。如果碰到同樣的事，我想我也會這麼做的。既然這樣，我就應該先協助你。我想在和你一起行動的過程中，思考什麼才是正確的。」

對於她那套可說是強詞奪理的言論，長峰不禁露出苦笑。

「妳這個人還真與眾不同。看起來和一般女性沒兩樣，其實卻非常大膽，而且意志力堅強。」

「給您添麻煩了嗎？」

「不。」長峰搖著頭，「很感激，這是真的。只是這樣一直找不到菅野的話，如果有一天警察突然來了，一定會給妳帶來麻煩的，我只擔心這個。」

「這裡一定不會被警察發現的——只要我不說的話。」和佳子說。她的口氣聽起來好像自以為有主導權似的，而長峰也沒有資格表示不滿。

長峰嘆了口氣。

「警察應該還沒掌握到菅野的藏身之處吧？」

「如果已經知道的話，新聞應該會報導吧。」

「不，只要沒抓到菅野，就應該不會報導的。不過即使被捕，也不知道會不會報……」

「為什麼？」

「因為警察也想要抓我。所以就算是他們逮到了菅野，不對外公布才是明智之舉。這麼一來，我還是得繼續躲藏，警察也可以偷偷把調查網縮小。而且，警察或許會覺得要是釋出菅野被捕的消息，一心想復仇的長峰重樹搞不好會自暴自棄，進而做出無法預料的事情吧。他們應該也不忍心看到我自殺吧？」

和佳子對於長峰說的話很訝異。

「如果不能復仇的話……你打算自殺嗎？」

「這個嘛，」長峰思索著，「不到那個時候，我也不知道。只是現在，我生存的價值只是為女兒復仇，這是事實。」

「你寄給警方的信上說，如果完成復仇你要去自首……」

「是，」長峰點點頭，「我是有這個打算。如果能將那些傢伙埋葬的話，我想要在監獄裡一邊祭拜繪摩，一邊以平靜的心情過下去。可是等我真的復仇完，會變得怎樣呢……我自己也不知道。」

和佳子垂下眼睛。她感到長峰應該是決定去死了。她不知道要和這樣的人說些什麼，臉上浮現出困惑的表情。

長峰看了看手錶。

「妳應該要回去了吧？妳不是出來買東西的嗎？」

「喔，說得也是。」她看了看自己的手錶，「那我明天再來。」

「我會繼續看妳拍回來的這些照片。」

和佳子離開後，長峰將門鎖上，又再回到電腦前。和佳子剛才為他泡的即溶咖啡已經有點涼了。

雖然和佳子那樣說，但是長峰還是覺得自己不能一直待在這裡。他一開始就不想把不相干的人牽扯進來——即使是幫助他的人。

不過話說回來，離開這裡的話，他又該怎麼辦呢？他完全沒有目標。只能去住民宿嗎？只能這麼做，然後期待著哪一天在某處碰到菅野嗎？

他看著和佳子拍回來的照片，心想：這裡面拍到菅野的可能性很低吧。儘管菅野是個頭腦簡單的年輕人，應該也不會輕易出現在人多的地方吧？

長峰將視線從電腦畫面移開，躺了下來。地板冰冰涼涼的，感覺很舒服。他就保持這個姿勢，將手伸向正在充電的手機。他打開電源後，看了一下電話留言。自從他失蹤後，就接到幾十通的留言。不過，最近比較沒有人留言給他了，頂多就是警察會留下一些命令式的留言——像是叫他到附近的警察局自首之類的。

即使這樣，長峰還是每天固定會聽一次留言。他心裡期待著某個奇蹟。

有一通留言。難道又是警察嗎？他邊納悶邊按下了按鍵。如果是警察打來的話，他打算立刻刪除。

可是當長峰聽到留言後，便握緊了手機。他趕緊又再重複播放一次。

留言的內容如下。

（菅野快兒很可能躲在長野縣內最近才剛倒閉的民宿裡，應該是距離高速公路交流道不會很遠的地方。）

長峰一邊記下來，一邊又播放了一次留言，他的心跳加速。

是那個人——

他所期待的奇蹟，就是這通電話。向他告密是誰侵犯了繪摩的那個人又再次提供情報給他了。和之前一樣，聲音聽起來模糊不清，但是一定是同一個人。

上次密告者跟他說「請通知警察」，因此長峰認為他可能有什麼隱情，所以才不能自己去報警的。不過，他沒聽密告者的指示，反而選擇要親自報仇。密告者應該已經知道了。所以就算他還有什麼情報，也可能不會再告訴自己了吧，長峰是這麼想的。不過即使如此，長峰還是一直期待著，或許密告者還會再告訴自己些什麼。

倒閉的民宿——

他不知道密告者為什麼能得到這些情報、又是為了什麼目的再次通知他的。這也是個謎。但這通電話對被黑暗團團包圍不知所措的長峰而言，就像是一道曙光。

當然，這也可能是陷阱。例如是警察設下的圈套，只要長峰一過去，就會發現有大批警力在等待著。不過他覺得這個可能性很低，如果要設陷阱的話，應該會通知他更詳盡的地址，只說是剛倒閉的民宿，實在太籠統了。

而且，他又想道，現在的自己也沒有時間可以懷疑了。與其什麼都不做，一直待在這間屋子裡，還不如前往稍微有點可能性的路走。

密告者到底是誰呢——他邊關掉手機的電源邊思索著。

和佳子一走進廚房，隆明就很訝異地看著她。

「怎麼這麼晚？」

「對不起，因為我去圖書館找書。」

「喔，真是難得，妳居然會去圖書館。」

「我也是會想看書的。」和佳子裝出生氣的樣子，把買回來的蔬菜放進冰箱裡。

就在這時，玄關的門鈴響了，和佳子和父親互看了一眼。如果是住宿的客人，應該是不會按電鈴的。

和佳子一走出去，就看見門口站著兩名穿了制服的警官。一個中年人和一個年輕人的組合。她當場嚇了一大跳。

「您是這裡的人嗎？」中年警官問道。

「是的。」和佳子點點頭。

中年警官點了點頭，他從身旁的年輕警官那裡拿了一張像是傳單的東西，然後遞給和佳子。

「最近您有看過這個人嗎？或是您的客人當中有長得很像的人嗎？」

和佳子看了印在那張傳單上的相片後，不由得睜大了眼睛，口裡不斷發出驚訝的聲音。

「有想到嗎？」警官問。

「不，這個……」她屏氣凝神，拚命想要假裝鎮定，「我在電視和報上曾經看過，這個人、那個……」

「您果然知道呢。」警官的表情和緩下來，點了點頭，「沒錯，就是那起發生在東京的兇殺案的嫌犯。他想要為女兒報仇。」

「他在這附近嗎？」

「沒有，目前還不確定。根據東京的情報，他很可能藏身在本縣內，所以我們就這樣在縣內各地的民宿先繞一繞。」

和佳子不發一語點點頭。她盡最大的力量不讓內心的起伏顯現在臉上。

警方似乎是發現了什麼，現在可能已經有大批警力像這樣展開行動了吧。

「是不是可以幫我們把這張傳單貼在一個顯眼的地方？」

「喔……好。」她接了過來。

「還有這個。」年輕警官又拿出一張。

那上面印了四張相片，全都是長峰的大頭照，但是有的讓他戴上太陽眼鏡，有的畫上了鬍子。那好像是假想長峰偽裝後，製作出來的四個代表性造型。

看到長峰將帽子戴得很低的相片後，和佳子起了雞皮疙瘩——那就是長峰住在這裡時的樣子。

「那就麻煩您了。」中年警官低頭致意，年輕警官也跟著這樣做。

「怎麼了？」隆明的聲音從和佳子身後傳來，他又問警官們，「發生了什麼事嗎？」

「沒事了，等下我再告訴你。」和佳子說。

「我們把通緝犯的相片交給她了。」警官說道，「麻煩請給予協助。」

「喔，是通緝犯啊。」隆明伸手要拿和佳子手裡的傳單。

和佳子無法拒絕，便交給了隆明。她內心不斷禱告著，窺看著父親的表情。

「喔。」隆明盯著傳單看，「這個人好像在哪裡看過。」

正要離去的兩名警官停下了腳步，兩人同時回過頭來。

「真的嗎？」中年警官問。

「是在電視上看過吧？這麼有名的案子。」

然而和佳子的話卻沒有讓隆明感到困惑。

「不是，這不是在我們這裡住過的人嗎？他叫什麼來著的。」

「真的嗎？」警官小跑步回來，臉色大變。

「長得很像是事實——對了，就是那個沒有預約就突然來的男人。」他向和佳子確認。

「他有帶人一起來嗎？」警官問道。

「沒有，他一個人。這麼一想，他確實是個來路不明的男人。」

對於隆明的話，中年警官開始興奮。

「請告訴我們詳細的情形——喂！打電話回局裡去。」

被命令的年輕警官趕緊拿出手機。

33

自稱是從東京來的刑警們出現在「Crescent」時，已經是晚上十點多了。但是在他們來之前，和佳子和父親也完全無法做民宿的工作，因為他們的活動範圍被長野縣的警察們限制得非常小。那天晚上只有一對中年夫妻住宿，所以也拜託他們搬到別的旅館去了。那對夫妻知道實情之後，可能也是不想被捲入麻煩事吧，他們很快就收拾好行李離開了。

川崎是個目光銳利的刑警，他說有些事想要問問和佳子。在交誼廳角落的桌子，和佳子和刑警們面對面坐著。川崎的旁邊坐著一個比他年輕一點的胖刑警。

川崎問了長峰來的日子還有當時的情形等等。和佳子盡力照實講，因為長峰來的時候，她是真的完全沒有發現，所以她認為不必要去編些亂七八糟的謊話。

「他當時的樣子和這張相片很像嗎？」川崎指著傳單上的其中一張相片，那是一張長峰戴著帽子的合成照。

「或許……很像，我不太記得了，但是我父親是這樣說的。」

「和這張相片有很大的不同嗎？」

「頭髮要再長一點。」

「有多長？」

「稍微碰到肩膀……吧。」

刑警們一定也會問隆明相同的問題。反正他們都會知道，現在自己先說出來的話應該比較不會被懷疑吧，和佳子心想。

「這樣的髮型沒有不自然嗎？例如像是戴假髮的感覺。」

「我沒發現，而且我也不可能一直盯著他看。」

刑警點點頭，好像是在說：或許是吧。

「那個客人聽說在這裡住了三晚。一開始是預定住兩晚，但是後來又多住了一晚是嗎？」

「是的。」

「多住一晚的理由是什麼？他有說嗎？」

「他並沒有說……因為他問我可不可以再多住一晚，所以我就回答他可以。」

「他住在這裡時都在做些什麼？」

「這個嘛……」和佳子思考著如何回答。

「早上出去後要到晚上才會回來。晚餐一次也沒在這裡吃過，但是都會提前打電話回來說不用幫他準備晚餐……」

「妳知道他去了哪裡嗎？」

「不知道。」

「他有沒有問過妳要去某個地方該怎麼走，或是要搭什麼交通工具之類的問題？」

「沒有。」和佳子搖頭。

川崎的臉色很難看，用手撐著臉頰。特地跑到這個地方來，但是卻沒有得到什麼了不起的情報，讓他覺得很沒意義吧。

隆明走了進來，剛才他好像帶其他的刑警去看長峰住過的房間。他在距離和佳子他們稍遠的地方坐了下來，有點擔心似的看著女兒。

「那個客人的樣子給人什麼感覺？」川崎繼續問道。

「什麼感覺啊……」

「譬如慌慌張張或是提心吊膽的樣子，總之就是有沒有怪怪的？」

「我覺得……我們好像不常看到他的臉，因為他常戴著太陽眼鏡，所以看不清楚表情。」

「那個客人住在這裡時，你們有進去過他的房間嗎？」

「沒有。」和佳子立刻回答，「我們這裡和飯店不同，所以不會隨便進去客人的房間打掃。」

「那客人離開後，房間裡有留下什麼東西嗎？有留下什麼痕跡嗎？」

「我沒發現。」

「房間的垃圾呢？」

「那個已經處理掉了。」她看著父親，「那天的垃圾袋已經拿出去了吧？」

「嗯，早就拿出去了。」隆明邊點頭邊說。

川崎撇下嘴角，長嘆了口氣。他似乎正因為沒有任何收穫而感到不滿。

「妳沒有和那個客人說過話嗎？隨便什麼雞毛蒜皮的小事都可以。」他用原子筆搔著自己的頭問道。

和佳子搖搖頭。

「就是他說要再多住一晚時說的那些話，其他沒有再多聊了。」

和佳子看見之前一直低著頭的隆明突然抬起頭來，好像想要說什麼，但是和佳子在內心禱告著，希望他什麼都不要說。

可能是這個禱告被隆明聽見了吧，一直到刑警們問完之前，隆明都沒再說一句話。川崎直到最後都不太高興，他可能是覺得白費工夫了。

長峰住過的房間檢查一直進行到深夜，等到調查人員們撤退時，已經將近凌晨三點了。這段時間和佳子和隆明一直在交誼廳等著。

關好門之後，和佳子心想終於可以睡覺了，正準備回自己房間時，「和佳子！」隆明在她身後叫道。

「啊？」她回過頭。

隆明搔著腦袋走向她。

「妳為什麼沒說那件事？」

「哪件事？」

「就是電腦的事啊！那個客人不是有教妳電腦嗎？」

和佳子嚇了一跳，隆明居然有看到。隆明一定是在說長峰教她如何將兒子的相片放大印出來的事。

和佳子擠出笑容。「那又不是什麼大不了的事。」

「或許是吧，但是刑警不是說不管什麼雞毛蒜皮的小事都可以嗎？」

「太過雞毛蒜皮了啦！多說的話又要被問個不停，很麻煩不是嗎？」

「但是我們應該要協助調查。」

隆明是思想守舊的人，對於警察或是公務員是真心誠意地尊敬。

「那種事對於調查沒什麼幫助啦！總之，我不想被牽扯進去，我不想被人認為我和殺人案的兇手說過話，而且對這間民宿來說一點好處都沒有吧！處理不好的話，反而會使我們的形象受損。」

「這也是不得不擔心的……」隆明開始搓揉著自己的後頸，「妳該不會知道什麼吧？」

「啊？」和佳子睜大了眼睛，她感到自己的體溫似乎上升了，「知道什麼？」

「那個客人就是那個兇手啊！」

「您胡說什麼？怎麼可能！爸爸，不要亂說！為什麼您會這樣想？」她皺起了眉頭，聲音高了八度。

「不，如果是我多心的話就算了。不知為什麼，我總覺得是這樣。」

「總覺得是哪樣……」

「晚上我覺得好像有聽見談話聲。」

「晚上？哪一天的晚上？」

「是哪一天呢？總之就是那個客人還住在這裡的時候。我去上廁所時，聽見妳的聲音從交誼廳傳出來。當時我沒想那麼多，但是現在回想起來，覺得很不可思議，妳到底是跟誰在說話？」

「那個，會不會是你聽錯了？或是弄錯時間了？我也有跟刑警說過，我和那個客人根本沒說過什麼話，我沒有說謊。」和佳子雖然知道太過生氣的話反而會弄巧成拙，但她還是板起臉強辯。

隆明似乎感到不好意思，將視線從女兒身上移開。

「如果是我弄錯的話就算了，妳也不用那麼生氣吧！」

「我並沒有生氣。」

「聽說明天警察還會再來，這樣怎麼工作！連睡覺的時間都沒有，趕快去休息吧！晚安。」這樣說完後隆明就走過和佳子的身旁，回到自己的房間。

「晚安。」和佳子對著隆明的背影說。

上床後她不斷翻來覆去，一點睡意也沒有。她很在意隆明的態度。搞不好他已經發現了其他更多的事，只是害怕說出來，所以保持沉默而已。

欺騙父親讓她覺得很過意不去，但也不能因為這樣就跟他說出實情。那麼一本正經的他，一定不可能和和佳子一樣，去幫助一個被通緝的殺人犯。

她也擔心警察的行動。他們會查到什麼呢？發現這間民宿應該只是偶然吧！但是他們已經掌握到長峰就在長野縣內。除此之外他們還知道什麼呢？

把長峰藏在大廈的事只要和佳子不說的話，應該沒有人會知道。不過，她還是沒來由地擔心警察會不會也闖進那間屋子。這更讓她輾轉難眠。

她昏昏沉沉瞇了一下。聽到鬧鐘的聲音時，她的反應比平時慢了些。感覺頭很重，全身無力，而且有點反胃。從床上起來後，她就這樣坐了一陣子。大概睡了兩、三小時吧，不過她一點也沒感覺自己有睡著過。

她坐在床上發呆。有人小跑步從走廊經過的聲音傳進她耳裡，那個聲音沒多久就又折返回來，接著，她聽見敲門聲。

「和佳子，妳起來了嗎？」那是隆明的聲音。

「起來了。」和佳子用沙啞的聲音回答。

「對不起，能不能趕快換衣服？事情有點麻煩了。」

「怎麼了？」

「妳起來看就知道了。」隆明這樣說完就走了。

和佳子換上T恤和牛仔褲後，就走出房間。她一走到走廊，就聽見玄關那裡有人的說話聲。而且不是一兩個人的聲音，好像有很多人的樣子。

隆明正在交誼廳拉上窗簾。

「怎麼了？」

「我也不知道，是電視台還有報社的人湧了過來。好像是昨天深夜趕過來的。」隆明說道。

和佳子從窗簾的縫隙往外看。穿著各式各樣服裝的男男女女正聚集在民宿前的路邊，也有扛著攝影機的人。路邊停滿了ＳＮＧ車。

「剛才有一個人說是他們的代表，過來說要採訪我。」隆明指著放在桌上的名片，「怎麼辦？」

「是要問長峰先生……那個客人的事嗎？」

「應該是吧！不過媒體也真是厲害，已經找到這裡來了。」

「採訪什麼？我們根本沒有什麼好說的啊！」

「他說這樣也沒關係，還說要做什麼聯合訪問，因為這樣的話，就不用一一回答每個記者的問題，比較有效率，而且也不會妨礙這裡的營業。我也覺得這樣比較好。」

「爸爸，您會去接受採訪吧？我可不要喔！」

「我嗎？」隆明眉毛往下垂，「真是傷腦筋啊！」

隆明心不甘情不願地走向玄關。和佳子決定躲在自己的房間，因為她覺得媒體一定會想要拍攝屋內。

不知道隆明是怎麼說明的，記者還有攝影記者們竟然沒有進到屋內。大約過了三十分鐘後，又傳來了敲門聲。和佳子打開門一看，一臉疲憊的隆明站在那裡。

「結束了。」

「辛苦您了！媒體的人呢？」

「大多都撤走了，但是還有幾個人在附近拍攝。」

「爸爸，您說了些什麼？」

「也沒說什麼，就是昨天和警察說的那些話。」

「是嗎？」

「電視公司的人還問今晚有沒有空房？真不知該怎麼辦。」

「他們要住這裡嗎？這不就表示要繼續採訪？」

「可能是吧！可是我們也不能拒絕他們來住啊！」

「我看暫時先別營業好了。」

「但是今晚已經有幾組客人預約了，總不能打電話叫他們不要來吧？」

「那只能叮囑他們千萬不可以打擾其他的客人了。」

「是啊，要是他們攝影的話就慘了。」隆明很懊惱地說，「真是的，禍從天降！」

看得出來隆明很氣憤長峰重樹曾經在這裡住過這件事情。看到他的表情，和佳子突然很擔心長峰。長峰最怕的就是給他們添麻煩，如果他在新聞談話性節目，看到這間旅館被報導的話，一定會感到很痛心的。

34

「老公，快起來！」

鮎村被搖醒了。他的老婆一惠用很疑惑的眼神盯著他看。

「哎唷，什麼事！今天我上晚班啦！」

鮎村是開計程車的，他服務的公司在江東區。

「電視上正在播報那個案子……就是叫長峰的那個人的藏身處好像被發現了。」

聽到老婆說的話後，鮎村跳了起來，「真的嗎？」

「說是在長野縣。」

「長野縣？那他已經被捕了嗎？」

「好像還沒抓到，只找到了他之前住過的民宿。」

一惠的說明沒有重點。於是鮎村從被窩裡出來，走向有電視的客廳。

電視是開著的，好像正在播放早上的新聞談話性節目。鮎村在椅子上坐了下來，拿起遙控器將聲音調大。

電視畫面上是一棟西洋式的建築物，前面站著一個女記者。

「──現在，聽說警方正在調查從房間採集到的指紋，不過根據民宿的業者表示，他們認為是長峰嫌犯的可能性很高。」

「民宿？」鮎村盯著畫面看，皺起了眉頭，「原來他是住在民宿嗎？」

「好像是的。」一惠回答。

「為什麼要去長野縣？是因為菅野在長野縣嗎？」鮎村問道。菅野快兒這個名字是從《焦點週刊》的記者那裡聽來的。

「我也不知道，但是聽說警方好像是掌握了他在長野縣的情報，所以才會開始調查長野縣內的旅館和民宿。」

「那個情報不知是從哪裡流出來的？」

這個嘛，一惠思索著。

鮎村心想問他老婆也沒什麼用，便轉到其他頻道。所幸，轉到的頻道也正在播報同樣的新聞，鮎村又把音量調得更大了。

鮎村看著節目時，終於瞭解狀況了。好像是菅野快兒在長野縣內的銀行領過錢，被監視錄影機拍到了。鮎村心想那傢伙還真蠢，但是他又想警方居然會檢查全國的監視錄影機，實在很不可思議。

總之，長峰重樹好像並沒有被捕，鮎村不自覺鬆了一口氣。但是他也並不是希望長峰重樹復仇成功。雖然他很恨菅野，但是由別人來殺死他，並不能讓他洩心頭之恨。如果要復仇的話，他覺得應該要由他自己來。女兒千晶被蹂躪的畫面已深深烙印在他腦海裡揮之不去，他這一輩子可能都忘不掉吧。他感到非常絕望。但是反觀菅野快兒呢？他會覺得自己犯下了滔天大罪嗎？一定是一點感覺都沒有。就算他總有一天會被警方逮捕，應該也不會被判處和成年人一樣的重刑。同樣的，他也不會認為自己的罪行有多嚴重，只覺得是年輕人的惡作劇罷了，然後在未來的某一天，他就會把這件事情忘得一乾二淨。只要一想到這裡，他就想立刻衝到長野縣去。他之所以沒去，是因為還沒想到之後該怎麼做。而且他不像長峰重樹一樣，是孤家寡人。

那他究竟希望這個事件有什麼樣的結局呢？——這麼一想，鮎村自己也很混亂。如果長峰不能完成復仇的話，菅野將會被逮捕。但是這個國家並沒有一個讓他們心服口服的腳本。少年法是一道保護加害者的壁壘，而且幾乎所有的法律對待被害人都冷酷無情。

說不定現在這個狀態一直持續下去是最好的，鮎村思忖著。現在菅野一定很害怕吧？他應該已經知道復仇者正在追殺他了吧？然而儘管如此，他還是提不起勇氣去找警察。他最好再多受點苦，鮎村心想最重要的是，不要讓世人忘了這個事件——

鮎村下意識點著頭，他覺得自己找到了答案。他不希望長峰重樹被捕，是因為只要他繼續行動，這個事件就不會被世人淡忘。他最害怕的其實就是這個。他終於發現了。

節目開始播報下一條新聞。他轉到另一台去，但是有關長峰重樹的新聞好像已經播完了。

電話響了，一惠接起了電話。鮎村還在試著切換頻道。他聽見妻子的聲音。

「欸？週刊？不，我還沒看……是這樣嗎？那我待會兒去買來看……啊？我完全不知道……是嗎？謝謝你特地告訴我。」

說完電話後，一惠看了看鮎村。

「是市川的智代小姐打來的。」一惠說的是一個親戚的名字。

「她說什麼週刊來著？」

「她問我看了《焦點週刊》沒有？好像是今天出刊的，有報導那個案子。她還說上面有寫到你。」

「我？」這樣一說鮎村就想起來了。他心裡有數，「因為我和拿著菅野相片前來的記者聊了一下，是寫我和他的對話嗎？」

「你有說得那麼詳細嗎？」

「沒有很詳細啊，就是稍微聊了一下千晶的事。」

「你有說她是自殺的嗎？」

「那個嘛，自然而然就說到那裡了。再說，他好像已經知道那傢伙的名字了，所以我想要問出來。」那傢伙就是菅野快兒。

一惠的表情不太高興。

「怎樣？智代小姐說了些什麼？」

「我覺得她好像難以啟齒似的，只說接受採訪沒有必要說那麼多。你去買本週刊回來看看啦！」

「好啦，我會找個時間去買。」

鮎村看了看時鐘，站起身來。是該準備出門的時間了。

鮎村都是開自己的車到位於江東區木場的公司。以前他是開公車的，但是因為太累，就轉行了。

原本打算要去買雜誌的那家書店今天公休，所以他就直接去公司了。他將車子停在停車場後，一走到計程車的發車區，就看見幾個人聚在一起談論著什麼。

但是當他們一發現鮎村走近後，全都一臉不好意思的樣子，鳥獸散地往自己車子走去。

「小高。」鮎村叫住其中一人，那是一個叫做高山的男人，和鮎村年紀相仿。

高山停下腳步，回過頭來，「什麼事？」

「你們剛才在聊些什麼？」

「沒什麼啦，只是閒聊，像是巨人隊今年表現很差之類的。」

「真的嗎？」

「真的啦，我為什麼要騙你？」

「可是我一來——」話說到一半的鮎村看到高山手裡拿著一樣東西，於是就不再繼續說下去了。那就是《焦點週刊》。

高山好像是發現鮎村看到了，不好意思地搔搔鼻子。

「這個你看過了嗎？」

「不……那怎麼了？」

「嗯，也沒什麼啦……我已經跟他們說了，這裡寫的東西並不是在說你。」

對於高山說的話，鮎村驚訝地張大眼睛。千晶自殺還有自殺的原因，他從來沒有告訴過公司裡的人。所以不管雜誌上怎麼寫，高山他們都應該不會對號入座到鮎村才對。

「難道真的是你嗎？」高山的眼神充滿了好奇和同情。

「那個，」鮎村舔了舔嘴唇，「我還沒看。裡面到底是寫些什麼？」

「寫些什麼嘛……」高山吞吞吐吐，然後將那本雜誌遞給鮎村，「這本給你，你自己看會比較快吧。」

「可以嗎？」

「沒關係，我已經看過了。」高山將捲起來的雜誌塞給鮎村後，就趕緊離開了。

鮎村一邊走向自己的車，一邊翻開雜誌。他看見目錄的地方有這樣的標題：

荒川高中女生棄屍案兇嫌們令人驚訝的兇殘手段

鮎村坐進車子裡，決定在駕駛座上閱讀。他取出老花眼鏡。

報導從發現長峰繪摩的屍體開始，再針對伴崎敦也被殺一事做說明。這些內容不僅鮎村，只要是有看電視新聞或是報紙的人應該都很瞭解了。再來是敘述殺死伴崎敦也的兇手就是長峰繪摩的父親，以及他為了復仇現在正在逃亡。

之後的報導內容將焦點集中在伴崎敦也和另一個少年缺乏人性的野蠻和冷酷上。有關另一名少年，雖然沒寫出菅野快兒這個名字，但是內容描述得很具體，只要是熟知他的人，應該一看就知道是在說他了，而且菅野快兒的大頭照也只有眼睛的部分稍微被遮起來而已。

報導接著寫道在伴崎敦也的房間內發現的錄影帶及照片。也就是強調除了長峰繪摩之外，還有很多人是伴崎他們魔掌下的被害人。

鮎村繼續看下去。不久後，他的腋下開始流汗。

報導裡寫除了長峰繪摩以外的犧牲者當中，有一個高中女生，她被強暴後，因為受不了而自殺。他好像是去採訪了千晶的同學，接著又寫她的父親認為自己的女兒可能是受到伴崎他們性侵，而去警局確認錄影帶。

鲇村越看下去越覺得自己體溫上升。雖然是使用假名，但是卻描寫得非常清楚，讓看的人越看就越明白被強暴的高中女生就是千晶，而那個父親，就是鲇村。例如，被害人的父親是服務於總公司位於江東區的計程車公司，連這個都寫得一清二楚。他終於明白親戚為什麼看了週刊後會擔心得打電話來，還有高山他們為什麼可以立刻猜得出報導中的人就是鲇村。

鲇村用週刊拍打著隔壁的副駕駛座。他怒不可遏。

千晶的自殺、自殺的原因，他從來沒有跟任何人說過。他不希望周圍的人用好奇的眼光看他，也不希望千晶被猥褻的想像玷污。但是這樣的報導，卻讓他的考量全都毀於一旦，他覺得自己的悲劇已經被利用為吸引讀者關心的工具了。

他根本無法工作。將車子開出公司之後，他的腦海裡完全沒有想到要載客。他覺得路上好像有人招手，但是他並沒有減速停下，而是直接開走。

他受不了了。開到半路時，他打電話回家，命令老婆將《焦點週刊》記者給他的名片拿出來。

「到底怎麼回事？週刊你看了嗎？」

「就是因為看了才生氣。那個混蛋，擅自亂寫！」

「他寫了什麼？」

一惠問道。

「所有的事，包括千晶所有的事！」

「咦？名字也登出來了嗎？」她似乎非常驚訝的樣子。

「名字是用假名，但是那根本沒意義。總之我要去向他抗議。」

鮎村記下一惠唸給他的電話號碼，有公司的電話和他的手機號碼。他想要先打到公司去，但是他又改變主意。鮎村覺得他會使用答錄機。

他試著打手機。心裡暗自想著要是切到語音答錄的話該怎麼辦，但是對方接了起來。

「喂？」

「喂！是小田切先生嗎？」鮎村問。

「我是。」

「我是鮎村，前幾天接受過您採訪的人。」對方沒有回應，他又補充說：「就是鮎村千晶的父親。」

過了一會兒，對方才說：「喔——就是開計程車的鮎村先生。前幾天謝謝您了。」

「說什麼謝謝！那到底是怎麼回事？那篇報導。」他劈頭就罵道。

「有什麼地方和事實有出入嗎？」

「我不是指這個！你那樣寫不會太過分嗎？這樣一來，我的同事朋友立刻都知道遭到性侵的就是千晶。」

「會嗎？我沒有寫出姓名啊！」

「看的人只要一看就知道了。事實上，公司的人全都用異樣的眼光看我，我非常困擾，我要告你侵犯隱私權。」

「我應該沒有侵犯您的隱私權啊！我有義務要盡力正確報導事實，或許我掀開了您痛苦的記憶，但是我為了主張像他們那麼惡質的人，根本就是不值得少年法保護的人渣，所以必須要寫得那麼深入。」
因為對方是販賣文字的人，所以能言善道。鮎村頓時啞口無言。
「即使這樣，也不能寫得那麼……」他沒再繼續說下去。
於是小田切說道：
「對了，鮎村先生您能不能幫個忙？這件事一定要藉助您的力量才行。」

35

到了傍晚，和佳子以買東西為藉口從民宿脫身。他們最後並沒有讓媒體的人住進來，因為警方要求他們再暫緩營業一天。他們也因此得到了一天的清靜，不過同時，他們也必須打電話勸退在那天預約的客人。沒有人會補償和佳子他們賴以維生的住宿費。對他們而言，這是相當嚴重的損失。

但是比起擔心隆明會因此而不高興，和佳子更擔心長峰。長峰曾經在「Crescent」住過的消息已經在電視上播了又播，看到報導的他會怎麼想呢？和佳子想要知道他今後會採取什麼樣的行動。他可能會因為不想給和佳子他們添麻煩，而慌了手腳。

藏匿長峰的大廈在松本市內。和佳子比平常更慌張地催著RV車的油門，在等紅綠燈時，她不自禁地搖晃著膝蓋。

當她抵達大廈時，太陽已經完全下山了。即使這樣，她還是一邊注意著四周，一邊走進建築物裡，如果被誰跟蹤的話就慘了。

她站在三〇三號房前，按下了電鈴。當然她也有鑰匙，但是她不敢隨便進入。

不過，對講機並沒有傳來回應。和佳子又再按了一次，結果也一樣。她覺得非常不安。長峰也有一支備份鑰匙，所以他可能只是出去一下吧？和佳子這麼想道，不過她的心跳卻越來越快。

她取出鑰匙，將門打開，屋內一片漆黑。她用手摸索著打開了牆壁上的開關。

首先映入眼簾的是丟在角落的兩包白色塑膠袋。她立刻瞭解那是垃圾，旁邊則擺放著兩支空的保特瓶。

毛毯和墊被都折疊好放著。和佳子看了看廚房，水槽旁邊只放了未使用的紙杯。

她感到兩腿無力，當場坐了下去。

長峰果真還是離開了——

當然，她也有鬆一口氣的感覺，和佳子不用再擔心哪一天長峰會被發現了。長峰應該會信守承諾吧。即使被捕，他也一定不會說出她的事情的。

不過同時，她也感覺到自己內心有種空虛感。她是下了好大的決心才要將他藏起來的。為了這麼做，她甚至連自己的父親都欺騙。正是因為義無反顧，所以她也早就做好了心理準備，今後不管發生什麼事，她都打算要忍耐。

然而這樣的決心，卻一下子就撲了空嗎？對長峰而言，和佳子只是一時心血來潮幫助他的人而已嗎？要和他一起行動，想要搞清楚什麼是真正的正義什麼的，難道打從一開始，就是她自己在唱獨角戲嗎？

她將手搭在水槽上，支撐著身體站起來。她覺得全身無力。

她拿起紙杯，打開自來水的水龍頭。當她喝下一口帶有漂白劑味道的水時，便聽見了喀嚓的金屬聲。

和佳子差一點嗆到，她轉過頭去。門是鎖著的。不久後鎖被打開了，門打開後，滿臉鬍碴的長峰出現了。

「啊——」不像是嘆氣、也不像是呻吟的聲音從和佳子嘴裡漏出。

長峰很疑惑地站在那裡。他並不是驚訝和佳子在這裡，而是好像不知道和佳子為什麼會有這種反應。

「怎麼了？」長峰擔心地問道。

和佳子對於長峰的問題不知該如何回答。她感到自己體內好像有什麼東西正要湧現出來，那變成了一股衝動，試圖將她往前推。

和佳子跑去長峰那裡，站在他的面前。一抬起頭看到他的臉，眼淚就奪眶而出。

長峰看起來好像有點不知所措。

「到底發生了什麼事？是民宿那裡發生什麼問題嗎？」

聽到長峰這樣說，和佳子才回過神來，原來長峰根本沒有看電視。

「警察去我們那裡了，還帶著你的相片……所以我爸爸想起了你，還跟警察說了。」

和佳子把事情經過告訴了臉色大變的長峰。長峰越聽表情越嚴肅，和佳子心想，早知道這樣的話，還不如不要告訴他比較好，但是她又不能那麼做。

「是嗎？那警察也查出了菅野就躲在長野縣吧？」長峰蹙著眉頭說，不過他的口氣卻很冷靜。他一定受到了影響，可是或許他早就有某種程度的心理準備了。

「你住在我家民宿的事，電視節目和新聞都已經播報了，所以我以為你已經知道了……」

長峰搖著頭。

「今天我沒有時間看電視，而且也不能去有電視的地方。」

「今天你去哪裡了？」這樣說完後，和佳子又再看了看他的穿著。戴著帽子，身穿薄外套，這就是他第一次來民宿時的裝扮。也同樣提著袋子。但是只有一點有很大的不同，那就是放在他背後的高爾夫球袋，看到那個東西後，和佳子顯得很吃驚。

長峰可能是注意到了和佳子的視線，他將高爾夫球袋搬到房間的角落。為了要讓和佳子轉移注意力，他還從袋子裡拿出一本週刊。

「妳看過這個嗎？」

「沒有，我今天也是忙進忙出的。」

「上面有寫菅野他們的事。」

「可以給我看嗎？」

「可以。」

那是一本叫做《焦點週刊》的雜誌。那篇相關報導是放在雜誌的最後。和佳子坐下來仔細閱讀。

上面具體描述了伴崎敦也和其他同伴們的野蠻行為。他們是當地很有名的不良少年，周圍的人都很擔心有一天他們會闖出什麼大禍來。

除了長峰繪摩之外，還詳細描述了被他們強暴的一個高中女生。她和繪摩一樣，沒犯任何過錯，只因為伴崎他們看上了她，就成為犧牲品，後來因為想不開而自殺。

記者還採訪了這位高中女生的父親。她的父親說：「如果可以的話，我想親手殺死伴崎。」還說他很能體會長峰嫌犯的心情。

報導還以以下這段文章做結論。

「讓誤入歧途的少年改過自新固然重要，但是有誰來醫治無辜被害人心理所受的傷害呢？這樣的觀點是目前法律所欠缺的。失去子女的父母還要去為罪魁禍首的未來著想，這未免太殘酷了，不是嗎？」

「妳覺得如何？」長峰問看完後抬起頭來的和佳子。

她搖了搖頭。

「這該怎麼說呢……我覺得好像對他們束手無策。放任這樣的人到現在的確很讓人震驚，而且因為是未成年，所以也無法判處很重的罪刑。」

「沒錯，這的確是沒辦法，但是對我來說，還有更令我震驚的事。」他拿起週刊，指著其中某部分的報導，「就是這個。」

和佳子看了後點點頭，她感到很憤怒。

「他好像有跟朋友們說過他強暴女生的事，而且還引以為傲。」

「還有人說曾經看過那些錄影帶和相片。當時伴崎他們的說法是，這樣做是為了之後防止被害人來鬧，或是報警。」

「那兩個傢伙還這樣說喔，說什麼被他們強暴的女生如果自殺的話，就太幸運了。」

「真是……太惡劣了。」

和佳子垂下頭，她不敢看長峰的臉。

「這篇報導裡的高中女生自殺事件，我想那兩個傢伙應該不會不知道。搞不好他們就是知道了，才那麼說的。因為實在太幸運了，這樣一來，他們就不用擔心會被送到警察局去了。」

「我真的……不願意這樣想。」和佳子低聲說。

「但是這是事實。他們根本沒有考慮到自己的行為，對被害人造成了多大的傷害。而且就算知道，他們也沒有任何感覺。當然，更不用說反省了。」長峰用手拍了一下週刊。因為太大聲，使和佳子嚇得身體抖動一下。

長峰繼續說道：

「老實說，我並不是沒有猶豫是否要復仇。殺死伴崎是一時衝動，我雖然繼續追殺著菅野，但還是曾經很迷惘，總是在想搞不好他現在正在反省、或是已有悔意、抑或是想要重新做人了。這麼一來，繪摩的死就沒有白費，我或許可以把它想成一個讓人能改過自新的代價。這麼一來，我應該要讓他活下去，而不是殺他，這樣才有意義不是嗎……我曾經這麼……」他突然打住，左右搖晃著頭，「我真是個濫好人。看過這篇報導後，我更確定了。都害一個高中女生自殺了，那兩個傢伙還不能得到教訓，也沒有因為這件事而自我反省。這樣也好，因為這代表他們對於弄死繪摩一事可能也抱持著同樣的態度。也就是說，菅野根本沒有反省，也毫無悔意，他躲起來只是因為不想被警察逮捕而已。現在他一定正躲在某個地方，盤算著如何讓自己脫罪，滿腦子自私自利的想法。我敢說，那種人根本沒有資格做人，我也看不出來他會改過向善。既然這樣，至少我要將家屬的憤怒發洩出來，我要報仇，我要讓他知道自己的行為有多麼令人憎恨！」

長峰說著說著，情緒似乎越來越亢奮，不自覺變得很大聲，和佳子瑟縮在一旁。她覺得長峰的憤怒好像是針對她。但是事實上，長峰可能也對社會大眾不能理解身為家屬的悲傷，以及主張不贊成復仇，感到很憤怒吧。

長峰大概發現了她瑟縮著身體吧，他的臉上浮現出苦笑。

「對不起，我不應該跟妳說這些的，而且我已經這麼麻煩妳了。」

「沒有關係。」

「民宿那裡不要緊嗎？這樣的話不會影響營業嗎？」

「不，沒關係，請不用擔心。」

其實是有影響的，但是和佳子不能說。

「警方不知掌握了多少？如果他們已經知道菅野躲在哪裡的話，戲就唱不下去了……」長峰咬著嘴唇。

「請問……你今天為什麼要帶那個行李？」和佳子說出了她在意的事，眼睛不知不覺看向高爾夫球袋。

長峰從外套的口袋裡拿出一張折疊好的紙，攤開後遞給了和佳子。那好像是用電腦列印在A4紙上的。

那上面印著房屋仲介的資訊，而且都是中古民宿。

地點：長野縣諏訪郡原村　距離中央道諏訪南－C只要十二分鐘

售價：二五〇〇萬圓　土地面積：九四〇平方米　建物面積：一九八平方米

結構：木造兩層樓建築＋鍍鋅鋼板屋頂　建成日期：西元一九八〇年一月

「這是什麼？」

「這是我在網路上找到的物件，今天我去看過了。」

「為什麼要這樣做？」

「因為菅野可能躲在這裡。」

「咦……」和佳子對於出乎意外的答案瞠目結舌。

「其實我又接到新的密告了。之前我也告訴過妳吧？我會知道伴崎就是因為那通密告電話。那個人又提供我情報了，他在我的手機裡留言。」

長峰拿出自己的手機，打開電源後，操作了一下便遞給和佳子，她貼在耳朵上聽。

（菅野快兒很可能躲在長野縣內最近才剛倒閉的民宿裡，應該是距離高速公路交流道不會很遠的地方。）

是一個說話含糊不清的男人聲音。和佳子嚥下口水，抬頭看著長峰。

「不知道這是誰，也讓我覺得有所顧慮。但是上次的密告也不是惡作劇，所以我想這次也應該可以相信吧。不，對沒有任何線索的我來說，只有相信一途了。」

「所以你就去找要出售的民宿……」

長峰點點頭。

「即使倒閉也未必會出售吧？但是我認為這麼做，會比之前的方法更有可能找到菅野。今天我還在想，搞不好可以找得到他呢。」

「所以你才帶著所有傢伙出去了。」

「嗯。到了那個時候要是沒帶最重要的東西，就什麼都甭說了。」這樣說完後，長峰瞥了一眼高爾夫球袋。

36

伴崎敦也從少女身後緊緊抱住她。少女的嘴巴被塞了東西，眼睛也被戴上眼罩，然而即使如此，仍能看得出來她很痛苦，整個臉都扭曲了。

菅野快兒將少女的腿用力扳開，保持那樣的姿勢，準備用繩子把腳踝綁在床邊。伴崎和菅野都在笑，就像是得到玩具的孩子，也像是看到獵物就在眼前的野獸一樣。

攝影機好像是用腳架固定住的，所以他們三人有時會跑到畫面外。不過伴崎和菅野可能是已經掌握住拍攝角度了，所以即使少女不斷反抗，他們還是可以想辦法將之收錄在畫面裡。

一直不斷看著這些噁心的影像，織部感到越來越難受。他拿起錄放影機的遙控器，按下了停止鍵。他用手指按著雙眼，頸子前後左右轉動。

織部在西新井分局的會議室裡。因為翻查到最後，他還是無法從菅野快兒的貼身物品中找到任何有關他藏身之處的線索。於是，他想到了之前在伴崎敦也房間裡搜出來的那些強暴錄影帶。或許可從其中找到什麼蛛絲馬跡吧，他想。

但是這項工作比他預期得要痛苦。雖然之前也曾經看過幾次，但是大多是快轉看完的，因為只要能確認伴崎和菅野的罪行就可以了。可是這次不一樣。他仔細盯著畫面的每個細節看，必須確認是否有線索隱藏在裡面。眼睛會疲勞是理所當然的，然而就連他的心靈，也受不了。

要是菅野乾脆認命，趕快出來自首就好了，織部心想。

長峰重樹投宿的民宿在長野縣被發現的事，昨天的新聞已經報過了，晚報也刊出了。菅野快兒不可能沒有看到相關的報導，所以應該也已經知道了吧。也就是說，他知道自己躲在長野縣這件事被發現了。一般人應該會放棄，因為這樣子已經很難繼續逃亡了。長峰重樹住過的民宿被發現一事，警方也沒有限制媒體報導。這是因為警方高層判斷，這麼做會讓菅野自首的可能性提高。

然而已經過了整整一天，警方卻沒有接到菅野現身在某個警局的任何情報，看來他好像打算繼續逃亡。

他把事情想得太簡單了——針對這件事，真野是這麼說的。

「在此之前，他一定是只要碰到麻煩的事或是不喜歡的事就逃避，以為只要裝作什麼都不知道，任何事情就都會過去。因為他不知道自己闖的禍有多嚴重，所以也不認為警察會卯起來找他。他以為只要躲一陣子，總有一天事情就會被淡忘。」

「但是人都死了，這樣他還不知道事情的嚴重性嗎？」

對於織部的問題，真野垂下嘴角。

「前不久有這樣一個犯人，他應該十八歲左右吧，因為被他的同居女友責問在外面偷腥的事，惱羞成怒便把對方勒死了。你猜那傢伙之後做了什麼？他和外遇的對象去賓館約會了，還在那裡住了兩晚，為什麼呢？因為他的房間裡有屍體，如果他回到房間的話，就必須處理那具屍體。因為他不想處理，所以就住賓館。他覺得只要不回到那間房間的話，就可以不用面對有屍體的這個事實了。」

怎麼可能，織部心想。

「我們想要瞭解那種小鬼心理是白費力氣的。那些傢伙根本就不會去思考自己的行為替周圍的人帶來什麼樣的影響，也不會去想別人是怎麼看他們的。對他們來說，最重要的事就是現在自己想要做什麼。上面的人誤判了，菅野是不會因為這樣主動現身的。理由只有一個，那就是他不想被捕，他不喜歡被捕之後受到大家的責備。」

真野看起來有點不高興。織部瞭解他的心情，他一定是看了前幾天出刊的週刊。對於《焦點週刊》上所寫的菅野和伴崎的行為，就連早已知情的織部他們也感到義憤填膺。同時，他們的立場又不能像週刊記者一樣說出自己內心的感受，真是令人懊惱。

做完頸部的伸展操後，織部正準備繼續展開煩悶的作業，當他拿起遙控器時，聽見後方的門被打開的聲音。他轉過頭一看，西新井分局的梶原正走進來。

「有打擾到你嗎？」他問道。
「沒關係。」織部放下遙控器，「有什麼事嗎？」
「如果可以的話，能讓我看電視嗎？」
「電視？」
「現在正在演出有趣的節目，是和這次案子有關的。」
「是新聞節目嗎？」
「不，有點不一樣。」
「好啊，是哪一台？」織部將畫面從錄放影機切換到電視。
梶原靠過來，拿起電視遙控器，轉到要看的頻道。
畫面上有三個男人正圍著一張桌子坐著。中間那個男的是電視公司的主播，好像是這個節目的主持人。在他身旁相對而坐的兩個人，織部並不認識。
「總之，我是秉持自己的信念來做這件事的，絕對不是你所說的為了激起讀者的興趣。我想要強調的就只有這個。」坐在左邊那個男的用強硬的口氣說著。他大約四十五歲以上，臉曬得很黑。
「聽說這傢伙是《焦點週刊》的總編。」梶原在一旁說道，「右邊那個男的是律師。」
「律師？」
當織部反問時，那個人便出現在畫面上，下面寫著「青少年更生研究會　律師　岩田忠廣」。岩田律師是個五十幾歲的瘦小男人，戴著金邊眼鏡。
那個岩田開始發言。
「雖然你說是秉持信念，但是寫出來的東西卻讓人覺得那只不過是在洩恨而已。寫這樣的報導有什麼意義可言？你只是想告訴世人，在某處有這樣的孩子、做了這樣的壞事，他們都是些很過分的傢伙。如此而已，不是嗎？」

「你是說這件事沒有意義嗎？傳達事實是我們的職責，讓不知情的人們去作判斷，才是錯誤的吧！」總編反駁。

「要世人作什麼判斷？做了壞事的那些孩子有問題，這是無庸置疑的事，但我不認為需要刻意去問世人。看過這篇報導的讀者會怎麼想呢？他們只會認為這些傢伙很過分，如果這些傢伙在自己的身邊，會很困擾之類的。我知道傳達事實是你們的職責，但是沒有必要寫得那麼清楚吧？雖然沒有指名道姓，但是就我的瞭解，你們的寫法是可以清楚辨識出在寫誰的。」

在兩人你來我往的爭辯中，織部終於瞭解這個節目的內容了。好像是針對《焦點週刊》的報導，岩田律師提出抗議，然後負責編輯的人也提出反駁。

「我們也曾經考慮過要用真實的姓名。」總編的表情露出了敵意，「之所以沒有這樣做，是因為我們認為現在那個少年還在逃亡中，怕會影響到警方的調查。我們本來是覺得，直接指名道姓會比較好。」

律師露出難以理解的表情，搖著頭。

「所以我就說，我不懂你們為什麼要這樣做？」

「站在我們的立場，我倒想要問你為什麼不能那樣做？如果不要自己的姓名被公布的話，只要一開始不做壞事不就沒事了嗎？那些人就是因為知道如果未成年就絕對不會被公布姓名，所以才會滿不在乎。我們有必要教育他們做人處事沒這麼簡單。」

「那麼，那篇報導可說是一種制裁囉？」

「可能也有這層意義吧。」

「根本不是可能！你現在的言論，很明顯的就是你們的目的吧？這是非常傲慢而危險的想法。」律師繼續說道，阻止正想要開口的總編，「對於他們行為的制裁，應該是由相關單位去做，媒體不可以做出誤導社會大眾的事。他們在未來是一定會受到社會制裁的。我們這些大人必須思考的，是要如何讓他們在社會的制裁下重新做人、走回正道。然而，如果只放大社會制裁的部分，那會讓他們更難重新做人。你們為什麼不懂這一點呢？」

「我們就是要主張法律制裁的部分根本不完備。現在的少年法，讓人覺得根本無法做出符合現狀的制裁。」

「你有所誤解了。少年法並不是為了制裁孩子的，那是為了幫助誤入歧途的孩子們走回正道而制定的。」

「既然這樣，那被害人的立場呢？他們受到的苦要發洩到哪裡呢？只想著如何幫助加害者，就是正道嗎？」

「那是完全不相干的問題。」

「什麼不相干？我們就是主張也要顧慮到被害人的立場。」

針對總編的意見，律師還想要說些什麼，但是被主持人制止了，對不起。

「因為出現了被害人立場的話題，所以在這裡，我們要來聽聽被害人的意見。可以嗎？好的，那麼請我們的攝影師將鏡頭帶到我們剛才介紹的A先生好嗎？」

畫面切換了，那裡坐著一個背對著鏡頭的男人。只是從胸部以上都用毛玻璃遮住，所以看不清楚。

「我再重複介紹一次，A先生的女兒就是遭到這次事件的兇手，也就是那兩名少年性侵，身心受創而自殺的。這次《焦點週刊》的報導，他也是站在被害人家屬的立場說話的。」

織部很驚訝地看著梶原，梶原點點頭。

「所以我叫你要看這個節目。」梶原說，「那就是那個父親，來這裡看錄影帶，又哭又叫的那位父親，好像是叫做鮎村吧？」

「原來如此。」織部將視線轉回到螢幕上。他的苦惱清楚地顯現出來，雖然已經看過《焦點週刊》了，但是織部還是很關心他會說些什麼。

「A先生，」主持人叫他，「您剛才應該已經聽到這兩位專家的談話了。」

「是的。」鮎村回答。大概是透過變聲器的關係吧，他的聲音高了八度。

「您有什麼想說的嗎？」

「是的，我想對那位律師先生……」

「請說。」主持人催促著。

在毛玻璃另一邊的鮎村好像在深呼吸。

「那個，我剛才聽到的，他好像一直強調要幫助犯罪的少年，但是針對他們犯的罪，他有什麼想法呢？對於因為他們犯罪而犧牲的人，可以不用任何賠償嗎？」

「不，當然是要賠償。」律師對著鏡頭說，「所以先必須讓他們重新做人。如果他們的心態沒有矯正，根本不可能賠償。要讓他們知道自己做的事有多嚴重，讓他們反省自己做了很不好的事之後，才能開始談到賠償。」

「那……要怎麼賠償呢？」

「所以總之只有讓他們走回正道，我們認為那個也就是最大的賠償吧！以犯罪為墊腳石，讓他們成為正正當當的人，對社會來說……」

「太可笑！」鮎村提高了音量，「這真是太可笑了。為什麼那樣就算是賠償呢？我一點也不覺得高興，也不會感激；死去的人也無法重生。為什麼要讓我的女兒去做那些人渣的墊腳石？這太可笑了。這是錯誤的，你為什麼一直替那些人說話？那些人都是有錢人的兒子嗎？」

「A先生，請不要太激動。」主持人安撫著他，「岩田律師長年針對少年犯的自新做研究，這次他也是站在這個立場參與討論。這樣好了，我們先進一段廣告。」

鏡頭帶到毛玻璃後的鮎村，接著便切換到廣告的畫面。

37

「果然是當時那位父親，一定沒錯。激動時說話的口氣和當時一模一樣。」這樣說完後梶原便站起來。

「你不看了嗎？」織部問。

「不看了，我只是想聽聽那位父親怎麼說，還有告訴你有這個節目而已。」

織部說：「那我也不看了。」然後便將電視畫面切換到錄影帶畫面。

「那位鮎村先生……是吧，他為什麼想要上電視呢？」織部百思不解。

「應該是被電視公司的人拱出來的吧。那些人一定是跟他說我們很希望聽聽被害人的聲音什麼的。」梶原說，「他沒發現自己已經成為大家的笑柄了。」

「他應該只是想發洩對少年法的不滿吧……」

「沒有用的。」梶原臉上浮現出像是同情的笑容，往門口走去，「打擾你工作了，真抱歉。」

「不，我也可以轉換一下心情。」織部這樣說，但其實他是覺得心情更沉重。

梶原走出去後，織部卻不想立刻開始工作，他的耳朵裡仍殘留著經過變聲後的鮎村的聲音。

織部又這樣想著——我們什麼都不能為他做。

織部和交往中的女性友人已經很久沒有見面了。昨天他們約了會。她二十七歲，在法律事務所打工。事件發生後，他們就沒有什麼機會碰面，但是他在吃飯的時候，偶爾會叫她出來。他們在深夜的餐廳裡，享受著短暫的約會。平常他們都不會聊工作上的事，但是昨晚長峰重樹的事成了他們聊天的話題——因為電視上播出了好幾次找到長峰重樹之前住過的民宿的消息。

「今天我們事務所的人都在討論他會被判多久的刑期。」停下拿著叉子的手，她說道。所謂的他當然指的就是長峰。

「你們覺得多久？」織部問道。他很關心。

「每個人的意見都不一樣，不過大家都認為如果現在被捕的話，應該不會被判很長的刑期吧。要是自首的話，還會更短，他們還說審判時可以緩刑。不過因為不是很瞭解實際狀況，所以好像不能說得很確定，但是殺死伴崎敦也，他應該是臨時起意的吧。」

「報導是這樣說的。」

「你是說實際上不是嗎？」

「不，這種事我不能隨便亂說啦。」織部苦笑，「妳應該明白吧！」

她點點頭。她知道調查上的秘密就連親近的人也不能說。

「律師們好像都認為長峰嫌犯殺死伴崎是一時的衝動。他所使用的兇器還遺留在現場，而且因為看了那樣的錄影帶，所以當加害者一出現時，會火冒三丈，也是很合理的。雖然將屍體千刀萬剮太過殘忍，但是那可以看作是因為他殺紅了眼，而且那更可以證明他對於女兒被以那種方式凌虐致死有多憤怒，完全沒有感覺他想要掩蓋他犯罪的事實，十分值得同情。」

「即使社會大眾還是同情他的，對我來說，我也有相同的感受，但是我不能大聲說。」

「但是，如果他之後又完成了另一項復仇，那情況又會不同了吧。」

「那就是預謀殺人了。」

「即使他的動機值得同情，但是明明有充分的時間讓他考慮，他還是做出那種行為的話，站在法治國家治安的觀點來看，就不能太寬大看待這件事。太過從輕量刑的話，那就等於容許個人的復仇行為。」

織部很瞭解她說的話其實也就是法律專家所想的。長峰的行為可說是無視於法律的存在。

「在長峰完成下次復仇前先逮捕他，就結果而言其實對他比較好，是嗎？」

「如果只考慮刑罰的話，」她盯著織部的眼睛，「但是長峰嫌犯可能沒有考慮那些。」

「或許是吧。」這樣說著織部便問女友，「我大概瞭解長峰會被判的刑罰，那Ｂ少年呢？」

「你說那個正在逃亡的少年嗎？」她說道，「律師們也多少談了一下。就刑法上的罪來說，就是強暴婦女和傷害。如果他和長峰繪摩的死有關的話，那就是傷害致死，就不能從輕量刑了。如果是成年人的話，應該會判個十年吧！」

「但是他不是成年人。」

「是啊，但是因為他的行徑太過惡劣，所以我認為在少年法庭上，下達直接移交檢察官的可能性很高。這樣一來，就會被判和成年人一樣的刑罰……」

「但是判刑會優待吧，和成年人比起來。」

「以前也曾經對未成年人判處十八年的徒刑，不過還是比較優待。比如說應該是判死刑的，就會判無期徒刑；應該判無期徒刑的，就會判個十年到十五年的有期徒刑。如果是未滿十八歲的話……」

「菅野……B少年是十八歲。」

「但是傷害致死，即使是成年人也不會判死刑或是無期徒刑吧。大概是十年以上十五年以下的有期徒刑，未成年者一律三年後就可以假釋出獄。」

「三年嗎……」織部嘆了口氣，「真短哪！」

「聽了這番話之後，你覺得怎麼樣？」她盯著織部的臉看。

「怎麼樣是指？」

「你們想要事先阻止長峰嫌犯復仇嗎？」

「當然囉。」

「但是阻止他之後，他們分別受到的刑罰就如同我剛才所說的。我聽了律師們的談話後，覺得有點空虛。因為我多少能瞭解你們有多辛苦。」

「妳是說，我可以丟下這樣的工作不用做了嗎？」

「也不是這樣，但……」她雙眉緊蹙，將垂落到前額的劉海撥開，「只是覺得很空虛。法律到底是在保護誰呢？我覺得很疑惑。」

「我的上司是這樣跟我說的，他說：什麼都不要去想。」

「律師也可以這樣嗎？什麼都不要想比較好嗎？只是機械式地參照以往的判例……」

織部沒有再回答。雖然她說早已經放棄成為律師的夢想，但是織部知道其實她偷偷在準備司法考試。

之後他們也聊不太起來了。走出餐廳後，就分別搭計程車離開。

織部又再次將畫面切到電視，畫面上出現岩田律師的臉。

「總之，要讓犯了罪的少年重新站起來，而且絕對要保護當事人的隱私權。隱私權和犯罪無關。認為不必保護做壞事的傢伙的隱私權，是很危險的想法。因為侵犯隱私權也是犯罪，所以做這種事的人，也沒資格針對犯罪少年的自新有所批評。還有一件更重要的事，那就是即使刑罰再重，對於防止犯罪也沒有什麼效果。我由衷同情被害人，但是我們應該思考的是今後要如何做，才能防止相同的犯罪發生。基於這個想法，對於只想一味攻擊加害者的這期《焦點週刊》的報導，我不得不感到非常遺憾。」

節目好像已經進入尾聲了。在律師說完之後，主持人便開始做總結。週刊的總編板著一張臉。那個應該是鮎村的被害人家屬沒有出現在畫面上。

織部放入錄影帶，按下播放鍵。伴崎和菅野強暴女孩的鏡頭一下子就又出現了。

這兩個人真的會改過自新嗎——織部一邊看著他們有如禽獸般的行徑，一邊思忖著。他又再次想起昨天和女友的對話。

織部無法再集中注意力了。他幾乎忘了自己為什麼要看這些令人不愉快的畫面，因為在看這些畫面時，他只是茫然地望著菅野他們的惡形惡狀，等整個場景切換後他才突然回過神來。

剛才的該不會——他趕緊倒帶。

他又按下了播放鍵，開始出現畫面。

和之前一樣，一個大約十五歲左右的少女，正在被菅野他們蹂躪。她身上穿的帽T被掀起來，胸罩也被鬆開，乳房整個露了出來。伴崎和以往一樣，從後面抓住這個女的，他的下半身似乎什麼都沒有穿，用裸露出來的兩隻腿夾住女孩的身體，讓那女孩無處可躲。

這好像是哪裡的房間，但是沒有開燈。他們好像是用手電筒。

菅野似乎是一隻手操作著攝影機，另一隻手拿著剪刀剪開女孩的內褲。還說我們來看看會有什麼東西出現喔——真是可惡。

伴崎在笑。少女又哭又叫。雙腿好像是被繩子綁住了，她的裙子早就被脫掉了。被用剪刀剪開內褲的少女，下半身完全暴露出來。菅野將攝影機靠近。發出低沉笑聲的人，應該是他吧。

織部想要快轉，但是忍了下來。之後應該會拍到什麼重大的線索。

「那就正式開始……很吵耶，不准再鬼叫，否則我殺了妳。」

菅野用兇狠的語氣說完後，畫面劇烈搖晃。攝影機好像被放到了某個地方，這一瞬間拍到了室內的其他地方。

空蕩蕩的架子靠著牆壁擺放，那牆壁上貼了一張好像海報的東西。

引起織部注意的是那張海報，他想要看清楚，所以盯著畫面看，但是攝影機又再次拍到少女，她已經全裸了。

織部趕緊又倒帶，重新播放，畫面帶到海報時，他按下了暫停鍵。

海報上好像畫了一張大地圖。那是哪裡的地圖呢？實在看不出來。但是那張地圖上寫著這樣的字：

信州兜風地圖——

大約一小時後，織部讓真野和久塚看了那捲錄影帶。

「這和其他的帶子不一樣，這捲帶子的影像非常暗，我本來還以為是他們故意安排的……」這樣說完後，織部按下了播放鍵。

伴崎抓住全身虛脫的少女的雙手。這時聽見菅野的聲音。

「太暗了，不能再弄亮一點嗎？」

伴崎回答道：

「沒有辦法，因為斷電了。」

織部按下停止鍵，看著上司們。

「從剛才他們的對話判斷，他們當時應該是在某個廢棄的建築物內，而且仔細看其他畫面時，有時會拍攝到桌子和椅子。不過，那些都不像是一般家庭使用的東西，而是有設計感的民俗藝品類的東西。」

「那是在某個別墅嗎？」真野低聲說，「如果是這樣，斷電也就不稀奇了。可能是沒有人去住的期間，屋主向電力公司申請停止供電吧。」

「我也覺得有這個可能性，但是如果是私人別墅，屋內會貼著兜風海報嗎？」

「或許會貼吧，因人而異。」

「但是請你們看一下，那張海報很破爛。不，不只是海報，房子裡感覺到處都布滿了灰塵。而且裡面什麼東西都沒有，架子上也是空蕩蕩的。我覺得如果是私人別墅的話，應該不會這樣。」

「那你覺得是什麼呢？」久塚問道。

織部直接看著上司的臉。

「因為是貼著信州兜風地圖，所以那個地方應該是在長野縣內吧。再從屋內的情形來看，好像是住宿的地方，我想可能是民宿。」

「果然如此，是民宿啊？」久塚雙手抱胸。

「而且是現在沒有營業的民宿。我不知道他們兩個是怎麼找到的，但是那應該是他們用來強暴少女的地方。」

久塚眉頭深鎖，他對一旁的真野說：

「你覺得呢？阿真。」

「因為菅野說穿了只是個孩子，」真野說，「最近我才瞭解，那兩個人完全沒有一般常識，例如要錢才能住的話，他們只會想到賓館，如果是一般旅館，他們可能連怎麼預約都不知道。但是如果可以潛入的話，即使是小孩也辦得到。」

久塚點點頭站起身。

「去找長野縣內的民宿——而且是倒閉的民宿。」

38

好像有什麼節目錄影結束了。三五成群的年輕女孩穿過大廳，從電視公司的大門走出來，每一個人都打扮得很漂亮，表情看起來也神采奕奕。應該是個令人開心的節目吧。本來再過個兩三年，千晶也可以成為這樣的女孩，鮎村一邊目送著這些女孩，一邊思忖著。

不只她們，在電視公司內昂首闊步的人們，感覺每一天都好像過得很充實。他們好像完全不知剛才在這裡播出的現場節目主題。鮎村可以想像，對每天庸庸碌碌的人而言，少年犯罪的被害人的痛苦，根本和他們無關吧。

那個導播也是一樣。他想起了兩小時前第一次見面的那個年輕男人。

在排演時，他反覆告訴鮎村同樣的話。他說，我們要你對現行的少年法表達不滿，接下來進行的討論，也會出現這樣的主題，所以到時候主持人會徵求你的意見。

但是導播開始提出一項項要求。

「您可以不用說得很完整，您想說什麼就說什麼，即使說些很強硬的話也沒關係，因為最重要的是要將您的憤怒傳達給觀眾。我們希望您大發雷霆，即使有點誇張也沒關係。」

雖然他對少年法感到憤怒，不過不是叫他盡量生氣，他就可以表現出來的。即使是要他誇張點，他也不瞭解要誇張到什麼程度才好。

原來鮎村並沒有被邀請參與討論。他有些不滿。他們是跟他說，要請他出席少年法相關的討論會，但是來到現場以後，才發現自己的角色已經被設定好了——那就是要對堅持守護少年法的律師發飆的角色。或許到了現場，他的火氣就會直飆上來。可是如果要事先定好到時候要說的台詞，就太奇怪了。

但是導演解釋說：因為這是現場節目。

「到時如果你說不出話來，就糗大了。如果不事先定好部分程序，節目就做不下去了。而且有些話和肢體表現不適合用於現場節目，我們一般都會請沒經驗的人多練習幾次。」

接著導播還加了一句：「電視節目都是這樣做的。」

正式錄影時，鮎村非常想發言，他旁邊有一個二十歲左右的ＡＤ，一直不斷和導播討論著事情。鮎村試著對他說想要表達自己的意見。

「請等一下，不久後主持人就會問您的意見。」

ＡＤ這樣說，但是週刊總編和律師輪番唇槍舌劍，主持人好像忘了鮎村的存在似的。當然，他並沒有忘記，他應該也是按照事先定好的程序在進行節目吧。

終於輪到鮎村發言了，但是那只是事前討論過的東西。鮎村沒有辦法，只好照本宣科。因為他聽導播說之後還有機會發表意見。

但是一直到節目結束，他就只發言過那一次。不僅如此，到了節目的下半段，他的麥克風就被取下來了。

他們說話不算話，他想道。他很氣來邀請他上節目的《焦點週刊》的小田切。

他原本是打算向他抗議報導內容的，但是卻反被拜託。小田切說希望他參加電視台舉辦的討論會。

「有一個團體是在研究少年犯自新的，他向我們提出抗議，說我們那樣報導等於是指名道姓，說我們沒有保護少年們的隱私權。您不覺得他們說的話很誇張嗎？這次我們本來就只打算保護鮎村先生的隱私權，但是如果有不周全的地方，我向您道歉。那些傢伙根本沒有資格說什麼隱私權，所以我們決定要奮力一搏。」

小田切是個能說善道的男人，儘管他接受了鮎村的抗議，但他用強調他們有一個共同敵人的方式，試圖拉攏鮎村。鮎村完全掉入了他談話技巧的陷阱裡。當然，在鮎村聽到有人要包庇那些少年犯時，一股怒火確實就瞬間冒上來了。

答應參加電視節目錄影後，時間一下子就到了。幾小時後，他就開始和電視公司的人討論。鮎村本來是想要準備很多東西來參加討論會，他還想整理自己要說的話，但是根本沒有那個時間。還搞不清楚狀況時，就輪到他出場了，然後錄影就結束了。

他心想，去上那樣的節目到底是好是壞？那個節目有能力訴求什麼嗎？

想到這裡時，小田切就和電視公司的人一起出現了。走在他們後面的就是雜誌總編和那個叫岩田的律師。小田切沒有上節目，但是他也有來電視台，負責支援總編。總編完全不瞭解這次要討論的問題，鮎村也是來到攝影棚後才知道他好像為了上節目才由小田切為他臨時惡補。總編完全不瞭解這

令人驚訝的是，那個總編竟然和岩田有說有笑，兩人的表情完全沒有殘留任何剛才在節目上的不悅，簡直就像是認識好久的知己一樣熟悉。

鮎村茫然地看著兩人的樣子，小田切發現了他，便走過來。

「辛苦您了，您剛才表現得很好呢！」小田切瞇起眼睛，悠閒地說。

「喂！那是怎麼回事？」

「有什麼問題嗎？」

「怎麼和你說的不一樣？你不是說要讓我講話嗎？但是我根本不能把我想說的說出來。」

「不，哎呀，這種節目常常都會這樣，所以才要彩排好幾次，請你練習不要做無謂的發言。」小田切的表情讓人覺得很心虛。

「為什麼不讓我參與討論？那個總編只講自己的雜誌，一點也沒有為我辯護。」

「我瞭解您的心情。」

電視公司的人好像是發現了鮎村的態度，都逃之夭夭地離開了。

總編和律師仍然繼續聊著天，兩個人都面帶著微笑。鮎村還看見他們互換名片。

「這是怎麼回事？那兩個人。」鮎村用下巴指著那兩人。

「他們怎麼了？」小田切問。

「為什麼會聊得那麼開心？剛才明明還在爭論。」

小田切回過頭看兩人，發出了「喔」的一聲，便面帶微笑。

「他們剛才只是在討論，並不是吵架，所以節目一結束，當然會互相慰勞一番。這沒什麼好奇怪的。」

「或許是吧。但是那律師是來向雜誌社抗議的吧？即使節目結束了，敵對的立場應該也不會變不是嗎？」

「話是沒錯啦。」小田切搔著頭。

總編走了過來，對鮎村說「辛苦了」之後，便立刻看著小田切。

「我先帶岩田律師去上次那家店。」

這句話令鮎村瞠目結舌，原來是打算請律師吃飯。

「喔，好，我知道了。」小田切似乎有點尷尬地回答。

鮎村茫然地看著折返回到律師身邊的總編背影。

「喂！小田切先生。」

「好啦、好啦！」小田切邊說邊用雙手做出息怒的動作。

「請不要那麼在意，我們都是成年人了，所以您也應該明白多少都要使些手腕的吧！」

「什麼樣的手腕？你要不要也來耍場猴戲看看！」

可能是不爽被說成耍猴戲吧！小田切也不太高興。

「喂，那個條件怎樣了？」

「條件？喔……」小田切摸著下巴的鬍子。

當初答應上電視時，鮎村提出了一個條件。那就是他希望小田切能把寫《焦點週刊》那篇報導時所訪問過的對象，都介紹給他。他對和伴崎敦也他們最親近的那個少年尤其感興趣。

「您還是想要見他嗎？我覺得就算您見過他，也沒什麼用的。」小田切很明顯不高興。

「現在你才說這種話。」鮎村板著臉，「難道是你欺騙我嗎？」

「不，我怎麼可能欺騙您？如果您說您一定要見他，我會想辦法的。只是我是為您著想……」

「你不用為我著想，你給我遵守約定。」鮎村瞪著他。

小田切嘆了一大口氣，撇下嘴角，從外套的口袋裡拿出記事本。

從漫畫出租店出來時，阿誠問了價錢後，嚇了一跳，因為比他預期的要貴。雖然沒有看錶，但是他好像待了快四小時。

外面天已經黑了。他覺得肚子很餓，但是身上剩下的錢已經不夠他在外面吃東西，或是去便利商店了。沒辦法，他只好拖著沉重的腳步回家。

他總是習慣將手伸進左邊的口袋裡，但是本來應該會放在那裡的手機，今天卻沒帶。他在出門時留在家裡的，這是警察的命令，因為快兒不知什麼時候會打電話給他。

要是這件事能快點結束就好了，阿誠心想。手機也不能隨意使用，在家也常常被警察盯著，他和以前的那些玩伴全都疏遠了。他們雖然和快兒、敦也應該也有些利害關係，但是他們全把阿誠當作代罪羔羊，然後自己躲到安全的地方。現在和阿誠聯絡對他們來說，都是避之唯恐不及的事。

《焦點週刊》的報導，更使情況雪上加霜。雖然沒有指名道姓，但是裡面都在寫阿誠的事。只要看過雜誌，再加上對這個地方熟悉的話，應該就可以立刻猜得出那是在寫阿誠。事實上，那本週刊出刊的那天親戚便不斷打電話來，附近的人看到他也比以前更冷漠。而父親當然又會盤問他，像是什麼時候被採訪的之類的問題。阿誠想要裝傻，但是臨時想到的謊言卻立刻就被拆穿。

「你怎麼會被週刊的人騙啊？你是白痴嗎？這叫做沒有寫你嗎？」父親的震怒讓阿誠以為自己會被打。

他確實是被騙了，阿誠心想，他沒想到那個人會那樣寫。不過，他就是希望對方不要寫自己，才會那麼老實回答問題的。

可是阿誠不知該如何抗議。他再次見識到成人世界的齷齪與爾虞我詐的複雜了。

當他正在等紅綠燈時，後面有人叫他。「你是中井誠嗎？」

他回過頭一看，是個矮小的男人，看起來五十歲左右。難道又是刑警嗎？

「我是。」阿誠很有戒心地回答。

「可以耽誤你一些時間嗎？」

「有什麼事？」

「先不要問那麼多，請你來一下。」中年男子邁開步伐，阿誠只好跟在他後面。

在距離紅綠燈有點距離的小巷子裡，那個男人停下了腳步。

「你是菅野快兒的朋友吧？」那男的突然問道。

阿誠顯得很緊張，因為那男人全身都散發出憎恨的氣息。

「大叔，有什麼事嗎？」

那男人用三白眼瞪著他，「我是被害人的父親。」

「喔……」

「就是被你們當作玩具糟蹋的那個女生的父親、就是被玩弄後自殺身亡的女生的父親。」

他睜大了眼睛，不由得往後退。他會不會是來殺我的？阿誠有一瞬間這麼想道。

「我……我什麼都沒有做啊！」他聲音在發抖，雙腿也開始顫抖。

「別囉嗦！你有借車給那兩個傢伙吧？你應該知道他們在做些什麼，還協助他們吧？那兩個傢伙拍的錄影帶，你也看得很開心吧？」

阿誠拚命搖著手。

「我說我不知道，真的，我什麼都不知道。」他環顧四周，找找看有沒有警察在那裡。他覺得自己的處境很危險。

他想要逃跑，但是雙腿無法動彈。就在這時，那男的又說話了。

「你逃走也是沒用的，我知道你家在哪裡。我話可說在前面，我根本不怕被關，就算被判死刑也無所謂。」

阿誠心想他要殺我了，如果不趕快逃跑的話——

「菅野在哪裡？」那男的說，「你應該知道吧？」

「我不知道，如果我知道的話，早就告訴警察了。就是因為我也不知道，所以警察才會一直守在我家旁邊監視的啦。」

「菅野會和你聯絡嗎？」

「我也不知道。警察說或許會吧！」

「好，」那男的點點頭，靠近阿誠，「那你照我說的做，這樣我就放你一馬。」那男的呼出的氣息有股腥味。

送走兩組退房的客人後，和佳子在交誼廳的角落翻著一本雜誌。那是房屋仲介每個月都會寄來的東西，上面蒐羅了別墅、店面、民宿等不動產的情報。長峰好像也有用網路在蒐集這方面的情報，但是這雜誌上刊載了很多網路上沒有的情報。

以前和佳子從來不會這麼認真地閱讀這本雜誌。對於有野心想要擴充事業的老闆來說，這可能是一份很具有參考價值的資訊。可是對她而言，這好像事不關己。隆明也只要有「Crescent」就滿足了——因為他也沒有餘力再去擴大事業版圖。

當和佳子再次試著去閱讀這本雜誌時，她發現要出售的民宿其實並不多。過去因為不景氣而被迫歇業的店家很多，但是留下來的建築物可能也賣不了多少錢吧，和佳子心想。如果是「Crescent」的話，她會怎麼做呢？她覺得直接這樣賣應該是賣不出去的吧。因為房子到處都有損傷，所以如果要重新營業的話，一定需要花費大筆的修繕費用，搞不好重建反而比較便宜。這樣一來，就失去購買中古房屋的意義了。

菅野所藏身的廢棄民宿，或許就是這種無法售出的建築物。這樣一來，即使再怎麼看這種資訊，也是白費力氣。

她的心裡惶惶不安。翻閱著雜誌的時候，她突然看到了一個建物。那是介紹二手店面的專欄。

有一張白色西洋式建築的相片，整個感覺四四方方的，非常單調。遠處好像有森林，但是建築物好像並不是位於樹木茂密的森林裡。建築物的前方就是停車場，旁邊立著一塊招牌。問題是在備註欄，上面寫著業主去年底在此處經營民宿。

和佳子確認地點，是在小諸市已字高峰，好像是在高峰高原的附近，她看了交通欄，上面寫著從小諸交流道下來大約十五分鐘。

和佳子知道仲介業者是想要當作店面出售，所以才會強調距離主要幹道不是很遠。他們一定是覺得改成咖啡廳或是餐廳比較能成交，而且光從相片來看，實在看不出半點像是民宿的閒適風貌。

距離小諸交流道約十五分鐘，也就是十公里左右。

這很符合條件，和佳子想道，於是就把這頁折了起來。

然而就在這時——

「妳看什麼看得這麼專心？」聲音從她斜後方傳來。穿著圍裙的隆明走了過來。

「沒什麼，只是打發時間而已。」她趕緊將雜誌闔上。

但是這個動作反而更引起隆明的注意，他將視線投向雜誌。

「怎樣？對不動產有興趣喔？」

「我不是說我在打發時間嗎？」和佳子站起來，「時間差不多了，我要去採購東西了。」

她想要拿起雜誌，但是隆明比她快了一步將雜誌翻開，剛好是她折起來的那一頁。

「高峰高原的民宿？這個要做什麼？」

「沒有要做什麼啦，只是我有點喜歡這棟建築物的設計。」

「設計？根本是棟不起眼的建築嘛！」

「我是覺得它外壁的顏色和屋頂的組合很有趣，我們也差不多該重新油漆了，所以想參考一下。」和佳子從父親的手裡將雜誌搶回來，「還有，爸爸，二〇三號房的床會吱嘎作響，您修好了嗎？上星期的顧客意見卡裡有人寫呢。」

「那早在前天就修好了，妳別再找我麻煩了。」

「我又沒有找您麻煩。」

「妳最近很奇怪耶，只要一出去就不回來。是和丹澤家又發生什麼事了嗎？」

「沒有啦。如果有事的話，我怎麼可能沉得住氣。」

「是長峰嫌犯的事嗎？那已經結束了，警方也說不會再來調查了。」

「這樣最好。」和佳子拿著雜誌走出交誼廳，就直接往玄關走去。她很想知道隆明是什麼樣的表情，但是她不敢回頭看。

一走到外面，就鑽進自己的車子，立刻發動引擎。她從照後鏡看後面時，看見父親正站在民宿的窗口往外看。隆明的表情很明顯充滿了狐疑，一直目送著她的車子離去。

應該沒有被發現吧，和佳子想道，但是還是感到一絲不安。

之前刑警來的時候，她撒謊說幾乎沒跟長峰交談過。這件事隆明好像很在意的樣子。他知道長峰有教和佳子如何使用電腦，也發現他們半夜曾經聊過很久。

她應該要小心，不要做出不自然的舉動，可是她又有不得已的苦衷。藏匿長峰的地點除了松本的大廈外，她想不到其他的地方，而且如果她不行動的話，長峰就會隨便行動，那才更危險。

即使不自然，她也只能繼續掩飾——和佳子下定決心了。

一到松本的大廈後，她就按電鈴。但是沒有任何反應。和佳子又感到很不安，她明明叫長峰沒事盡量不要出去的——

但是當她正要按第二次時，喀鏘一聲，鎖被打開的聲音，門開了。從門縫可以看見滿臉鬍碴的長峰，和佳子鬆了一口氣。
「我還以為你出去了。」
「對不起，剛才在上廁所。」
和佳子點點頭走進房間。她看見角落那個高爾夫球袋倒放在地上，有一根黑黑細細像棒子一樣的東西，好像被藏在袋子下面，還有一些零件。
和佳子發現長峰剛才是在保養槍枝，說上廁所應該是騙人的。
「我帶中餐來了。」和佳子將視線從高爾夫球袋移開，將剛才在路上買來的便當和飲料拿給長峰。
「每次都麻煩妳，真是不好意思。」長峰接過來，「昨天妳有看電視嗎？」
「電視？」
長峰將食物放在窗邊，然後將一台小型液晶螢幕電視拿出來。和佳子還是第一次看到這種東西。
「我想蒐集情報還是需要電視，所以就趕緊去買了一台，我本來想要買更大一點的，但是不好搬運。」
「你是刷卡的嗎？」比起電視的尺寸，和佳子更在意這個，應該不會被店員發現吧。
「我是用現金，因為這不是很貴的東西。對了，昨天有一個節目很有趣，是一位抗議《焦點週刊》的律師和週刊負責人進行辯論的節目。妳有看嗎？」
和佳子搖著頭說沒有。「他們辯論什麼？」
「總之，也討論不出個所以然來。」長峰嘴角往下撇，笑了笑，「那種節目應該都是有腳本的吧。與其說是雙方都陳述正確的言論，不如說只是些無關痛癢的意見。週刊方面並沒有回答不尊重隱私權的報導方式，對社會造成什麼影響；而護衛少年法的那一方，則只一味強調必須讓少年犯改過自新的這個現實問題。」

「那一點都不好看不是嗎？」

「但是他們請被害人的父親做來賓，我對那個人有點興趣。我在看《焦點週刊》時也有感覺到，他和我一樣，我們的女兒都是被伴崎他們性侵而身亡，我很想知道他現在的想法是什麼。不過，他昨天在節目裡幾乎沒有發言。」

「就是女兒自殺的那位父親嗎？」

「是，如果是我的話，我根本沒心情去上那種節目，所以我想要知道他是怎麼整理自己的情緒的。」

「他應該也很痛苦吧——即使是現在。」和佳子直接說出自己的想法，「只不過他不知道該怎麼做，所以他以為至少可以透過電視說出自己的感受。」

長峰微微點頭。

「或許是這樣吧！」長峰將電視放回原位。

和佳子拿出一本房屋仲介的雜誌，「你看看這個。」

「這是什麼？」

「就我看來，覺得很符合條件，不過沒去現場看過，也不知道實際情況是怎樣。」說完後她將事先折好的那一頁翻開來。

長峰的眼神變得很可怕。

「高峰高原……是哪一帶？」

「是在長野縣和群馬縣的交界處。雖然是這樣，但是幾乎是在群馬縣內，距離小諸交流道不是很遠。」

「應該是吧。距離線道不是很遠，而且或許很適合菅野藏身。」

「但是廣告登得這麼大，房屋仲介業者應該會常常去巡視吧？」

「不，我看過這麼多民宿之後，覺得這也不一定。很多民宿在管理上是很馬虎的，總之要去看一下。我今天晚上就出發。」

「你要怎麼去？」和佳子問道，「我看這張地圖，如果不開車的話，很難去到那裡。」

「我坐計程車。」

和佳子搖搖頭。

「那種地方是叫不到計程車的，如果是去輕井澤就沒問題，但是你一定會被懷疑的。」

長峰陷入沉默，好像是認為和佳子說的的確沒錯。

「我也跟你一起去，你告訴我時間，到時候我來接你。」

「不，可是……」

「你不可能自己去的吧！」和佳子盯著長峰看，「我想長峰先生的照片，就連租車公司都已經有了。」

「那妳可以借我車子嗎？我一個人從這裡——」

「我拒絕。」和佳子立刻回答，「因為這樣很不自然吧？你覺得這樣做就不會給我們添麻煩嗎？你是開我的車子耶。」

長峰又啞口無言了，他眉頭深鎖。

「我明白了，那就這麼做吧！請妳載我到民宿附近，我從那裡走進去。」

「之後呢？」

「如果那裡什麼都沒有的話，我就會回到車上。不好意思，在那之前，麻煩妳等我。」

「那如果菅野在那裡呢？」和佳子緊張地問道。

「我會完成復仇計畫。」長峰注視著她的眼睛回答道。「我一定要報仇，之後我再通知警察。不，在那之前我會先通知妳，妳要趕緊離開現場。我留在現場等警察來，我被逮捕之後，我想他們一定會盤問我之前是躲在哪裡？如何到現場去的？但是我絕對不會說出妳的名字，我也不會說出這間屋子。」

長峰的語氣很冷靜，但是這也表示他早已下定決心了，和佳子不知該如何反駁。

「我知道了，那我幾點來接你比較好？」

長峰看了看手錶。

「我想等天稍微暗一點再出去，七點左右比較好吧！但是妳民宿那邊不是有工作嗎？」

「工作的事我會想辦法，我會隨便找個藉口出來。」雖然和佳子心想這樣一來，恐怕又要被父親懷疑，而感到非常不安，但是她還是態度堅決地說道。

「那就七點，拜託妳了，我會在那之前做好準備的。」

和佳子點點頭，她想所謂的準備，應該就是指保養槍枝吧！

走出房間後，和佳子不由得長嘆一口氣。她覺得自己好像走進了深不見底的洞窟，恐怖的氣氛包圍著她。要回頭只能趁現在了，她心想。即使她現在說出來，長峰也不會責怪她吧！

但是她心裡明白，如果逃避的話，她會後悔一輩子的。不管怎樣，她都必須和長峰一起去，而且要讓他平安到達那間民宿。如果菅野在那裡的話，即使是用自己的身體阻擋，她也要阻止長峰復仇。

40

從佐久交流道下高速公路後，織部便開往白樺高原的方向。已經下午五點多了，但是太陽仍高高掛在天空。只要一離開住宅區，就有蒼鬱的森林映入眼簾。「如果不是來工作，還真想來這種地方度個假呢！」坐在副駕駛座的真野很感慨地說。

「今天早上很早起床，應該很累吧？你可以睡一下，沒關係。」織部看著前方說。

「你不要把我當老人，你也一樣很早起床，我怎麼可能叫後輩開車，自己睡覺呢？」這樣說完後真野嘆了一口氣。「但還真有點累呢！」

「因為我們繞了不少的地方呢！」

「長野那些人還真是幹勁十足，我沒想到他們一個晚上能蒐集到那麼多情報。」

「總共有……六個地方呢！」

「還好幾乎都集中在輕井澤，否則的話長野縣這麼大，到處繞來繞去，還真吃不消呢！」真野苦笑著。

今天早上離開東京的織部和真野，是和其他調查人員一起前往長野縣警局，因為事前已經請他們列出長野縣境內的所有停業民宿。儘管時間很短，但資料卻很齊備。

依據這些情報，他們分配好各自調查的民宿，但是一直到目前為止，還沒有發現菅野可能藏身在裡面的民宿。

列出來的建物全都查過了，所以今天的調查就到此為止。但是真野提議說要和織部兩人去「Crescent」，不用說那就是長峰曾經住過的民宿。

「根據川崎先生他們的報告，好像在那裡並沒有得到任何有關長峰行蹤的線索……」織部說出了那個之前去調查過的調查人員姓名。

「我知道，我們也不見得會有什麼收穫，但是或許可以知道長峰當時的樣子。」

「樣子？」

「長峰帶著獵槍，那是為了要殺菅野。有殺人念頭的人可分為兩類：一種是憤怒且充滿殺氣到了迷失自我的地步，一種是冷靜到令人感到害怕。從殺死伴崎的現場看來，他好像是會因為一時衝動而採取行動的人，但是之後又消失得無影無蹤，還寄給調查總部那封信，或許他現在已經非常冷靜了。」

「如果他冷靜下來的話，那就可以想些方法說服他是嗎？」

對於織部的問題，真野回答：「正好相反。」

「如果現在他冷靜下來的話，要讓他改變心意就更困難了。因為如果他還有一點猶豫，可能就會放棄復仇，自動投案吧！」

織部輕輕點頭。前方出現了蓼科牧場的指標。

從那裡大約再開二十分鐘，就來到了「Crescent」前面。聽說看到綠色屋頂就是了，因為之前在電視上看過，所以織部有印象。

老闆木島隆明和他的女兒出來迎接。織部他們在來之前有先通知。

木島隆明的下巴留著白鬍鬚，看起來很敦厚。他帶織部他們到交誼廳後，還用略微諷刺的口氣問道：

「你們之前跟我說過，不會再來問我問題了。」

真野苦笑，搔著頭。

「您好像是在罵我們很官僚，但是我們是為了其他相關業務而來拜訪的，很抱歉。請容我解釋一下，我們不是追查長峰嫌犯的，而是要追查長峰嫌犯想要復仇的那個年輕人。」

木島隆明難以理解地點了點頭。他一定是想雖然追查的對象不同，但是都是同一個案子不是嗎？

真野很簡短地問了一下長峰住在這裡時的情形，木島隆明的回答也很簡潔。總之就是不太記得了。

只是木島隆明在回答問題時不時看著女兒的舉止，讓織部覺得有點怪。他的女兒和佳子應該三十幾歲左右，幾乎都保持著低頭的姿勢，不發一語。

「長峰有沒有在蒐集房屋仲介的相關資料？」真野問道。

木島隆明蹙著眉頭。「房屋仲介……是嗎？」

「不是房屋仲介的資料也沒關係，例如他是否有問過附近是不是有倒閉的民宿這類的問題？」

「哎呀，這個嘛……我不記得了。」

「是嗎？」真野點頭。

織部發現這時木島隆明偷偷瞄了瞄女兒的側面。

他們問完一連串問題後，便請求去看長峰住過的房間。他們說要自己看，所以真野便拿了鑰匙。

房間是在二樓，那是一間放了兩張單人床的小巧整潔的房間。角落裡放著一張小書桌。

這間房間裡殘留的指紋已經分析完畢了，確定長峰之前的確是住在這個房間裡。

「長峰並不是關在這間房間裡沒出去，聽老闆說，他每天好像都會出去。當然是去找菅野吧！他到底想用什麼方法去找呢？他應該沒有任何線索才對。」真野自言自語似的低聲說道。

「那或許是我們自以為是的想法，總之長峰只知道菅野在長野縣。」
「應該是從伴崎那裡問到的吧！」
「還有殺死伴崎的事也是，當時我們都還搞不清楚狀況，但是為什麼長峰會知道那兩個人就是殺死女兒的兇手？關於這一點依然是個謎。」
「是啊，也就是說他現在或許和我們一樣，到處去找倒閉的民宿呢！」真野思忖著。
兩人從房間走出來，聽到了樓下的談話聲。
「這麼晚了還要出去？」木島隆明說。
「因為突然有急事，而且現在才六點多而已，並不晚啊！不會有事的。」
「可是還有很多工作要做。」
「今天晚上只有一組客人，而且我已經拜託多田野了，所以您應該不會太累的。」
「到底妳要去哪裡？」
「我要去松本的朋友家，她老公突然住院，她要趕去醫院，但是一定要有人幫她照顧留在家裡的小孩。」
「妳哪一個朋友？」
「告訴您，您也不知道。」
「妳一定非去不可嗎？」
「是啊，所以沒有時間再跟您說了，我現在就要走了。」兩個刑警看見身穿帽T的和佳子從玄關走出去。
織部從樓梯走下來。
「發生什麼事了嗎？」

「不，沒什麼……」木島隆明顯地很狼狽。「房間怎麼樣？」

「我們已經看過了，謝謝您。」

這樣說完後木島隆明便接過織部遞過來的鑰匙，然後就一直盯著鑰匙看。

「怎麼了？」織部問。

「不，那個、長峰嫌犯的下落還是不明嗎？」

「我們正在調查。」

「剛才您問我長峰是否有在找倒閉的民宿，那有什麼關係嗎？」

「不，我們所掌握的情報中有這個東西……不過還不能說。」

「是嗎？」

「怎麼了嗎？」

「不，只是有點好奇，覺得你怎麼會問一件不相關的事。」木島隆明親切地笑了笑，就消失在交誼廳了。

這時手機響了，是真野的電話。

「喂……喔，剛才謝謝您……喔，又發現一間了嗎？……去年底還在營業的。地點是？……咦？高峰？……高峰高原是嗎？請等一下。」真野用手摀住電話，看著織部。「長野縣警局打來的，說是又發現了一間歇業的民宿，現在可以過去嗎？」

「可以啊！」

「地點在高峰高原，請去確認地點。」

織部回答我知道了，然後就伸手到西裝口袋裡，掏出長野縣的地圖，當場蹲下來，將地圖攤在地上。

真野一邊記下來一邊繼續回答。

「……是小諸市是嗎？……從小諸交流道下來約十五分鐘，民宿的名字是……雙葉屋嗎？是用漢字寫的嗎？……是用片假名寫的，我知道了。」

掛斷電話後，真野將記下來的東西拿給織部。那上面字跡潦草地寫著詳細地址。織部一下子就在地圖上找到了。

「就在這一帶。」織部指著地圖的某一區。「現在出發的話，我想應該不用一個小時。」

「那就去看看吧！」

「好啊，他們既然特地通知我們了。」織部將地圖折好，站了起來。不知何時木島隆明從交誼廳走了出來，看著他們。

「發生了什麼事嗎？發現長峰躲在哪裡了嗎？……」

「不，還沒有。」真野搖搖手，然後看著織部說：「走吧！」然後對民宿的老闆低頭致意。「謝謝您的協助。」

織部聽見他背後傳來這個聲音，然後便打開玄關的門。

和佳子在松本的大廈前停車時，已經是晚上七點十分左右了。她趕緊跑進大廈，按了門鈴。長峰好像已經等了很久似的，立刻就有回應，門也打開了。

和佳子看見長峰後，吸了一口氣。他的服裝還是和平常一樣，但是他的樣子有了變化。他的鬍子剃得很乾淨，髮型也整理過了。「對不起，來遲了，其實是有警察來我店裡了……」

和佳子告訴長峰又從東京來了兩個刑警的事。

「那些人還問你有沒有找過倒閉的民宿？我想他們可能已經知道菅野是躲在那種地方了。」

長峰一點也沒有驚惶失措的樣子，他的嘴唇抿成一直線，用力點點頭。

「是有這個可能，向我密告的人不知道到底是誰，所以這個情報會流到哪裡去也不得而知。」

「那個高峰高原的民宿，警察也可能會去調查。」

「應該會吧！所以我們更要和時間賽跑。」他看了看手錶。「可以走了嗎？」

「是，當然可以。」

長峰抱著行李袋和高爾夫球袋從房間走出來，然後將帽子戴在整理過的頭髮上。

和佳子盯著長峰看，長峰發現她在看自己，便露出微笑。

「下次不知什麼時候才能刮鬍子，所以我想趁現在趕快剃乾淨。」

和佳子不知該如何回答，只是看著地上。長峰一定是已經事先想過他被關之後的事了。

長峰將行李放在汽車後座，便坐進副駕駛座。和佳子看他繫好安全帶後，便發動引擎。

「我不知道那個小諸的民宿是否能找到他？」長峰說。「但是我不會再回這裡了，真的很謝謝妳。」

「如果菅野不在那裡的話，你要怎麼辦？」

「請妳先送我到最近的車站，然後我再想該怎麼做。」

「但是……」

長峰搖著頭。

「我不能再依賴妳了，又有警察來找你們了，如果他們在你們店裡進進出出的話，應該不可能不注意妳的一舉一動，如果再繼續下去的話，他們遲早會發現的。」

「我掩飾得很好。」

「妳不要小看警察，而且不要忘了，妳的四周也有很多人，或許那當中已經有人覺得妳的行為很可疑了。」

和佳子垂下眼睛。果然被長峰料中了。隆明一定會針對今天晚上的事追根究底盤問吧！

「走吧！」長峰用溫柔的語氣說。

和佳子點點頭，將腳慢慢放開煞車。

41

織部駕駛的那輛租賃車在距離小諸交流道只剩幾公里的時候，真野的手機便響了。

「喂……喔，是近藤啊。」

從真野的回答，織部發現打電話來的是同一小組的刑警。

「……什麼？我知道了。我們快要到小諸交流道了，我想大約二十分鐘左右就可以到那裡。」

聽到真野的回答，織部不時望向旁邊。因為他感覺前輩說話的語氣好像變得有點緊張。

「……嗯，織部知道地點，那請你們再等一下。」掛掉電話後，真野長嘆一口氣。「近藤他們已經到了民宿附近，還在附近打聽了一下，雖說是附近，但是因為民宿附近並沒有住家，所以好像距離民宿也是有一段距離。」

「有問到什麼嗎？」

「他拿菅野的相片給便利商店的店員看，聽說對方曾經看過菅野兩次左右。」

織部更用力握緊方向盤。

「應該可以抓到他吧！」

「還不知道，只是我叫他們先等我們到了以後再一起進去民宿，房屋仲介的人好像也還沒到。」

「有向組長報告了嗎？」

「近藤好像報告過了，組長說我們一旦找到菅野，就當場逮捕。」

織部深呼吸。他覺得自己好像終於要穿過一條很長的隧道了。

織部曾經和負責銷售那間民宿的仲介業者聯絡過，當時因為負責的人不在，所以不瞭解詳細情形，但是接電話的人告訴他到目前為止並沒有什麼異狀，只是不知道負責的人多久去巡一次。從接電話的人的口氣聽來，織部覺得至少已經有一兩個月沒人去看過吧。

接近小諸交流道的出口附近時，織部將車子減速。

從高速公路一下交流道，就繼續依照衛星導航系統的指示行駛。他們在出發前已經將民宿的地點輸入衛星導航系統裡面。

經過淺間產業道路，穿過兩個隧道後便右轉，然後這樣繞一圈後，就剛好走在剛才穿過的隧道上方。現在是往上坡行駛，他們看見了小諸青年之家的標示。

「就在那裡。」真野說。「我聽近藤說，就在那附近。」

他們看著那棟像是體育館的建築物，從前面經過後，大約再開了一百公尺左右就將車子停下。真野拿出手機。

「喂！我是真野。現在我已經過了青年之家……我知道了。」真野沒掛斷電話，對著織部說，「再往前開一點，速度放慢一點。」

織部照著真野說的發動車子。於是在前方看見了一個白色廂型車停在路旁。

「停在那輛車後。」真野說完後便掛斷電話。

織部將車停下來，廂型車上有兩個男人下車。一個是近藤，另一個織部並不認識。

「你好，這位是負責銷售那間民宿的仲介業者，我請他帶鑰匙來了。」近藤對真野說。

真野對那個男的說：「不好意思，特地麻煩您走一趟。」

「不，沒關係。」仲介業者的那個男的一邊轉動著眼珠一邊說：「我們只是幫那個業主尋找買主而已，他並沒有委託我們管理。鑰匙交由我們保管，也只是方便我們帶買主來看屋子……」

真野苦笑。

「我們並沒有責怪你們。」

「是嗎？不，如果有什麼問題的話，我在想不知該怎麼辦……」

「有通知業主了嗎？」

「剛才我打過手機給他了，他人目前住在東京，所以沒辦法立刻趕過來。他說一切交給警方處理。」

真野點點頭。

「你是開車過來的嗎？」

「是的，我開公司車過來的。」

「那請你去車上等，請不要關掉手機。」

那個男的回答「我知道了」後，便慌慌張張離去。

真野看著近藤。「民宿在哪裡？」

「就在前面不遠，我想用走的比較好。」

「有人在監視嗎？」

「有井上在。」近藤說出一名年輕警員的姓名。

他們三人開始走在羊腸小徑上，太陽已完全下山了，近藤帶著手電筒。

「就是那棟。」近藤指著前方說。

在大約二十公尺的前方，有一棟四四方方的灰色建築物。看起來是西洋式建築，但是外觀感覺並沒有獨特之處。織部覺得與其說是民宿，更像是咖啡館。

另一名刑警井上則站在圍牆旁邊抽著菸。他發現織部他們後，便略微舉起手打招呼。

「怎麼樣？」真野問。

「沒有什麼特殊狀況，但是有點可疑。」

「為什麼？」

「我看了看建築物裡面，玻璃窗已經被打破了，剛好就是可以打開門鎖的位置，而且還用木板遮住。」

真野皺起眉頭，點了兩三次頭。

「有誰在裡面嗎？」

「有時好像可以聽見什麼聲音的感覺，但是我也不能確定，或許是風聲吧！」

真野搓著下巴，看了看後輩們。

「總之，我們進去看看。」

近藤回答「是」，織部和井上也同意。

拿著鑰匙的近藤走在前面，其他三人跟在後面。織部感到腋下開始流汗。

當近藤將鑰匙正要插入鑰匙孔時，織部聽到了音樂，那個聲音很小，而且不清楚。但是因為四周一片寂靜，所以其他人也應該聽得見。

所有的人都面面相覷。

「是手機鈴聲。」織部低聲說。

「好像是裡面傳來的。」近藤小聲說。

真野將手伸向近藤。

「我來開鎖，你和井上繞到後面去。」

和佳子的心跳越來越快。她不自覺地猛踩油門，要是在這種地方因為超速被抓的話就太慘了，她拚命想要讓自己鎮定下來。

從小諸交流道下來後，便進入淺間產業道路。他們已經進入地圖的起點了，穿過兩個隧道後右轉。

坐在副駕駛座的長峰從剛才開始就沉默不語，一直眺望著車窗外的景物，當然他的腦袋裡只有復仇吧！不知道菅野是否躲在他們現在要去的這間倒閉民宿裡，但是和佳子卻感到一種難以言喻的不安。她明白自己已無退路，但是她有預感好像快要有結果了。

已經可以看見前方的隧道了，穿過一個隧道後，再稍微往前開又有另一個隧道，接下來在岔路右轉，距離目的地就不遠了。

但是——

車子右轉後，當她正要往上坡走時，和佳子看到了難以置信的東西。她趕緊踩下煞車。

坐在副駕駛座上的長峰趕緊用雙手撐在前方。

「怎麼了？」

和佳子無法回答，而是一直看著前方。

在路肩停了一輛車子，那是一輛灰色轎車，是和佳子很熟悉的一輛車。有一個男人站在車旁，一直盯著他們看。

「他是……」長峰說，「妳的父親。」

和佳子腦袋一片混亂。為什麼隆明會出現在這裡？她完全不知道。她的思緒一片混亂，將手放在排檔桿上，想要倒車。

但是這時長峰從上方按住她的手，嚇了一跳的她看著長峰，長峰卻笑了。

「這種地方怎麼能倒車？」

「但是……」

就在和佳子還答不出話來時，長峰就突然打開車門下了車。他朝著隆明走去，和佳子趕緊追在後面。

隆明稍微瞄了一眼長峰，然後就一直瞪著和佳子。即使長峰和和佳子站在他面前，他的姿勢還是沒變。

「爸爸……為什麼您會來這裡？」和佳子用沙啞的聲音問。

「為了要阻止妳，我心想怎麼可能，但事情果然是這樣呢！妳把他藏在松本的大廈裡。」

「請不要責怪她。」長峰說，「她只是同情我，我應該要更強硬拒絕的。」

「長峰先生，」隆明終於看著他，「我也很同情你，也想要幫你什麼。但是我不能幫你殺人，也不能讓我女兒這樣做。」

「是，這當然。」長峰轉向和佳子，「謝謝妳，我一個人可以從這裡走，我之前也說過很多次了，即使我被捕以後，我也絕對不會提到妳的，我可以發誓。」

她搖著頭，然後看著父親。「爸爸，您報警了嗎？」

隆明緊蹙眉頭。

「我怎麼可能報警！自己的女兒可能是殺人犯的幫手，這怎麼說得出口？」

「那警察就不會來這裡囉？」

「是，應該不會來這裡。」

「爸爸，為什麼您要在這裡等？」

「因為……我從妳的表情猜出來了，妳還看過那個房屋仲介的廣告吧！所以我就用地圖查詢，心想如果在這裡等的話，你們應該會出現吧！」

果然被隆明發現了，和佳子心想。當刑警們說要去找歇業的民宿時，隆明的表情就很奇怪。

「讓我送長峰先生到前面去。」和佳子對父親說，「我讓長峰先生下車後，就立刻回家。就這一次，即使沒有在這裡遇到您，我本來也打算這樣做。」

「不行！」

「拜託！」

「我說不行就是不行。現在就回去！」隆明語氣變得很著急，「我勸長峰先生你還是快去自首，請相信我這是為你好。」

「謝謝您，我知道。」長峰對隆明低頭致意，然後折返到和佳子的車上，他拿出高爾夫球袋和行李袋後，又再次回到和佳子父女那兒，「我從這裡走過去，因為距離也不是很遠。」

「不行！太醒目了。」

和佳子搖頭，但是長峰笑著說：

「現在這個時間，沒有人會經過的。」然後他又再次向隆明行禮，「給您添麻煩了，很抱歉。再見。」然後就開始往坡道走。

和佳子想要追他，但是隆明伸出右手制止她。

「我從沒想過要幫他復仇，只要一找到對方，我想先叫對方跟他道歉，我打算要阻止長峰復仇的。」

「妳不用那麼做──」

「那誰來做？大家都和爸爸一樣，雖然同情他，但是因為怕麻煩，都躲得遠遠的。說什麼不要惹這種麻煩事，過著平凡的人生是最好的，其實這不過是自我滿足罷了！」

「和佳子！」隆明抓住她的手臂。

「放開我！」

隆明的眼神裡混合著困惑和躊躇。他舔了舔嘴唇，低下頭去，然後看著她的臉。

「有警察。」

「啊？」

「前面的民宿裡有警察，我聽見警察他們的對話，好像還不知道那個年輕人是否就躲在裡面。」

「爸爸……」

「去告訴他，然後──」隆明嘆了口氣繼續說道，「送他到附近的車站，不過妳要從那裡立刻回來。我或許很膽小又很懦弱，但是我愛女兒的心情不會輸給那個傢伙。」

和佳子深深吸了一口氣，隆明鬆開了她的手臂。

「謝謝。」這樣一說完，和佳子就跑向她的車子。

42

當真野打開門後，織部同時用手電筒照著屋內。

玄關有兩道門。在那之前，應該要先脫掉鞋子，但是真野當然是直接穿著鞋子踩進去的，然後將門打開。

織部為他照亮，眼前看到的是鋪了木頭地板的寬敞房間，之前這裡可能是當作餐廳使用，裡面有一個吧台式的廚房。

地上似乎積滿了灰塵，所以到處都是穿著鞋走過的腳印，而且看起來像是剛留下不久的腳印。

剛才聽到的手機鈴聲已經沒有再聽到了，也沒有說話聲，一定是躲在屋內的人發現有人進來了。

真野慢慢往裡走，織部在一旁用手電筒照著前方。有兩扇門並排著，其中一扇門上貼著廁所的標誌。

真野輕輕打開另一扇門，進去後是走廊，走到一半時看見了樓梯，那前方又有一扇門。

真野將手機貼在耳朵上，那應該是在和近藤通話。

「近藤，有沒有異狀？」真野低聲問，「……是嗎？你在那裡看著，讓井上繞到前面去，他或許會從窗戶逃走。嗯……拜託了。」

掛掉電話後，真野用下巴指了指樓梯旁邊的門。

織部點點頭，將門慢慢拉開，但是那是倉庫，裡面有清掃用具和鏟子等，似乎沒有空間可以躲人。

照亮樓梯後，織部和真野互看了一眼。

「我去上面看看。」織部這樣說著就將手電筒交給真野。

「你帶去，上面可能比這裡還暗。」

考慮了一下後，織部點點頭，「我知道了。」

織部爬了兩三階樓梯，就聽見真野叫他的聲音。

「如果他反抗的話，不要動手，趕快叫我們。」

「我知道，真野先生如果發現什麼的話，也請不要衝動。」

真野笑了一下。

織部又再次用手電筒照著自己的前方，樓梯上也都布滿了灰塵，和地板一樣都是鞋印，他發現其中一個很明顯是球鞋的鞋印。

織部屏氣凝神繼續往上爬，他所有的神經都集中在眼睛和耳朵上，對方隨時可能會攻擊他，所以他緊張又謹慎地往前走。

二樓也有一個很短的走廊，他用手電筒迅速地照了一下，發現那裡好像有四個房間，而且也有廁所。

他先打開最前面房間的門，大約是八疊榻榻米大的房間，有兩張小的單人床，靠窗放著，沒有其他的家具。為了謹慎起見，他用手電筒照了照床底下，只發現一個空罐子。

他又打開下一個房間的門，大小還有屋內的陳設和剛才那間差不多。他又打開隔壁的房門，這裡也是一樣。

可能是躲在一樓吧——他心裡一邊這樣想著，一邊打開最後一個房間的門。這一瞬間，織部睜大了眼睛。

兩張單人床併在一起，上面鋪著應該是最近才用過的毛巾被，地上放著餅乾袋和泡麵的碗。

織部也用手電筒照了床底下，但是沒有人躲在那裡。

他先走出房間，環顧四周。他發現旁邊就有窗戶，但是窗上的半圓形釦鎖仍然扣得好好的，他將釦鎖打開，並打開窗戶，結果發現這裡就在玄關的正上方，井上很緊張地抬頭看著織部。

織部微微揮手，就將窗戶關上。

織部心想，剛才聽到的手機鈴聲，證明那個人剛才就在這個房間裡。他後來逃到哪裡去了呢？難道是直接逃到一樓去嗎？

總之，先下去看看。當他正要往樓梯走時，他注意到廁所的門。

織部握住門把，慢慢拉開門。走進去後，右邊是男廁，左邊是女廁。他毫不猶豫地走入男廁，裡面臭味四溢，小便斗有兩個，對面是一間廁所，門被緊緊關上。

他將門打開，裡面沒有人。

他吐出一口氣，這時他的後面傳來聲音。就在他轉過頭的同時，看見一個黑影從女廁的門衝出來。

織部從男廁跑出去，但是那時他剛才拿著的手電筒，撞到了門邊，便掉落在地上。

但是他沒有去撿，就直接追著黑影。他發現對方想要下樓，便跳下去想用身體阻擋。碰到了，對方摔倒了，織部跌在他的身上。但織部覺得不對勁，和他想的感覺不一樣。因為對方想逃，所以織部趕緊伸出手，好像是抓住了對方的肩膀，那一瞬間，織部終於明白那個人不是菅野。

「怎麼了？織部？」真野的聲音從樓下傳來，「不要緊嗎？」

「不要緊。」織部說，「先逮捕他。」

「先逮捕？這是什麼意思？」

織部對被他抓住肩膀的人說：「你是誰？在這種地方做什麼？」

於是對方用力地甩動身體。

「討厭，放開我啦！」那是一個年輕女孩的聲音。

在標示著小諸青年之家的建築物前，和佳子停下了車。

「我想再繼續往前開就很危險了。」和佳子對坐在副駕駛座的長峰說。

「是啊。」長峰看著微暗的道路前方，好像很捨不得離開。

「刑警正在調查，如果那裡有你要找的人，就會直接被警察逮捕了，你應該沒有出手的機會。」

對於和佳子說的話，長峰的嘴角突然放鬆了。

「我知道，我只是想既然都來到這裡了，是不是應該去看看，但是妳說得沒錯，留在這種地方一點意義也沒有。」

「那要回松本去嗎？」

「不，到小諸車站就好了。妳不是答應妳父親送我到最近的車站嗎？」

「松本也不遠，而且這種時間，你出現在小諸車站的話，會很醒目。現在在那間民宿裡的那些刑警，可能就是從小諸車站來的。」

和佳子嘆口氣後，就將車子掉頭。

「如果真的碰到，我再見機行事，我不想再牽累妳了。拜託。」長峰低下頭。

重新開回來時的路，一直到淺間產業道路前，和一輛摩托車擦身而過。那個人身穿T恤、牛仔褲，背著登山背包。和佳子心想還好讓長峰坐上車，即使沒有被警察看到，一個人走在這種地方，也很可能被人發現。

再過幾分鐘就到小諸車站了。寬廣的停車場裡，停著幾輛計程車。那裡立著一塊「歡迎光臨小諸」的看板。一開過那塊看板，和佳子就將車子停下。

「過去這幾天真的太麻煩妳了。」長峰說，「我擔心會影響到妳的父親，或是你們店裡的生意。」

「沒關係的，這個週末已經預約滿了。」

「是嗎？這樣我就放心了。」長峰打開副駕駛座那邊的車門。

「長峰先生，」和佳子叫他，「沒有其他辦法可以宣洩你心頭之恨嗎？」

正要拿起行李的他停了下來，一直盯著和佳子看。那是之前和佳子從未看過的銳利且陰沉的眼神。

「如果是妳的話，妳會怎樣做？」

和佳子被這樣一問，便低下頭，只能搖搖頭。「我不知道。」

「是吧！我也不知道。」

長峰將右手伸到和佳子的面前，和佳子一抬頭便看見他面帶微笑。

「再見，謝謝妳。」

和佳子握住他的手，好冰的手。

「如果還有什麼我可以幫忙的話，請和我聯絡。我之前告訴過你我的手機號碼吧！」

「妳已經幫我很多忙了，而且我也把妳的號碼刪除了，因為我擔心被捕以後，會被警察查到。」這樣說完後，長峰便將手從和佳子手中抽開。他將高爾夫球袋從後座搬下來，將手搭在副駕駛座的門上。「再見了。」

和佳子想要對他說——「保重」，但是卻說不出口。對於將面對絕望的命運的他，說這種話又有什麼意義呢？

長峰默默點點頭，將車門關上。之後他好像想要趕快切斷與和佳子之間的關係似的，飛快地離去了，完全沒有要回頭的意思。

和佳子開動車子，在她的心裡慢慢形成了厭惡自己的漩渦。自己又再次逃避了，沒有做出任何結論就逃之夭夭。

那個看起來像是十七、八歲的女孩叫做優佳。不知道她姓什麼，問她也不回答。優佳這個名字也是從她手機裡的幾封簡訊查出來的，這些簡訊當中找不到和菅野快兒有關的東西。

織部、真野和她待在二樓的房間裡。照明就只有蠟燭，她好像是將蠟燭放在房間裡，當作照明使用。

在這裡做什麼？從什麼時候開始在這裡？和誰在一起？——對於這些問題，優佳一個也不肯回答。她雙手抱膝坐著，頭一直低著，保持這樣的姿勢，一動也不動。

但是當真野說出菅野快兒的名字時，她的反應就不一樣了。

「妳和菅野那傢伙在一起吧？」

於是她身體動了一下，抱住膝蓋的雙手更用力。

織部已經確認過這裡就是拍攝那捲錄影帶的地點，強暴的現場好像就在一樓的餐廳，在錄影帶裡看到的長野縣地圖現在仍貼在牆上。

很顯然，優佳是和男人在一起，因為從便利商店塑膠袋裡的垃圾當中，發現了保險套的空紙盒，那個塑膠袋裡還有很多捏成一團團的面紙。

雖然還不能證明和她在一起的男人就是菅野，可是從優佳的反應，還有種種跡象顯示，織部認為應該不會錯。

織部盯著蹲坐在那裡一動也不動的優佳看，心想有一個可能性。這個可能性就是菅野快兒並非一個人。十幾歲的男孩要躲起來的話，以一般人的精神狀態，是無法忍受這種孤獨感的。帶著可以諒解自己的人一起逃亡，也是很合理的。他們居然笨到沒有想到這一點，織部感到很懊悔。

「和妳在一起的男的，妳認識嗎？」真野問優佳，「妳有看最近的電視嗎？」

但是不管怎麼問，她都不回答。織部覺得她是用肢體語言在拒絕別人。

她到底是誰還是個謎，不過織部覺得好像在哪裡見過她。因為只在微暗中瞥了一眼，所以或許是心理作用吧，不過織部卻沒想到要強迫她把低下的頭抬起來。

真野認為菅野遲早會回到這裡，織部也有同感。近藤和井上將停在民宿前的兩輛車移開後，便在車上等待。

優佳的手機響起時，真野正叼著菸。真野看了液晶螢幕後，將手機交給優佳，「是誰？」

抬起頭來一臉驚愕表情的優佳接過手機，真野阻止她按下通話鍵，「是菅野吧？」

優佳快要哭出來了，很困惑地抬頭看著真野。

「妳會協助我們調查嗎？」真野口氣變得很溫柔。

真野看見她輕輕點頭後，便接著說：「妳和平時一樣說話，然後掛斷電話。這樣妳的罪就會減輕。」

她問：「真的嗎？」真野回答：「是的。」

優佳按下通話鍵，將手機靠在嘴邊。

「快逃！警察來了。」優佳叫道。

真野趕緊將電話搶過來，優佳用充滿仇恨的眼神看著真野。

織部邊站起來邊打電話給近藤。這一瞬間，他想起來了，他低下頭看著優佳。

織部在錄影帶裡看過她，她就是那個在民宿裡被菅野他們強暴的女孩。

43

從和佳子的車子下來後，長峰就到小諸車站附近的蕎麥麵店吃麵。並不是因為還有電車，所以他可以慢慢來，而是他不想搭電車，他想從這裡坐計程車到輕井澤。但是從和佳子車子下來後，如果立刻坐上計程車的話，萬一那個司機剛才目睹了他從和佳子車上下來的那一幕，一定會覺得他很可疑，所以他才決定要等一下再坐車。

那間蕎麥麵店也有賣些土產，小諸城最有名的就是酒，所以長峰就買了一瓶酒，店員將酒放入白色塑膠袋裡。

當長峰正要走出麵店時嚇了一跳。因為在車站前的圓環停了兩輛巡邏警車，同時他也隱約看到警察的身影。

長峰一邊小心不要走得太快，一邊慢慢靠近計程車招呼站。這時有兩名警察走過來，都是年輕的警察。

長峰停下腳步，從白色塑膠袋裡拿出裝酒的盒子，然後將手機貼著耳朵，故意做出好像在和誰商量事情的樣子，他就是為了冒充觀光客才買酒的。

年輕警察瞥了他一眼，立刻就毫無興趣地折返。

長峰小小嘆了一口氣，站在計程車招呼站。一輛等待的空車停到了他的跟前。

「到輕井澤。」坐進計程車後長峰說。「輕井澤車站旁有一間EX商務旅館，你知道嗎？」

「喔，是間還滿新的旅館，我知道。」大約五十歲左右的司機用輕鬆的口氣回答。

離開車站後不久，他們又和一輛巡邏警車擦身而過。

「好像戒備很森嚴呢！」長峰說。

「是啊，好像是在找人。」

「找人？」

「聽說是在找一名年輕男子，其實剛才我們公司就接到了電話，說是如果有載到二十歲左右的年輕男子的話，就要通報警方。」

「二十歲左右……其他的特徵呢？」

「沒聽說。不過這種時段，根本不會有這種客人坐車呢！」

聽了司機的話，長峰嚥下一口口水，立刻想到難道是找到了菅野嗎？

「可以打開收音機嗎？」

「收音機嗎？哎唷，不知道收不收得到呢！」

司機操作著旋鈕，他說得沒錯，收訊的確不太好，好不容易調到了頻道，播音員的聲音也聽不清楚，而且感覺也不像是在報新聞，長峰立刻拜託他關掉。就算是在報新聞，也不知道會不會播報現在這裡發生的事。

如果菅野被發現了的話，那麼遲早他也會被警方逮捕的——

這樣一來自己在這裡就一點意義也沒有了，長峰心想。不僅如此，他也沒有再繼續躲藏的意義了。

長峰感覺到將自己捲入的風浪正在慢慢平復。當然他也瞭解，興風作浪的其中一人就是他自己，最後的收尾也是他的工作。

輕井澤的街道就在前方。

織部來到國道18號邊的小諸分局時，已經是晚上十點多了。這是一棟三層樓的四方形建築物。從入口走進去有一條蜿蜒小路，兩旁的樹叢修剪得很整齊。

一走進屋內，他和警員們打過招呼後，就直接走向會客室。在會客室的門前真野一臉疲憊地喝著罐裝咖啡。

「發現了什麼嗎？」真野抬頭看著織部問道。

織部搖搖頭。

「太黑了，看不清楚。總之我已將兩人留下來的東西整理好，但是沒有發現可以研判出菅野行蹤的東西，明天會有鑑識課的人從東京過來。」

「就算鑑識人員來查，也查不出什麼的，頂多只能判斷出菅野確實是曾經躲在那裡吧！」

「長野縣警局有做什麼嗎？」

「長野縣警局幫了很多忙呢！可能因為這是媒體關注的案子吧！他們好像出動了很多警察。」

「但是沒有任何……成果是嗎？」

「因為太慢發布菅野的相片。而且菅野打電話來時，也不知道他是在哪裡。」真野咂了咂舌，「被我搞砸了，真沒臉見組長呢！」

「你是說你叫她接電話那件事嗎？」

「呃。」

「但是優佳不接電話的話，菅野也會懷疑。我認為當時那樣做也是不得已的。」

真野搔著頭。

「或許他會懷疑，但是他可能會以為發生了什麼事，而回來看一下，我應該等那時候再說，現在說這些也沒用了。」真野單手將空罐捏扁。

「我沒想到優佳會那樣做。」

真野慢慢搖著頭。「真是搞不懂年輕女孩在想些什麼呢！」

「已經查出她的身分了嗎？」

織部問道，真野從口袋裡拿出一張紙。字跡潦草地寫著「村越優佳　葛飾區南水元4—×」。

「是從手機查出來的，組長說要帶她的父母過來。」

「久塚先生直接去帶嗎？」

「是的，總之這是唯一的線索。」真野用手指著旁邊的那扇門，「但是現在的小孩，即使跟他說要叫他的父母來，也不見得有用。」

「她還是不說話嗎？」

織部一說完，真野就兩手一攤，做出投降的樣子。

「我可以看看她嗎？」織部問。

「可以是可以，你有什麼方法嗎？」

「有件事我還沒跟你說，我或許認識那女孩。」

真野似乎不懂織部的意思，皺起了眉頭。

「或許只是長得像而已，但我覺得我見過她。」

「在哪裡？」

「在錄影帶裡，就是菅野他們拍的，那捲強暴的錄影帶。」

「怎麼可能……」真野臉部表情扭曲，「你是說那個受害的女孩嗎？」

「所以我說或許只是長得像……」

真野咬著嘴唇，思考著。不久後，他抬起頭看織部。

「好，我讓你見她。」這樣說完後就站起來。

會客室裡放著一張三人座的沙發，對面是兩張單人座的沙發，村越優佳坐在三人座的沙發上。鞋子脫了，蹲坐在上面。織部他們一走進去，她便將身體轉過去背對著他們。

織部慢慢坐在沙發上。

「是菅野拜託妳和他一起逃亡的嗎？」織部對著優佳的背影問道。

但是她沒有任何反應，好像不管問她什麼問題，她都不打算回答。
「聽說妳父母正趕來這裡，如果是不想讓父母知道的事情，我想妳現在說會比較好。」
但是優佳還是不說話。織部和真野四目相交後，又再看著她。
「妳不會恨菅野嗎？」
這樣一問完，她第一次出現反應。她的肩膀抖動了一下。
「我想一般人應該是會恨他的，因為被那樣傷害的話。還是說那是經過妳同意的？是在妳同意之下才拍的？」
優佳歪著頭看織部，斜眼瞪著他。
「你在說些什麼？白痴！」她的口氣和表情感覺很驚慌。
「這位刑警先生，」織部瞥了一眼真野說道，「認為不可能會有這種事，他說怎麼可能會有人和強暴自己的人一起逃亡？」
優佳又看著另一邊，但是這次她不是拒絕織部，而是不想被他一直盯著看。
「老實說我也難以相信，所以我才必須確認。尤其是妳如果再這麼沉默下去的話，那就只能重新再看一次錄影帶了。大家一起看那捲錄影帶，來確認裡面的那個人是不是妳。」
其實織部並不想說這些話，但是她頑強的態度不變，也只能如此。
她好像說了些什麼，但是含糊不清，聽不清楚。
「啊？妳說什麼？」織部探出身子。
他聽到了——「隨便你！」
「你要看就看吧！反正你們已經看過很多次了。」那聲音裡混合著哭聲。
「我們要請妳父母來看。」真野在一旁說。「這樣也無所謂嗎？」

優佳像是胎兒一樣蜷曲著身體，然後一動也不動。但是織部正要說話時，她終於開口了。「我是被威脅的。」

「咦？」織部想要看她的臉，「被威脅……是菅野嗎？」

她點點頭。

「他說如果我不和他一起來，就要把那捲錄影帶和相片放在網路上……」

織部看著真野，真野默默點點頭。

「妳願意從頭告訴我們嗎？」織部問優佳。

「請不要給我父母看。」優佳抬起頭，眼眶泛紅。

「我答應妳。」織部說。

雙眼哭得又紅又腫的優佳，斷斷續續說著毫無條理的內容，負責整理她談話的織部，感到非常頭痛。但是他耐著性子，不時提出問題，或是轉變話題想要緩和氣氛，終於問出了她和菅野逃亡的經過。對織部來說，不，應該是對一般的男人來說，她回答的東西還真是令人難以理解。

優佳大約是在三個月前遇到了菅野他們，他們好像是在街上對優佳搭訕的。好像是伴崎先開口跟她說話，她就這樣跟他們兩個一起去兜風。當時並不知道要去哪裡，不久後他們發現了那個倒閉的民宿。帶著她溜進去的菅野他們，用刀子脅迫她，並強暴了她。

織部詢問她當時的心情，優佳的回答很無趣。

「就是普通的難過。」她是這樣回答的。

「普通的？」

「嗯。」她點點頭。因為織部不懂她所謂「普通」的真正涵義。

那個事件以後，菅野就沒再和她聯絡。但是前幾天，菅野又打電話給她了，他說要一起去旅行。

優佳拒絕了，於是電話那頭的菅野很生氣。他說如果不聽他的話，他要將那些強暴的畫面和影像放到網路上去。

不得已優佳只好去到和他會合的地方，她很害怕菅野會不會又對她施暴，但是在那裡等她的菅野好像變了個人似的，非常溫柔。首先他為突然叫她出來一事感到抱歉，跟她說對不起。

優佳心想如果菅野能溫柔對她，與其惹他惱怒，還不如乖乖聽他的話，便和他一起去旅行了。他們從東京搭上新幹線，到了長野縣，她知道菅野要去哪裡後，便嚇得全身顫抖。因為那是他們曾經在那裡強暴過她的廢棄民宿。

「妳不知道菅野被警方追捕嗎？」

對於織部的問題，經過很長時間思考後，優佳這樣回答：

「我想可能是，但是我覺得那不重要。」

「不重要？」

「因為……我們在一起很快樂。」

他們兩人好像以那間民宿為據點，四處去別的地方住。他們住過賓館，也住過別人別墅的停車場，菅野身上有錢，優佳則負責去買吃的東西，但是如果是比較遠的地方，就由菅野去，因為他有摩托車。那輛摩托車當然也是他偷來的。

他們是用手機聯絡，但是不是用菅野自己的手機。優佳把自己的一支手機借給菅野，因為她本來就有兩支手機。這對他們來說好像是很「普通」的事。

「妳應該知道我們是刑警吧？也應該知道我們在追捕菅野吧？但是為什麼妳要讓他

逃走？」

對於這個問題，優佳沉默了幾分鐘，不久後，她的回答更是令織部和真野啞口無言。

「因為我覺得如果快兒被捕的話會很麻煩……」

「麻煩？麻煩什麼？」

「因為被問很多問題很麻煩，如果快兒沒被捕的話，我的事也不會被發現。」

問完所有問題後，在另一個房間裡，織部與真野喝著咖啡，真野似乎頭痛難耐的樣子，一直按著太陽穴。

44

長峰在高崎的商務旅館裡看到了那則發現和菅野一起逃亡的女孩的新聞。當然並沒有報出菅野快兒的姓名。

從新聞的內容得知，菅野果然躲在那間小諸的民宿裡。只差那麼一點，就被警方搶先了一步。一想到這裡，長峰就很不甘心，但是如果不是和佳子和她父親的好意，現在一定是長峰被捕而不是菅野，他應該要慶幸才對。而且就算他比警方早到那間民宿，也不知道是否能碰得到菅野，因為他還是沒有被警方抓到。

長峰從椅子上站起來，掀開遮陽窗簾。太陽光刺眼地照射進來，原本微暗的室內，一下子變成了光明的世界。他瞇起眼睛，眺望著窗下。高崎的街上已經很熱鬧了。

昨晚他從輕井澤坐最末班電車來到高崎，因為他覺得長野縣內的旅館可能都收到了他的相片，而且或許菅野已經被捕了。如果這樣的話，他就沒有理由再留在長野縣內。

菅野還沒被捕。可是長峰心想他一定已經離開長野縣了，那麼菅野會逃到哪裡去呢？令人遺憾的是，關於這點他沒有絲毫線索。

長峰離開窗邊，直接倒在床上。

他的身體變得好沉重，那不只是因為連日來的睡眠不足。

雖然讓菅野跑了，但是警方可能已經掌握了他會逃往的地方。因為既然他們能找到那間民宿，那麼要找到他下個藏身之處也是遲早的問題。而且畏懼警方搜索能力的菅野，也有可能放棄逃亡出來自首。

不管怎麼說，他已經完全沒有復仇的機會了，長峰思忖著。至今的逃亡生活，還有準備好的獵槍，都白費了。

不，這些都不算什麼——

不管將來他是怎麼被逮捕，但對菅野卻束手無策，這份無力感壓得他喘不過氣來。有一天法院會對菅野治罪吧！但是，那個判決卻無法消除自己還有繪摩的恨意。不僅如此，甚至有可能在菅野被判決之前，長峰就先被定罪了。

長峰是為了復仇才撐到今天的，但是現在已經沒有任何東西可以支持他活下去了。當然他的腦海裡，也開始冒出尋死的念頭。他雖然知道這種行為很懦弱，但是即使他努力想打消這個念頭，這個念頭還是越來越強烈。

長峰在床上扭動著身體，他心想乾脆就在這裡直接打電話給警察好了。就如同和佳子父親所說的，他應該去自首。

突然他的腦海裡浮現出和佳子的臉。

長峰還是搞不懂她為什麼要那樣幫他的忙，他知道是出於同情，但是他還是無法想像有人會那樣支持殺人犯。雖然她幫助長峰尋找菅野，但是並不贊成他復仇——長峰心想這或許是她的態度。

長峰想要和她聊一聊。現在就打電話給她，問她該怎麼辦才好。她可能會勸自己自首吧！長峰覺得如果能被她那溫柔的聲音說服，那許多事都能迎刃而解了。

長峰拿起手機，打開電源，然後他自嘲似的笑了笑。他已經把和佳子的電話號碼從電話簿裡刪除了，他想起來當初自己是為了不要拖累和佳子而刻意這樣做的。

他搖搖頭，正打算關機。但是這時他發現有新的留言，好像是兩天前才留的。

長峰試著播放那通留言，他從語音信箱裡聽到的就是那個神秘人物留的新留言。

（警察已經往長野縣去了，他們發現了倒閉的民宿。只要一靠近或許就可以找到菅野了。）

長峰很驚訝，又再確認了一次留言的日期。

沒有錯，神秘的情報提供者確實是在警察行動之前通知他的。也就是說，雖然不知道他的目的為何，但是他似乎並不希望長峰被捕。

即使如此，這個人為什麼能得到正確的情報呢？而且又為什麼要通知長峰呢？

自殺或自首的念頭迅速從長峰腦海裡消失，他還有一線希望，就是那個目的不明、身分不明的密告者。

阿誠的手機響起是在他上洗手間的時候。阿誠從廁所出來後，看見母親拿著電話在等他。

「阿誠，這個……」母親的表情很緊張。

阿誠看過手機上的液晶螢幕顯示，是從公共電話打來的。

阿誠拿起電話跑上了二樓，趕緊將房間的窗戶打開。他看見在他家對面的馬路上停了一輛車子。一個警察從車上下來，抬頭看他，舉起一隻手，對他點點頭。應該是叫他接電話的意思。

阿誠按下通話鍵。「喂？」

「阿誠嗎？」一個低沉的聲音，似乎能窺看到這裡情況的聲音。

阿誠立刻知道那是快兒，他突然感到口乾舌燥。

嗯，阿誠回答。「是快兒嗎？」

快兒回答了一聲：「唔。你旁邊有人嗎？」

「沒有，我媽在樓下。」

「她會不會聽見？」

「沒事的。」阿誠的聲音略微顫抖。

其實他們的對話，樓下的刑警應該聽得一清二楚。因為他們在阿誠的手機裡安裝了這樣的機關，如果被快兒發現的話，該怎麼辦呢？阿誠一想到這裡就很緊張。

「你看電視了嗎？」快兒問。

「看了，你躲在長野的民宿裡吧！你還真會躲。」

「現在慘了，我沒想到警察會來到那種地方。」快兒的聲音裡並沒有平時恐嚇的語氣，他似乎很焦急的樣子。

房間的門被輕輕打開，刑警走了進來。他的耳朵上戴著耳機，手裡拿著一張紙給阿誠看。上面寫著：「問出他在哪裡。」阿誠將手機貼在耳朵上點點頭。

「喂，阿誠，你聽得見嗎？」他聽見快兒尖銳的聲音。

「喔，嗯，聽得見，快兒，現在你在哪裡？」

「沒有在哪裡，就是到處亂晃。警察為什麼會知道我躲在那間民宿呢？」

「我怎麼知道！我也是看電視才知道的。」

「該不會是你告訴警察的吧？因為只有你知道那間民宿。」

「我才沒說，因為我只聽你們說過長野的民宿，可是詳細地點我根本不知道。」

「……說得也是。」快兒在電話那頭長嘆了口氣。

阿誠覺得菅野好像變軟弱了。以前，菅野每次找阿誠麻煩時，幾乎不會那麼輕易接受阿誠的辯解。

刑警又再次寫著「在哪裡」給阿誠看。阿誠覺得他真是煩人。

「你現在還在長野嗎？」阿誠問道。

「怎麼可能？我現在在八王子一帶。」

「八王子？你住在八王子嗎？」

「沒有，我來吃飯順便打個電話。對了，我之前交代你的事辦得怎麼樣了？」

「什麼事？」

阿誠聽到了很大聲的咂舌聲。

「就是去調查有沒有我們弄死那個女的的證據啊，你沒有查嗎？」

「喔，那個啊？」阿誠不知該如何回答。

於是在一旁監聽的刑警趕緊寫給他看。「回答沒有證據！」

「怎樣了？」快兒傳來了不耐煩的聲音。

「喔，我想可能沒有證據吧！」阿誠回答，他又看到刑警寫著：「自首的話可以減刑」。接著他便說：「所以你還是自首比較好，因為那樣可以減刑。」
快兒哼了一聲。
「你怎樣呢？警察沒有找你嗎？」
「叫我去了好幾次。」
「怎樣？他們有說什麼嗎？有被判刑嗎？」
「沒有，因為警方還搞不清楚到底發生了什麼事才使那個女孩死掉的，所以應該也不知道要怎麼判我刑吧！」
「嗯……」快兒在思考的樣子，他或許是在想要不要去自首。
刑警好像又寫了些什麼。「逃亡的話，罪會加重。」
「快兒，你還是去警察局自首比較好吧，你越逃罪就越重。」
「囉嗦！我自己知道，但是我不想自首，我不想被警察抓，然後被送進少年感化院。」
阿誠心想既然這樣，當初不要做壞事不就沒事了嗎？但是他不敢說。
「我還想再玩一下。」快兒說。
「啊？」
「如果要自首的話，等我再做些我喜歡的事之後再說。因為被捕了以後，就什麼都不能做了。」
「喔……或許是吧！」
「不過，我身上沒錢了。」
「欸？錢？」

「喔，我也不知道發生了什麼事，但是我要用提款卡領錢時，居然不能用了。應該是我家的那個死老太婆搞的鬼吧！」

死老太婆指的就是快兒的母親。快兒從以前開始，就只把母親當作是領錢的工具而已。

「阿誠，你有錢嗎？」

「呃，我？不，錢嘛──」

當阿誠正要回答沒有的時候，他看到了刑警急忙寫給他的紙條：「回答我有錢，我可以借你。」

「錢……我是有一點，可以借給你。」阿誠吞吞吐吐地回答。

快兒沉默了片刻，然後說道：「你有多少？」

刑警大大張開雙手的指頭。

「我、我有十萬左右……吧！」阿誠從來沒有這麼多的錢，但他還是這樣回答。

「十萬？真少。」但是快兒似乎不滿的樣子，「不過，我也沒別的辦法了。」

「怎樣？」

阿誠問道，他聽見對方長嘆了一口氣。

「算了，你還是借我吧，現在你身上就有嗎？」

刑警用力點點頭，然後做出「有」的嘴形給阿誠看。

「嗯，有。」阿誠回答。

「好，那你帶過來。」

「帶去哪裡？八王子嗎？」

「你帶到這種地方幹嘛？我只是打個電話路過這裡的，我會去你那裡，我們在某個地方會合。」

「哪裡比較好？」

「我看上野好了。」

「上野車站？」

「車站不好，可能會有巡邏警員，總之，你去車站的旁邊，我再打電話給你。」

「我知道了，幾點？」

「那就晚上八點，因為太晚的話人太少，太早的話天太亮。」

「八點在上野，我知道了。」

「你絕對不可以告訴任何人，你要是背叛我的話，我可不饒你！」

「我知道啦！」阿誠的聲音略微顫抖。他在想著之後該如何解釋為什麼這段對話會被刑警監聽。

「那就八點見。」這樣說完後快兒就掛斷了電話。

阿誠感到全身無力且冒冷汗。

刑警沒有對他說什麼，就衝出了房間。

45

下午三點，鮎村在同樣的地方停車，他將標示牌從「空車」切換成「回送」，如果一直標示著「空車」停在路邊的話，搞不好會有客人上車。

他又再次確認了時間，錶面上的指針顯示的是三點五分。

他用手敲了敲方向盤，鮎村的視線投向了斜前方的便利商店，不，正確地說，應該是那家商店的轉角，中井誠應該會從那裡出現。

一到下午三點，中井誠就會走進便利商店，如果有菅野快兒的最新消息時，他就會戴帽子。鮎村看到後也會走進便利商店，若無其事地靠近中井誠，中井再將事先準備好的紙條交給鮎村，這張紙條上當然會寫上有關菅野的情報。

鮎村和中井誠達成了以上的協議。與其說是協議，不如說中井誠是被脅迫答應的。其實鮎村連中井也很憎恨，他甚至覺得中井也應該被殺，但是為了要知道菅野的藏身之處，也只能利用他了。

在昨天之前，中井都有遵守約定。一到下午三點，就會準時出現在便利商店，但是沒有一次是戴帽子的。

這樣做真的是很麻煩，但是中井說不管是電話聯絡或是直接碰面，都不方便。

「因為我的手機被警察裝了奇怪的機關，所以警察可以監聽。只有外出是自由的，但是警察也有可能會監視，如果他們看到我和你見面，就又要盯上我了。」中井誠快要哭出來地說。所以就想出了剛才那個方法。每天一到下午三點，就必須來這裡。因為這樣鮎村的計程車都不敢開得太遠，雖然這樣會影響到工作，但是對現在的他來說，這一點也不重要。

鮎村又看了一下手錶，快要三點二十分了。中井誠從來不曾這麼晚過，他越來越焦急。

當鮎村看見時鐘的指針已經過了二十分後，他便從車上下來。朝著便利商店的轉角走去，一轉彎再往前走一點，就是中井誠的家了。

但是當鮎村轉過那個轉角的一瞬間，他不禁停下腳步。因為在中井家前停了巡邏警車。此外路邊還停了兩輛車，在其四周還站著一些男人，很明顯地感覺和一般人不同。

鮎村舔了舔嘴唇，慢慢跨出步伐。他盡量小心不要改變步調，但是心臟卻狂跳不已。中井家的大門是開著的，有好幾個男人進進出出，每個人的臉色都很嚴肅。

鮎村察覺到事態不同，一定是菅野和中井誠聯絡了，所以刑警們一定是趕來這裡討論今後的對策。

「等一下。」

有人叫住鮎村，他嚇了一跳停下腳步。他看見有個男人站在巡邏警車旁，個子矮小，大約四十歲左右的男人。

「你在找哪一家？」

「欸……」

「你不是在找哪戶人家嗎？還是迷路了？」

「喔，不……」鮎村聽懂了對方的意思。很明顯是因為他穿著計程車司機的制服，所以下車繞來繞去的話，一般人都會以為是在找路吧！

鮎村擠出笑容，搖了搖手。

「我只是在找有沒有可以借廁所的地方。」

那男的苦笑。

「是嗎？那裡的便利商店不是可以借嗎？」

「哈哈……說得也是，那我去試試看好了。」鮎村輕輕點個頭就折返了。他的腋下滲出汗水。

回到車上後，他用力吸了一大口氣。發動引擎後，將冷氣的風量調大。他的心跳還是很快，他一邊調整呼吸，一邊思忖著。

難道是發現菅野的藏身之處了嗎——

但是如果是這樣的話，警察應該會往那個地方去，為什麼要來中井誠的家呢？

鲇村看了看錶，三點二十分。中井應該不會去便利商店了吧！他可能已經被警察限制外出，就算外出也一定會被跟蹤。

也就是說，鲇村心想，難道是中井誠等一下要去和菅野見面？但是因為還沒確定會合的地點，所以警察必須監視著中井嗎？

鲇村越想越覺得這個推測的可能性很高，如果他猜得沒錯的話，現在能採取的行動只有一個。

長峰在飲料台倒了第三杯咖啡，他總是習慣喝黑咖啡，但是這次他卻放了一個裝牛奶的容器在托盤上，因為他的胃有點消化不良。

回到座位後，他將牛奶倒入咖啡裡，攪拌了一下。他的桌上沒有任何東西，因為焗烤鮮蝦和裝湯的容器，早在三十分鐘前就被撤走了。

長峰拿出手機，一邊好像在查著什麼東西，一邊端起咖啡杯。他進入這間店已經過了將近兩個小時。他心想等客人一多起來，最好就趕快離開，女服務生如果注意到他的話，就危險了，一直盯著他看的話，或許就會覺得他很眼熟。

雖然這樣，長峰還是希望能盡量待久一點，他從高崎的商務旅館出來後，還沒決定接下來的行動，隨意亂逛就來到了這間餐廳。也就是說如果從這裡出去的話，他也不知道要去哪裡。

他試著檢視手機的留言，他現在唯一的希望就是從神秘人物那裡獲得密告，所以他每一小時就檢查一次留言。其實他很想一直開著電源，但是他覺得警察很有可能會打給他，所以不能這樣做。

有一通留言。一小時前還沒有，長峰既期待又緊張，他嘆了一大口氣。

但是那並不是密告者的留言，他聽到了和佳子的聲音。

（我是丹澤，我從新聞得知，上次那間民宿果然沒錯，但是菅野好像已經逃走了，我很擔心長峰先生今後要怎麼辦，請和我聯絡，拜託，我的手機號碼是090……）

和佳子並沒有將長峰的電話號碼刪掉，他雖然覺得很困惑，但是也覺得自己獲救了。他深刻體會到有人能瞭解他，是一件多麼值得高興的事。

長峰又再聽了一次留言，他寫下了和佳子的手機號碼，他看著那個號碼，喝著咖啡。

長峰不想將毫無關係的人牽扯進來——就是因為這個想法，他才在小諸車站和和佳子分手的。從那之後明明還不到二十四小時，長峰心想她為什麼會這麼心急呢？但是，長峰現在是真的很想聽到她的聲音。

長峰對她並沒有男女之間的情愫，他最瞭解現在的自己根本沒有那個心情，那麼他是在尋求慰藉嗎？當人伴隨著焦躁與孤獨在復仇之路徘徊時，若能遇到一個能理解他的人，應該會想要依靠那份溫柔吧？

長峰將寫了電話號碼的紙揉成一團——自己到底在做什麼？到現在還在猶豫什麼？還想要和佳子救他嗎？

他正準備關掉手機的電源，他拿這支電話，是為了要接獲密告者的情報，並不是為了逃避什麼而拿這支手機的。

但是就在他要關掉電源之前，手機突然開始震動。是來電。

長峰看見液晶螢幕上所顯示的數字，睜大了眼睛。那就是他剛才才揉掉的那張紙上所寫的號碼。

長峰很猶豫。雖然猶豫，但還是按下了通話鍵。因為他覺得不趕快接的話，電話就會斷掉，所以當他將電話貼在自己耳邊時，便開始厭惡自己。其實根本沒什麼重要的事，是他自己很高興，是他自己想要和和佳子說話不是嗎？

喂！他壓低聲音。

「是……是我，你知道吧？」

「我知道，我聽了留言了。」

「是嗎？那個，你現在在哪裡？」

「現在……」長峰猶豫是否要繼續說下去。

和佳子好像看出了他的心思，便嘆了口氣。

「不要緊的，請相信我，這要怎麼說呢……這不是陷阱。」

長峰苦笑。

「我知道，而且就算被妳騙也沒關係，現在我在高崎，我在餐廳裡喝茶。」

「高崎……」

「我沒有別的意思，只是隨便轉了班電車，就來到這裡了。」

「是嗎？那個，長峰先生，我現在去你那邊可以嗎？」

「妳？為什麼？」

「你問我為什麼，我也不知該如何回答……搞不好我是為了滿足自己，因為我很後悔那樣丟下你不管，然後裝出一副什麼都不知道的樣子繼續活下去，我想要再和你談一談，我覺得應該這樣做。」

長峰將電話貼在耳朵上，點點頭。他心想和佳子可能說的是真心話。她是那樣地關心這件事，如果只能在遠遠的地方觀望，或許會覺得很空虛吧！所以她想要見面再談，確實可以說是為了滿足自我。

「喂！長峰先生？」

「我聽得見。」長峰說，「那要在哪裡見面？」

「我可以過去嗎？」

「如果只是見面的話，只要不給妳添麻煩就好。」

「沒關係，我在高崎有墓碑，我可以跟我父親說我要去掃墓。」

「我知道了。」

後來他們決定在高崎車站的附近會合，但是詳細地點，長峰會再跟她聯絡。

和佳子說她五點可以到。

掛斷電話後，長峰將剩下的咖啡喝完，拿著帳單站了起來。

長峰心想即使去和和佳子見面也沒用。她可能是想勸自己自首吧！但是長峰想要聽她的話，或許不管她說什麼吧！他很渴望有人能對自己說些什麼。

一走出餐廳，強烈的太陽照著他，剎那間他感到一陣暈眩，靠在旁邊的電線杆上。他拿出太陽眼鏡戴上。

可能已經到極限了，他心想。

阿誠的前方攤開了一張地圖，那是上野車站周邊的地圖，是張非常詳細的地圖，上面不只有大樓和大型店家，就連小店的店名也寫出來了。

一位叫做真野的刑警不斷對他說明。
「一走出車站先左轉，請你在這棟流行服飾大樓前站住。手機在這裡可以清楚收到訊號，我們也可以清楚看到你。」
「我要在那裡做什麼？」阿誠問。
「什麼也不用做，只要等菅野的電話就好了。你身邊應該會有刑警，但是你不用在意，反倒是你要注意不要露出不自然的神色。」
「是……」阿誠微微點頭。
接到快兒的電話後，不久刑警們就立刻趕來。他們在阿誠家的電話也裝了錄音裝置，那是以防快兒如果打電話到他家裡時做的準備。
然後他們開始對阿誠做出各種指示。因為不知道快兒會以什麼方式接近阿誠，所以為了因應各種不同的情況，他們準備類似教戰手冊之類的東西。
還教阿誠無線麥克風和耳機的使用方法，在和快兒接觸之前，他好像必須用這些東西和警察保持聯絡。在聽他們的指示時，阿誠覺得心情越來越沉重。他為自己擔負著這麼重要的任務而感到不安。
另外還有一件事令他不安。
這樣下去的話，快兒一定會被逮捕吧？到時快兒會怎麼想他呢？
快兒一定會覺得阿誠背叛了他，出賣了他。事實也是這樣，阿誠被迫要協助警察逮捕快兒。
快兒會被關吧？但是根據各種媒體的報導，即使被關也關不了多久。
被放出來的快兒很有可能會對他展開報復，那會是多麼殘忍的凌虐啊？他只要回想快兒之前所採取過的行動，就覺得很恐怖。

只要快兒被殺死就沒事了，就像敦也那樣——

要脫離這個困境，就只能這樣想。長峰重樹要是能復仇的話就好了。但是已經沒有時間了，快兒被捕的時刻一分一秒地逼近。

真野刑警說了一些話，但是阿誠一句也沒聽進去。

46

五點整，長峰打開了手機的電源。他檢視留言，結果沒有半通。

他在高崎車站旁的咖啡廳，那是一間自助式的店。他坐在可以眺望馬路的櫃台，前方放了一杯拿鐵咖啡。

大多數的客人都是上班族，看起來感覺像是收拾完今天的工作，來這裡喘口氣的。長峰發現自己對他們充滿了嫉妒和欣羨之情。在此之前，他也是過著這種自己可以稍微掌控的人生——安定的生活、一成不變的每一天。現在他才體會到這是多麼難能可貴。他現在身體疲累、心靈滿目瘡痍。即使他想要回到那時候，也已經找不到來時路了。

他在腦海裡開始思考著，即使去想為什麼會變成這樣，也於事無補。所有的一切都發生得太突然，如果繪摩沒有被那兩個禽獸盯上的話，他現在就跟這些上班族一樣，只要想著如何消除這一整天的疲勞就好。

為什麼一開始會有這些突發事件呢？就是因為把那兩個畜生生下來後卻不管他們嗎？為什麼社會上會允許這種事情發生？

長峰看了看四周，心想這並不是允許，只是漠不關心。這裡有幾個人還記得一個無辜的高中女生，被當作性玩具，然後被棄屍的事件呢？在播報相關新聞時，或許會想起來，但是就只有這樣而已。新聞話題一切換後，他們的關注也跟著切換了。

但是自己不是也一樣嗎？長峰心想。只要能保障自己的生活，別人的事根本無所謂。如果問他是否曾經認真想過少年犯罪的問題？或是為瞭解決問題做過什麼努力？他應該也答不出來。

長峰發現自己也是造成這種社會的共犯，只要是共犯就有可能受到相對的報應，他只能想這次被選上的是自己。

只不過繪摩並不是共犯，她如果還能繼續活下去的話，或許她會努力去改善這個社會。長峰心想所以他必須要對繪摩彌補。如果是自己製造出菅野快兒這樣的人渣，那麼也要由自己來收拾。收拾的方法有很多種，像是有人會說要讓他改過自新，但是長峰無法認同這樣的想法，他認為社會所製造出來的怪物，是無法用人類的力量讓他變回人類的。

窗外有三個高中女生經過，三個人有說有笑，長峰壓抑住快要飆出來的眼淚，伸手端起拿鐵咖啡。

這時電話響了。他趕緊按下通話鍵，將手機貼在耳朵上。

是和佳子打來的，長峰簡短說了咖啡廳的地址，便掛斷電話。

和佳子立刻就出現了，她找到長峰後，就去買咖啡，然後坐在他的隔壁。

「你等很久了嗎？」

「不，沒有。」

「是嗎？」她點點頭，喝了口咖啡。「後來有什麼事嗎？」

因為不懂和佳子的意思，長峰看著她。
她吐出一口氣。「有線索嗎？」
長峰苦笑，搖搖頭。「束手無策，毫無進展。」
和佳子低聲說：「果然。」
「那……行李呢？」
她應該是指高爾夫球袋。
「我放在車站的置物櫃裡，因為沒有人會提著那種東西，在街上走來走去。」
「說得也是。」和佳子說。
「我覺得你應該可以就此打住了。」
「妳的意思是……」
「當然我知道你一定會覺得心有不甘，但是我想令嬡一定也不希望你再繼續下去，失去一切，痛苦不已……或許憤恨難消，但是我想她在另一個世界應該會勸你『算了吧，爸爸』。」
她好像是怕別人聽見，刻意壓低聲音，但是還好周圍並沒有別的客人。
長峰長嘆一口氣。
「妳一定是想要勸我自首吧？」
「我說的話，在你聽來，或許只是事不關己的意見。」
「不，」長峰搖搖頭，「如果事不關己，妳不會特地跑來這裡，妳是真心替我著想，我非常瞭解，老實說，我很感激，尤其是在我失去目標的現在。」
「那，去警察局……」和佳子偷窺他的臉。
長峰將手肘靠在桌子上，用手壓著眼頭。

「不過，我怎樣都不能放棄，如果我不去做的話，就沒有人替繪摩報仇。反正其他人一下子就忘了別人被殺的事件，不僅如此，甚至還會替兇手說話，說什麼他未成年。」

「但是你應該已經沒有辦法了吧？」

長峰聽到和佳子的話，又只能苦笑。

「被妳這樣說，我很難過，妳說得沒錯，我連現在要去哪裡都不知道。」

「我，」和佳子舔了舔嘴唇，「我覺得為了不要使這個案子被淡忘，你應該主動去警察局自首。」

「我去自首有什麼差別嗎？」

「至少，世人會再想起令嫒的悲劇，當然不僅如此，你在法庭上也可以質問少年法等問題不是嗎？挺身而出去自首的你所說的話，即使是一般社會大眾，也一定會傾聽的。」和佳子看著長峰的眼睛說。

「質問……是嗎？」他移開了目光。

「或許因為我是第三者，才能說得那麼輕鬆。」

「不，妳說得或許沒錯，對現在的我來說，這應該是最好的選擇。」這樣說完後，長峰靠在椅子上，眼睛看著斜前方。「這也是一種弔祭亡魂的方法吧！」

「大家都會站在你這一邊的。他們都會和我一樣，為你的吶喊而動容，我想這樣做令嫒也會感到高興吧！」

長峰點點頭，心想確實是這樣。

「如果你願意的話，我可以陪你一起去。」和佳子抬起下巴說，「去警察局。」

「又要麻煩妳嗎？」

長峰心想但是這樣的話，或許就不用去編造很爛的謊言了。即使是去自首，仍然必須說明之前是躲在哪裡，到時候，如果又給和佳子父女添麻煩該怎麼辦？他很在意這件事。如果他說和佳子一直都在勸他去自首，那警察應該就不會判她什麼罪刑吧！不過，現在才去警察局，長峰也不知道在法律上是否能判定為自首。

「只能這樣做了吧！」長峰嘆口氣低聲說道。

「那現在就去警察局吧？」和佳子張大眼睛。

看到她的表情，長峰的臉部表情也自然緩和下來。

「妳真是一個厲害的人，我一直被妳推著往前走。」

「對不起，我太多管閒事了。」她垂下眼。

「不，是妳救了我，如果沒有遇到妳，我沒辦法撐到現在，可能早就不知道死在哪裡了。」

可能是因為說出「死」這個字，和佳子抬起頭來，露出嚴肅的眼神。

「請你積極地活下去，因為你還必須在法庭上奮戰。」

「我知道。」長峰點點頭。「妳一直鼓勵我。」

「那麼……」

「好，走吧！」長峰從椅子上站起來。

一走出咖啡廳，他們就朝著車站走去。因為要去拿高爾夫球袋。

「請保重身體。」從高崎車站的西口要進去時，和佳子說。她好像是在擔心長峰在獄中的生活。

「謝謝。」長峰微笑，「妳也保重。」然後他伸出右手。

和佳子也伸出右手，兩人正要握手時，長峰長褲口袋裡的手機響了。他剛才忘記關掉電源。

他看了看和佳子後，將手機拿出來。並沒有來電顯示。

喂？長峰說。可能是對方沒想到他會接聽，所以似乎嚇得說不出話來。但是之後，長峰聽見了低沉的聲音。

「今天晚上八點，菅野快兒會出現在上野車站。」

是之前的那個密告者。長峰感到體溫上升。

「欸？你說什麼？八點上野車站？」

「警察也會去，那是最後的機會。」

「請等一下，你到底——」但是電話已經被掛斷。

長峰瞪著電話看了一會兒，他沒想到在這個節骨眼，會接到這個突如其來的訊息。

八點上野車站、最後的機會——密告者的聲音在他耳邊再次響起。

長峰關掉手機電源，放回口袋裡，然後抬起頭，一臉吃驚的樣子。和佳子眼眶泛紅一直看著他。

和佳子覺得這不是不祥的預感，而是已經接近事實了。現在的狀況看來，打電話給長峰的人只有一個可能。

「是密告電話嗎？」她索性問道，「是嗎？」

「不，不是。」長峰搖頭，「不是密告電話。」

「那是誰？是有什麼事嗎？」

長峰沒有回答，他將視線從和佳子身上移開。

「請不要。」和佳子說，「你好不容易下定決心了，不是嗎？對你來說……還有對令嬡來說，你已經作了最好的選擇不是嗎？既然這樣就請不要三心二意，拜託。」

當和佳子說這些話的時候，從體內冒出一股熱氣，變成了眼淚，在她的眼眶裡打轉，經過的ＯＬ驚訝地看著她。

長峰點點頭，將她帶到柱子後面。

「妳說得沒錯，是密告者打來的。」

「果然是……」

「但是，沒關係。我會照妳說的做，因為我知道那對我來說是最好的選擇，所以我不會改變心意，請放心。」

「那你會去自首嗎？」

長峰慢慢點點頭說：「會。」

「太好了。」和佳子放心地吐出一口氣。

「我去拿高爾夫球袋，請妳在這裡等我。」他將行李袋放在腳邊，「我馬上就回來，然後妳可以陪我一起去嗎？」

他是指去警察局吧！和佳子點點頭。

長峰往標示著置物櫃的方向走去，看見他走了以後，和佳子便靠在旁邊的柱子上。她這才發現自己已經筋疲力盡了。

她心想現在終於快要結束了，長峰自首以後，和佳子的姓名也有可能被媒體報導，或許會遭受世人異樣的眼光，也可能會給父親添麻煩吧！但是必須這樣做。她覺得這樣做，總比半途而廢地逃避，然後一輩子後悔，要好太多了。

和佳子看著腳邊的行李袋，覺得好累。過去長峰就只帶著這個東西展開逃亡生活，他終於要結束這樣的日子了。

她突然想起什麼似的，拎起包包。好重。

將這個東西放在這裡，難道是因為不再需要它了嗎……

和佳子緊追在長峰之後。不久，她來到了擺放著置物櫃的地方。她心想要放高爾夫球袋就必須是大型置物櫃。

細長的置物櫃整齊排列著，但是那裡並沒有長峰的蹤影。

和佳子跑了起來。她因為焦急和絕望而心跳加速，脖子的汗水都流下來了。

她回到原來的地方，但是那裡也看不見長峰。她用手按住嘴巴，環視著四周。眼前她只看見和平常一樣的景象。

和佳子放下包包，雙手掩面。

47

就在快要晚上七點的時候，中井家前起了變化。好像是刑警的兩個男人將阿誠帶了出來。

將計程車轉到「回送」後，假裝在睡覺的鮎村趕緊從駕駛座起來。

終於要出門了——

鮎村可以說等這一刻等了好久，他發現中井家前停了幾輛巡邏警車是在下午三點多的時候，之後的這四個小時左右，他都一直在監視著。

即使如此，將計程車停在同一個地方，很可能會被刑警們發現。一開始他將計程車停在他們看不見的地方，然後躲在建築物的後面偷窺。

不久，巡邏警車從中井家前開始移動。鮎村一直盯著看，但是阿誠好像沒有坐在車上。現在只剩下灰色的轎車還沒開出去，那應該是還留在中井家中的刑警的車子。

鮎村確定那輛車上沒有人後，便回到計程車上。他發動車子，將車子停在距離灰色轎車二十公尺左右的後方路邊。

然後大約又過了兩小時，他覺得肚子好餓，正想要去便利商店買麵包時，阿誠他們就從家裡出來了。

阿誠被刑警催促著坐上汽車的後座，他身穿黑色T恤和卡其色短褲。

是要帶他去警局嗎？鮎村判斷應該不是。如果只是要去警局，不會等這麼久。

鮎村看見轎車開始移動後，也慢慢發動車子。

「大約要幾分鐘才會到？」坐在後座的真野問。

「我想十五分鐘以內就會到了。」織部一邊轉著方向盤一邊說，「車子要停在哪裡呢？」

「就停在昭和大道的旁邊或是那附近，你知道上野車站旁有一個很大的天橋吧？」

「我知道。」

「讓中井從那橋上走過，好像已經有調查人員在那裡監視了。」

「我知道。」織部看著前方點點頭。

案情真可說是急轉直下。因為昨天晚上才在小諸的民宿抓到了和菅野一起逃亡的女孩，所以一直到今天中午前，織部還和真野他們在長野縣。但是接到菅野與中井誠聯絡的消息後，就趕緊回到東京。而且據說晚上八點菅野會和中井碰面，他們趕緊召開緊急應變會議，討論要如何逮捕菅野。刑警們蜂擁而至，似乎讓中井誠很困惑，織部也對這突如其來的發展，頭腦一片空白，可能真野、還有坐在副駕駛座上的近藤也是一樣。

為什麼菅野會和中井聯絡呢？可能就如同他本人所說的，逃亡的資金已經花光了吧？因為他帶在身上的提款卡已經被停止使用了。不過，八成不光是因為錢，這是調查團隊的見解，或許是因為村越優佳的被捕使得他的意志也動搖了。

一直支持著逃亡中的菅野的，就是村越優佳。雖然她並不是扮演鼓勵或安慰菅野的角色，但是無庸置疑的，她撫慰了菅野孤寂的心。耽溺於與優佳的性愛中，或許可以使菅野暫時忘記自己正被追捕的事實。

也就是說，優佳對菅野而言，就是讓他排遣寂寞的寵物。當失去那個寵物之後，菅野就一下子變軟弱了，就和被拿走玩具的小孩一樣，不知該如何是好，只是想要有個人陪在身邊或是和人說說話。

真野說菅野真是惡質，是個只會撒嬌的孩子。織部也這樣認為。但是如果菅野真是這樣的話，那麼逮捕他應該就不會很困難了。聽過他和中井誠的對話後，覺得他應該已經放棄了。就算被刑警圍捕，他應該也不會反抗，而乖乖就範吧！

近藤用手機說了一些話之後，便掛掉電話，並對後座的真野說：

「他們好像從六點多就開始在上野車站的出口監視，但是到現在還沒看見菅野。」

「上野車站的出口很多耶。」真野說。

「好像有四個。」織部回答，「最大的出口是中央出口。」

「聽說所有出口都部署了調查人員。」近藤說，「只要長得有點像的人，就會先把他攔下。」

「這樣做，不會被菅野發現嗎？」真野咂了咂舌，「唉，這是上級的指示，我們也沒辦法——菅野對上野很熟悉嗎？」真野好像是在問後座的中井。

「很熟悉？」

「就是指對地理環境很瞭解。」

「喔……可能是吧，應該算是滿瞭解的，他常來這裡玩。」

「他每次都去固定的地方玩嗎？」

「也不能說是固定，大概都是在街上亂晃。」

「他常去的店呢？」

對於真野的問題，中井答不出來。織部瞄了一眼照後鏡，看見中井好像很困惑的樣子。

「我不知道，每次都不一樣。」中井好不容易吐出幾個字。

真野嘆了一大口氣，可能是想阿誠的回答真是一點參考價值也沒有吧！

斜前方就是上野車站了，當車子鑽過跨越昭和大道的大型天橋下方後，織部便將車子左轉，並在路邊停了下來。他拉起手煞車，看了看錶，現在是七點二十分。

近藤拿起手機，應該是要打給久塚吧！

「人真多啊！」真野回過頭看，然後說道。

「上野車站的周邊隨時都是這麼多人。」織部說。

近藤掛斷了手機。「他叫我們在這裡待命。」

真野點頭，從懷裡掏出了菸盒。

「最好可以速戰速決。」

「無線電操作沒問題吧？」近藤欠了欠身問中井。

中井默默點頭，他的臉色蒼白，嘴唇看起來發青。

織部又看了一次錶，距離剛才只過了兩分鐘。

他覺得口乾舌燥，心想長峰重樹現在人在哪裡呢？

長峰走出位於阿美橫丁的日用品店，他手裡握著洗地刷，他在之前的店裡買了大張包裝紙和膠帶。

他從高崎搭新幹線到東京，折回御徒町後，再從那裡下車走到上野。他之所以沒在上野車站下車，是因為他認為出口可能會有警察監視。

正因為這樣，當他背著高爾夫球袋接近上野車站時，他也感到很害怕，他覺得好像有人隨時會從後面叫住他。

他將高爾夫球袋寄放在上野車站旁的置物櫃裡。在距離十公尺左右的地方有一個派出所，警察從那裡走出來時，他嚇得幾乎停止心跳，但是警察似乎沒有發現他。

長峰拿著洗地刷，又再次回到置物櫃。他確定四下無人後，將櫃子打開，取出了高爾夫球袋。他提著球袋一直走到置物櫃室的最後面，他發現有一個稍微寬敞的空間，又再環顧四周一次，便將袋子打開。

他把包裝紙攤在地上，然後先將洗地刷放在上面，接著再從高爾夫球袋裡拿出十年前買的「雷明頓」，檢查過保險裝置後，便和洗地刷放在一起。他快速地將兩樣東西一起用包裝紙裹起來，只將洗地刷的刷子部分露在外面，再用膠帶將包裝紙固定住。

他試著拿起來，拿起來比看起來重多了。這是當然的，因為光是「雷明頓」就有四十公斤重。

他又將不需要的高爾夫球袋放回置物櫃裡，然後抱著包裝好的槍走出來。

他看了看手錶，快要晚上七點三十分了。他深呼吸後，邁出步伐，爬上天橋的階梯。

菅野快兒八點會出現在上野車站——密告者的話在此之前都是正確的，這次可能也一樣。但是他沒說會出現在上野車站的哪裡，也沒說為什麼會出現。長峰心想會不會是因為密告者自己也不知道呢？

他還說會有警察，應該是指警察也準備逮捕菅野快兒吧！就算警察知道菅野會來上野車站，但應該也不知道他會以什麼方式出現吧？

長峰心想他一定要想辦法比警察先找到菅野。就如同密告者所說的，這是最後的機會。如果菅野被警察逮捕，他也要混入人群中接近菅野，完成復仇計畫。

站在天橋上，他往下看著車站周邊。道路左邊商店林立，其前方的步道人山人海。右側有車站，其前方當然也是車水馬龍。他很擔心這樣是否能找得到菅野。

但是，現在不是考慮這個的時候，長峰很快地意識到。他旁邊站著一個目光銳利的中年男子，那個男人一邊打著手機，一邊和長峰一樣環顧著四周。

是刑警——長峰直覺認為。

他抱著包裹著槍的包裝紙，悄悄從男人身旁走開。天橋一直通到車站對面的百貨公司二樓，他從那裡進入百貨公司，在入口前方又站著一個男人。

長峰穿過百貨公司，搭手扶梯下到一樓。從正門走出去後，他一邊看著車站那裡，一邊慢慢沿著馬路走。

他下定決心了。不管走到哪裡都是警察，所以他是不可能比警察先找到菅野的。如果一個不小心被發現的話，就一點意義也沒有了。

只要菅野一出現的話，刑警們就會一起展開行動吧！在一旁觀望應該就可以瞭解情況。

他只有在那個時候才可以行動，只有那個時候，他心想。

七點三十分，近藤的手機響了。

「差不多可以過去了。」後座的真野說。

織部也將無線電的耳機掛在耳朵上，準備下車。

但是近藤的樣子有點奇怪，他伸出手放在織部的肩膀上，將他拉住。

「我知道了，那我會告訴真野他們的。」掛斷電話後，近藤回頭看後面。「上頭的說再等一下，有東西要送過來。」

「東西？是什麼？」

近藤舔了舔嘴唇，來回看著真野和織部的臉，然後說道：

「說要我們帶槍，所以會把我們的槍送過來。」

「槍？這是怎麼回事？」真野問道。

織部發現了。「是……長峰嗎？」

近藤點點頭。

「長峰好像也來這裡了，而且可能已經潛入某處了。」

「真的嗎？」

「我不知道是不是真的，但是好像接到了密報。」

「密報？」

「是一個女的打電話到警視廳來，聽說是從高崎的公共電話打來的。」

「為什麼是從高崎……」

對於真野的疑惑，織部也有同感。為什麼不是長野而是高崎？

「是什麼樣的密報？」真野問。

「詳細情形我也不知道，但是好像是說長峰重樹為了復仇，已經往上野車站去了，希望我們能去阻止。」

「是女的嗎？」

「是。」

真野喃喃自語。「到底是誰呢？」

「有人知道長峰的行動呢。」織部說。

「或許就是她藏匿長峰的。」近藤雙手抱胸。

「即使如此，她知道長峰為什麼會出現在上野車站嗎？」

織部的問題，近藤和真野都沒有回答。

「長峰……一定有什麼。」真野慢慢說出，「他一定有什麼特別的情報，否則的話，一開始他應該不可能會殺死伴崎。」

「你是說情報來源？可是今天的事除了警察之外，應該沒有人知道。」近藤說。

「但還是洩漏出去了，一定哪裡有漏洞。」真野靜靜地說。

48

Asama528號（長野到東京的新幹線）在晚上七點二十五分駛出了高崎車站。根據時刻表，應該會在晚上八點十分抵達上野車站。和佳子不知道八點上野車站會發生什麼事，但是應該來不及了。

不過和佳子還是衝上了電車，因為她想要看到底會發生什麼事，也想要知道長峰會採取什麼行動，以及這麼複雜的情況會如何收場。

和佳子覺得自己好像背叛了長峰。

走出高崎車站前，和佳子打電話給警察，通報了長峰的行動。現在可能刑警正前往高崎車站。

自己一直將長峰藏匿起來，然而現在卻報警，這或許可說是背叛。

但是，和佳子也覺得應該說是長峰先背叛她的。

長峰曾經說要自首，那應該不是在說謊吧！但是卻因為一通電話，讓他改變了心意。八點上野車站——和佳子聽見長峰這樣說。同時他的表情顯得狼狽和迷惘。

即使這樣，和佳子還是相信他所說的「已經不會改變心意」，或許應該說是和佳子想要去相信他。

可能長峰已經有心理準備和佳子會去報警吧！如果是這樣的話，他一定不會認為是和佳子背叛他。

自己到底在想什麼呢？和佳子捫心自問。報警是希望警察去阻止長峰犯罪，但是並不只是為了防止犯罪。

殺人當然是不好的事，但是和佳子覺得像菅野這種人渣被殺了也無妨。如果菅野是在某個地方被某個人殺死的話，和佳子或許會覺得他罪有應得。

但是她不能讓長峰去做這件事，他女兒的一生都被他們毀了，如果連他的人生也被他們破壞的話，那不是太悲慘了嗎？

法律應該會對殺死一個人的他，求處重刑吧。但是和佳子希望到此為止就好，她想要阻止長峰摔得更慘。

但是另一方面，她仍然希望長峰可以復仇成功，如果可以預防他摔得更慘的話，至少她想要讓他達成心願。

和佳子到底希望怎樣呢？

她自己也答不上來。

真野這位資深刑警看了看手錶。阿誠也跟著看了一眼自己的手錶，七點五十分。

「還有十分鐘。」真野刑警說。

坐在副駕駛座的刑警用無線電在講話，但是因為說得很小聲，所以阿誠聽不清楚在說些什麼。其他的刑警似乎也在聽。

「出發吧！」真野對阿誠說。

阿誠默默點頭，他緊張得發不出聲音來，口乾舌燥，嘴唇乾裂。

「他沒問題嗎？」駕駛座上叫做織部的年輕警員說，「菅野看到他的樣子，不會懷疑嗎？」

「現在說這個也沒用吧！」真野回答，「而且會緊張也是理所當然的，不是嗎？因為要和逃亡中的嫌犯私會呢！」

「話是沒錯……」年輕警員點點頭。

「那就走吧！」真野將後門打開。

織部刑警下車，阿誠也下車。只有副駕駛座上的刑警留在車上。

「就如同我剛才所說的，你走天橋到車站去，然後等菅野的電話，知道嗎？」

「知、知道了。」

「我會在你後面跟著你，但是你絕對不可以往後看，有需要的時候，我會跟你聯絡，在那之前，你就像平常和人會合一樣走路。萬一半路突然遇到菅野的話該怎麼辦？你還記得嗎？」

「將帽子取下來慢慢接近……」

「然後呢？」

「最好是可以和快兒站著說話，如果快兒是騎摩托車出現，叫我坐上後座的話，我也絕對不能坐，一直等警察過來。」

「這樣就可以了，之後就由我們來處理，你趕快離開。」

「……我知道了。」

只要一想到那一刻，阿誠就渾身起雞皮疙瘩。快兒應該會被警察逮捕吧！但是他知道是阿誠欺騙他之後，會有什麼樣的表情呢？他會怎樣瞪著阿誠呢？

走到昭和大道時，真野停下了腳步，他用下巴指了指天橋。

「請問……」阿誠開口。

「怎麼了？」

「長峰也會來上野嗎？」

真野面色凝重。

「這個你不用管。」

「但是如果他出現的話……」

「你的四周都是刑警，長峰只要一出現，我們也會發現，我們會給你指示，你不用擔心。」

喔，阿誠點點頭，便邁出步伐。真野好像打算等一下才要跟過來。

大約在十分鐘前，另外兩名刑警靠近車子，他們帶著小型手提箱，坐在車上的刑警們將箱子拿過來，打開一看，裡面裝了手槍和槍袋。真野等三位刑警在狹窄的車內開始穿戴，那段時間他們不發一語，使阿誠覺得原本就很緊張的氣氛變得更為緊繃。

從眼前這些人的對話，阿誠知道長峰重樹也要來上野。槍就是為了對付長峰重樹而準備的吧！但是阿誠希望長峰重樹能出現，並期待他想辦法殺了菅野，因為他想不出其他的辦法，可以不遭到菅野的報復。

天橋的樓梯就在眼前，阿誠壓抑住想要回頭看的念頭，慢慢爬上樓梯。

織部和真野看見中井誠爬上天橋後，也一起邁開步伐。他們仔細注意著四周，沒有發現菅野快兒或是長峰重樹的身影。

織部用手摸了摸胸前，確認槍是否放好。

耳朵裡仍殘留著無線電傳來的久塚的聲音。

「帶槍是為了避免最壞的情形發生，絕對不要讓長峰開槍，只有避免這個情況發生時才可以用槍。」

雖然可以理解帶槍的目的，但是卻欠缺具體的指示。要如何用槍才好呢？只是用來嚇阻長峰而已嗎？長峰應該不是那麼容易被嚇阻的人。

這個意思是說，為了阻止長峰開槍，警察也可能視情況先開槍吧！只要一開槍，就有可能奪走長峰的性命。難道是說即使這樣也沒關係嗎？

織部瞭解不能讓長峰在人潮聚集的場所開槍，但是長峰只會鎖定菅野一人，他應該也不想傷害其他人吧！也就是說，他會在掌握到菅野的射程內才開槍。

警察必須阻止長峰這樣做，所以即使他死了也是無可奈何，這就是上司們的想法。

總之，這把槍——織部腦海裡浮現出自己的槍。這把槍是為了保護菅野的，是為了預防長峰繪摩的父親對殺死長峰繪摩的兇嫌展開復仇行動的。

他們到底是什麼？織部心想，逮捕犯法的人是他們的職責，因為這樣才可以消滅萬惡——這是多麼冠冕堂皇的說法啊。

可是這樣真的能消滅萬惡嗎？把壞人抓起來然後予以隔離，換個角度來看，根本就是在保護壞人。經過一段時間，當社會對被「保護」的壞人逐漸淡忘時，他又可以再次回到原來的世界。這當中有許多人又再度犯法。他們會不會以為自己所犯的罪，不會遭到報復，甚至還覺得國家會保護他們呢？

織部不禁懷疑自己手裡所拿的正義之刃，是不是真的朝著正確的方向。即使方向正確了，這把刀又是真的嗎？真的具有斬「惡」的能力嗎？

中井誠走上昭和大道上方的天橋，他和織部他們保持約十公尺的距離。

天橋上到處都是織部熟悉的面孔，他們全是警察。有人穿著西裝，也有人穿著夏威夷衫配白長褲，還有男女警員偽裝成情侶。

在通過昭和大道後，中井誠開始步下通往車站前的樓梯。
「我去百貨公司。」織部對真野說。
真野默默點頭。
天橋通往百貨公司的二樓，織部在那之前和真野分開，便往入口走。一走進去，就有一個假裝在講手機的男人，那是今井小組的川崎，他們的目標是長峰重樹，聽說長峰已經來到上野了，他一定很緊張。
「怎麼樣？」織部問道。
「根據在上野車站出口監視的刑警說，還沒有疑似長峰的男人經過。」
「他不一定會從上野車站出來。」
當然，川崎說。
「御徒町的站員說，一小時前有看到一個背著高爾夫球袋的男人經過，因為很少有人帶著這種東西，所以有點印象。」
「有給站員看長峰的相片嗎？」
「有，但是他說不太記得了，還說沒有看清楚對方的臉。」
織部心想說得也是。
要找到長峰，最明顯的目標就是高爾夫球袋。但是他不可能一直帶著那種東西在路上走，他一定會用別的東西來掩飾。所以已經下令給所有調查人員，只要發現有人帶著細長型的包裹或是盒子、包包等，不論男女老少，都要清查裡面裝的東西。
「那這裡就拜託你了。」這樣說完後，川崎便打開玻璃門走出去。
織部走進旁邊的咖啡廳，立刻就有女服務生走過來，但是他看見窗邊的櫃台，有一個他認識的女警身穿便服，就坐在最裡面的座位上，他朝那裡走去。
「辛苦了。」她抬頭看著織部，小聲說道。
織部心想這樣一聽就不是情侶的對話，然後點點頭坐在她身旁。好像沒有其他的警察。
織部隔著窗戶看到車站前，從這裡幾乎可以看到車站的正面，中井誠就站在車站大樓前，但是沒有看到真野。
織部看了看手錶，剛好是八點。

阿誠被手機鈴聲嚇得幾乎跳起來，他的心臟狂跳不已，跳得胸口都痛了。
液晶螢幕沒有顯示來電，他戰戰兢兢地接起電話。「喂……」
對方好像是在偷窺這裡似的，隔了一會兒才說：「是我。」
「快兒？」
「嗯，現在你在哪裡？」
「我在上野車站的Atre百貨公司前。」
快兒咂了咂舌。
「你在那麼明顯的地方要做什麼？唉，算了，你有帶錢來嗎？」
「我帶了十萬。」
「好，那你現在照我說的去做，你先到軌道下面來。」
「軌道下面？」
「就是電車的軌道啊，你不知道嗎？」
「喔……就是鐵橋的下面嗎？」

「我要掛電話了，快過來！」

「我知道了。」

阿誠邁開步伐，因為剛才他們談話的內容已經被刑警們監聽了，所以他們一定也和阿誠一樣，要往鐵橋下走，快兒一定會被逮捕的，只是早晚的問題而已。

阿誠心想即使不可避免被逮捕，但是他要想些辦法讓快兒不要恨自己。雖然完全不恨是不可能的，但是至少要讓他能沖淡一些恨意。

鐵橋越來越接近了，阿誠焦急得東張西望。鐵橋在哪裡呢？刑警們到底在哪裡監視著自己呢？

就在那時候，阿誠在人群中看到了一個令他大感意外的人，那就是鮎村。鮎村的眼裡閃爍著光芒，盯著阿誠看。

阿誠感到很混亂，為什麼這個男人會出現在這裡呢？今天他們並沒有見面，所以鮎村應該不會知道快兒要來上野車站的事。

難道是從他家跟蹤過來的嗎？只有這個可能了。

阿誠心想該怎麼辦？還是通知刑警比較好吧？但是，這樣就必須用無線電來說，因為手機還在線上，現在不能用。

不，阿誠心想或許不要去理鮎村比較好，搞不好鮎村可以替他殺了菅野，但是如果沒弄好的話，會有什麼後果呢？如果讓警察知道他有提供情報給鮎村的話，難道不會被判刑嗎？

該怎麼辦才好呢？該怎麼辦才好呢？

正在反覆思索的阿誠，看到了另一個人的身影。快兒就站在二手衣店的前面。他頭戴黑色毛線帽，還戴了太陽眼鏡。他好像還沒發現阿誠的樣子。

阿誠慢慢走過去，儘管刑警事前不斷指示他如果看到快兒的話該怎麼做，但是他早已忘得一乾二淨。

不久，快兒也看到他了。

49

（中井現在在鐵橋下，手機仍未掛斷。）

（帽子呢？）

（還戴著的。）

（直接靠近。）

織部一邊聽著久塚和真野在無線電裡的對話，一邊走出百貨公司。他走上了天橋，從道路的正中央，往鐵橋的下方看，但是並沒有看見中井誠。

（我是真野，發現了一個疑似菅野的男子，站在二手衣店前，頭戴黑色毛線帽、太陽眼鏡，身穿灰色衣服。）織部聽見了真野的聲音。

（中井發現了嗎？）

（他正看著那個方向，疑似菅野的男子正往中井靠近。）

（中井脫下帽子了嗎？）

（沒有，那傢伙為什麼沒脫下帽子呢？）真野的聲音有些焦急。

（你確認男子的長相，或許弄錯了。）

（瞭解。）

織部走到通往車站前的樓梯上方，有許多人正從鐵橋下往車站走，而且也有差不多人數的人往另一個方向走，他終於在這些人當中看見了真野。

不久之後，他就聽見真野的聲音。（是菅野，沒有錯。）

（去鎖定！）久塚的聲音。（不要被他發現，去把他包圍住。）

在太陽眼鏡鏡片後面的眼睛一直盯著阿誠看，他的嘴角浮現出微笑。阿誠想起，不論他是在強暴女孩子還是在欺凌同伴時，都是同樣的表情。

「喂！」快兒發出又低又短的聲音，「你一個人吧！」

阿誠默默點頭。明明感到口乾舌燥，卻全身汗淋淋的。

「錢！」快兒伸出右手，「快點拿來！不要拖拖拉拉的。」

快兒的腦袋裡只想著跟阿誠拿錢，和以前一樣，只是把阿誠當作利用的工具。

「快兒，那個……」

阿誠心想是不是該告訴快兒有刑警，這樣做的話，至少快兒比較不會認為是阿誠背叛他，但是如果這樣做的話，自己一定會遭到警察責備的。

「什麼事？」快兒皺起眉頭。

「沒有啦。」

阿誠搖搖頭，將手伸進口袋裡。但是阿誠這才想起他根本沒帶要給菅野的錢，如果碰到菅野的話，應該要脫下戴在頭上的帽子，而不是給他錢。

阿誠趕緊用手去拿帽子，當他正要脫下時——

突然聽見有人叫了一聲「喔——」就像是飢渴的野獸正要攻擊獵物時所發出的聲音。阿誠一看，一個男人正朝著他們衝過來。那是鲇村。過了一兩秒鐘，阿誠才發現他手裡好像握著一把刀子。

但是快兒很快就發現自身的危險，所以他在千鈞一髮之際閃過了鲇村的那把刀，不僅如此，他還迅速地踹了一腳，將鲇村踢倒在地上。刀子掉落在地。那是一把菜刀，快兒手腳俐落地撿起來。

周圍的人全都在尖叫，他們全都往後退。

「阿誠，你這傢伙居然出賣我！」快兒像一頭猛獸似的瞪著阿誠。

阿誠拚命搖頭。「我沒有、我沒有。」

快兒握緊菜刀，往阿誠逼近一步。但是他立刻像是察覺到什麼似的，臉色大變，趕緊轉過身，拔腿就跑。

有人從一臉茫然的阿誠身旁衝出來，那是真野，還有好幾名警察也從別的地方跑出來，他們追著快兒。

鲇村仍倒在阿誠的腳邊，他一邊發出呻吟，一邊想要站起來，這時他的手，不知被從哪裡冒出來的一個男人抓住。阿誠心想這個男人應該也是警察。

「王八蛋，來攪什麼局！」警察大聲罵道。

站在天橋樓梯下方的長峰，覺得人們的動作有些異常。原本三五成群走著的行人，全都停下腳步往同一個方向看，然後好像要躲什麼似的，全都擠到路邊。

然後有一個年輕男子跑了過來，像是將人潮一分為二似的，那個男子手裡拿著什麼亮閃閃的東西。

但是長峰立刻將目光從他手裡的東西移開，看到那男子的臉，他感到全身顫抖。

他一定就是菅野快兒，那張臉是他每天晚上一邊盯著看，一邊感到憎恨與哀傷。

長峰看到追在菅野後面的人，他立刻明白那些人是刑警，他們想要逮捕菅野。

長峰蹲下來，將手伸進旁邊的樓梯下方，那裡藏著一支用包裝紙裹好的獵槍。

織部在天橋的樓梯中間待命，因為他看見菅野的動作後，心想他一定會爬上天橋。如果菅野不上天橋的話，就只能進入車站。這樣一來就形同走進了死巷。

但是菅野居然採取令人意想不到的行動，他一走到車站前，就抓住一名還搞不清楚狀況的年輕女孩的手臂，將她拉過來，然後將菜刀放在那女孩的脖子附近。

「不要過來！否則我會殺了她。」菅野怒吼著。

和佳子剛走出上野車站，正在想現在該怎麼辦時，在她眼前立刻發生了一件令人難以置信的事。她的兩腿發軟，無法動彈。

「我不是說不要靠過來嗎？再往後退！再退開些！要不然我真的殺了她喔！」

一個年輕男子扭著一個女孩的手臂——那個女孩看起來像是國中生——另一手揮舞著菜刀。所有的人都遠遠地看著他們，來到他們前方，想要找機會接近他們的應該就是警察吧！

「不要白費力氣了，你應該知道即使這樣做，你也逃不掉的吧！放了那女孩！」穿著西裝的中年男人雖然聲音很大，但是卻用安撫的口吻說。

「不要囉嗦，阿誠！你給我過來，你這傢伙，給我記住！我絕不饒你！」年輕男子怒吼著。阿誠是誰呢？和佳子不知道，但是她確定那個男子就是菅野。

那麼長——她趕緊搜尋著四周。

長峰應該也在這裡面，他一定是混在人群中偷窺這裡的情形。他應該還沒有放棄復仇吧！他應該是在找機會扣下獵槍的扳機吧！

看熱鬧的人陸續聚集過來，這樣一來，根本就不可能找得到長峰。

和佳子一邊心生絕望，一邊往天橋那邊看。就在這時，她看見一個男人從樓梯下方出現。

真是天助我也！長峰想道。如果菅野被大批警察制伏的話，就完全不可能用獵槍射殺他了。但是菅野抓了個人質，還試圖做最後的掙扎。因為這樣刑警們不得靠近他，不相關的人被捲入的可能性也降低。

警察看起來好像並不急著逮捕他，負責說服他的刑警也很從容不迫，他們應該是認為事情發展至此，逮捕他只是遲早的問題。

「不要動！你們不要再靠過來！」菅野還是不斷叫著。

真是一個蠢蛋，長峰心想。就連小孩子應該都看得出來，現在這種情勢，再怎麼掙扎都是白費力氣的。在眾目睽睽之下，還有大批警力包圍之下，怎麼可能逃得了呢？

長峰又再次體認到，這個男的是個被寵壞的任性小孩，只有身體發育成大人，腦袋裡一點常識也沒有。他以為只要大吼大叫，周圍的人就會乖乖聽話。

繪摩居然是被這樣的人殺死，這個男的就像是小孩子要玩具一樣，他也只是想要一個性玩具。對這種男的來說，繪摩根本就不是人。

長峰的視野急速縮小，他的眼裡只有菅野，就連在菅野手裡的人質他都沒意識到，同時他也聽不見任何聲音。

織部依然站在天橋的樓梯上，從那裡觀望著事情的發展。

千萬不可大意，但是也沒有必要焦急。兇手並非據守在某處，而且又被這麼多的調查人員包圍著，所以根本不可能從這裡逃脫。

調查團隊只想避免讓人質受傷，即使是擦傷，警察都難以推卸責任。真野他們之所以不著急，是因為只要一段時間，菅野一定會投降的，所以他們覺得只要耐心等候就好。

織部看了看錶，時間是八點十五分。菅野到底要堅持到什麼時候？織部估計頂多三十分鐘吧！他這樣抓著少女的身體，最多也只能撐這麼久吧！他可能會更快就死心，然後放開少女逃跑，織部思索著菅野逃跑時的情形。

織部只顧著看菅野，所以過了一會兒才發現自己所站的樓梯正下方出現了一個男人。不久後，他雖然發現不對勁，但是他看著那個男人時，也並未意識到那個男人和這個事件有關。

就在織部發現那個男人手持黑色長棒時，圍觀的群眾也幾乎同時發出莫名其妙的叫聲。

（是長峰、長峰出現了，就在天橋下。）織部一邊對著無線電對講機大叫，一邊衝下樓梯。

但是這樣的報告根本沒必要，因為長峰手持獵槍，慢慢接近菅野，眼裡似乎沒有任何人。

看熱鬧的群眾，在看見黑色槍身時，一邊發出尖叫聲，一邊逃跑。調查人員們一下子無法動彈，因為如果莽撞地接近長峰，一旦長峰開槍，後果將不堪設想。

菅野快兒也愣住了，他的臉上呈現出驚嚇和害怕的神色。

菅野鬆開了手，少女從他的手裡逃了出來，趕緊跑向真野那兒。

但是菅野似乎沒有工夫管少女往哪裡跑，他看見了長峰，眼睛瞪得好大。

菅野似乎回過神了，然後趕緊轉身逃跑。

織部心想糟了，長峰已經拿好了獵槍。

繪摩——長峰一邊用瞄準器捕捉菅野的背影，一邊在心中吶喊著。現在爸爸要替妳報仇了，爸爸要親手埋葬那個讓妳受苦、毀了妳的幸福人生，還有奪走妳性命的那個傢伙。爸爸其實想用更殘忍的手段殺死他，但是爸爸只想到這個辦法，對不起！爸爸殺死這個傢伙後，就會去找妳，我們在那個世界相逢後，就兩個人一起快樂生活，爸爸不會再讓妳受苦了——

長峰讓槍身靜止不動，獵物正在逃跑，但是對長峰來說，人類再怎麼跑都沒有用。他看不見四周的動靜，也聽不見任何聲音。他全神貫注，用力扣下扳機——

就在這時……

「長峰先生！」

一個女人的聲音劃破了這個無聲的世界，她的聲音使得靜止不動的焦距大幅搖晃。

長峰感到混亂，那是誰的聲音？為什麼只聽得到那個聲音呢？他自己也不知道。

但是他沒有時間去思考這些，因為菅野要逃跑了，他正要逃進旁邊的建築物裡，長峰又再次瞄準目標。

繪摩，爸爸要開槍了。

然後他扣下扳機——

50

爆破聲撞擊到牆壁，反彈回來。那一瞬間，上野車站的周邊被寂靜包圍著，只聽得見行駛在昭和大道的汽車聲。

阿誠還不知道發生了什麼事，就站在路邊。他周圍的人也沒有移動。這樣的狀態持續了好幾秒鐘。

「請讓一讓、請讓一讓！」有人對著前方叫著，好像是一名刑警。那個聲音好像是一個暗示，一下子四周就變得很喧囂。

「什麼事？發生什麼事嗎？」

「剛才是槍聲嗎？」

「怎麼了？」

阿誠被後面推擠著，因為那些看熱鬧的人想要看發生了什麼事，便開始往車站前移動，阿誠被人潮推著往前走。

他聽見有人叫著「請讓一讓！」和哨音，還有巡邏警車的汽笛聲也越來越接近。

織部仍然拿著手槍，他無法動彈，只是看著前方。在距離他十公尺左右的前方，他的同事們蹲在那裡，他們圍著一個倒下的男人。地面上流了好多的血。

真野走過來，將織部的手壓下去。

「把槍收起來。」

織部終於回過神，他趕緊把槍放回口袋裡。

「真野警官，那個，長峰……」

「還不知道，總之，你先上車，開槍的刑警如果還留在現場，會很麻煩的。」

「可是……」

「好了，照我說的做！你的判斷沒有錯。」

「真野警官。」

織部看著真野的臉，真野對他點點頭。「快去！」

織部遵照前輩的指示，正打算離開時，他看見了一個女人。她茫然地站在距離人牆稍遠的地方。

「怎麼了？」真野循著織部的視線看過去。

「那個女人……身穿白襯衫、牛仔褲的女人，好像在哪裡看過是嗎？」

「怎麼了？那個人有什麼不對嗎？」

「她剛才大叫長峰先生，所以長峰猶豫了一下才開槍。但是之前我不管怎麼叫，長峰都不理我。」

「喔，我知道了，我來問問看。」

真野靠近那個女人，和她說話。那女人好像沒有立刻回過神。織部看見真野好像將那女人帶到別的地方去，他才轉過身，走上天橋的樓梯。

他的手指仍殘留著扣扳機的觸感，這是他第一次對人開槍。雖然這次發射的距離比他平常練習時近了很多，但是他不覺得自己會射中。不過，當時實在也想不到別的辦法。

「長峰、住手！把槍丟下！」

他從後面警告了好幾次，但是長峰完全沒有反應。長峰拿著獵槍的姿勢不動如山，從他的背影就可以感受到他堅定的決心。

從背後衝過去的話距離太遠，剩下的時間不到幾秒鐘。如果不是那個女的叫住長峰的話，在織部猶豫不決的時候，他早就扣下扳機了吧！

織部全神貫注地拿著槍，連要瞄準腿部的時間都沒有，他瞄準了長峰的背後，萬一沒有打中的話，也不能使其他人受傷——在這短短幾秒鐘裡，織部想的只有這個。

子彈打中了哪裡？織部並不知道。但是，長峰背後染成一片鮮紅的樣子映入了他的眼簾，他也清楚記得長峰倒下來的樣子。

織部從天橋上回頭看，長峰依然被調查人員們包圍著，然後在有一點距離的地方，菅野被押上了巡邏警車，他看起來完全沒有反抗。

你的判斷沒有錯——

真的是這樣嗎？織部心想。他是為了保護菅野才對長峰開槍的，這樣做真的對嗎？

阿誠不太懂刑警所說的意思，只能反覆說著同樣的話：

「所以我說我只打過兩次電話，我覺得我不應該保持沉默，所以就打了電話。我之所以沒有報上姓名，是因為我怕快兒知道是我告的密，會對我報復。」

「那你打電話給誰？」

「我不是說打到警察局嗎？但是我沒有問對方的姓名。」

「第一次你打的號碼是從傳單上看到的嗎？」

「是的，那是我在車站撿到的傳單，上面寫著一個女孩被殺的案子，如果有任何情報，請打電話。」

「是這張傳單嗎？」刑警拿出一張紙放在阿誠面前。
「對。」
「這裡有三個電話號碼，你是打哪一個？」
「要叫我說幾次呢？我說我是打電話到警察局的。」
「所以是哪個號碼呢？」
「就是這個啊！」阿誠用手指著其中一個號碼，「因為寫著城東分局，所以我就打到這裡。」
「真的嗎？會不會是你弄錯了，打到上面的那個號碼呢？」
「不會，因為對方接起電話時，還說了『這裡是城東分局』，然後我跟他說，我是看到傳單才打電話來的，他就將我的電話轉到另一個地方，然後我就對來接電話的人說出了敦也和快兒的事。於是那個人叫我下次打到手機去，他告訴我另一個電話號碼。」
「你有把那號碼記下來嗎？」
「我有先儲存在我手機裡，所以第二次我就打到那裡去。因為我不能用自己的手機，所以就用家裡的電話。」
「第二次打的時候，你有爆什麼料嗎？」
「我說快兒可能躲在長野的廢棄民宿裡，只有這樣。」
「但是，警察都說沒有人接過你的電話。」
「我說的是真的，為什麼我要說謊？我真的有通報，我協助了調查，請相信我。」
在偵訊室裡，阿誠拚命解釋。既然快兒已經被捕了，再編些很爛的謊言反而不好，他覺得有必要將之前所說的小謊做些修正。同時，他也必須堅持說，自己曾經打過電話到警局通報兇手就是快兒和敦也。

阿誠心想，快兒一定會被送進少年感化院，在他出獄之前，趕緊離開這裡，去遠一點的地方就業。

休假的織部被真野叫出來，是在進入十月後不久的某一天。長峰事件過後已經一個月了，兩人在位於東陽町的飯店的咖啡廳裡見面。

「不好意思，休假還把你叫出來。」真野這樣道歉著。

「沒關係，不過，為什麼要在這麼高級的地方？」織部抬頭看著從天花板上懸吊下來的水晶吊燈。

「因為對方就住在這附近。」

「對方？」

「嗯，還有一個人要來。」真野看了看手錶，「對了，新的工作環境怎樣？」

織部苦笑了一下。

「才去一個星期，什麼都還不知道。」

「說得也是。」真野笑了一下。

織部被調到了江戶川分局，是突然的調動。表面上的理由是單純的人員補充，但是不由分說，是和在街頭開槍有關。不過，除此之外，織部並沒有受到其他的懲處。因為從大多數調查人員們的證詞判斷，織部開槍是情非得已。

真野的目光投向織部的背後，織部也回過頭去。久塚正慢慢走過來，織部站起身。

「你們兩個看起來精神很好。」久塚坐在椅子上，「那是你們哪一個找我呢？」

「是我，組長。」

久塚對真野搖搖手。

「我已經不是組長了，只是一般的市井小民。」

久塚在長峰事件後，立刻提出了辭呈。雖說是不可避免的情形，但是調查人員終究開了槍，把嫌犯殺死了。他認為自己應該負起這個責任，而他提出的辭呈也被受理了，對認為應該由某個人出來負責的上司們而言，這正是個好台階吧。

「丹澤和佳子好像不會被起訴。」真野說，「就是上次那個藏匿長峰的女性。」

「是嗎？」久塚點點頭。

「不過，她的證詞中，有一部分令人難以理解。她說長峰接到身分不明的密告者的情報，那到底是誰，現在仍是個謎。」

「這表示你們的任務尚未完成是嗎？」

「關於這一點，中井誠說出了一件令人難以理解的事，他說他曾經打電話到調查總部，通報菅野和伴崎是擄走繪摩的人。這個內容和長峰接到的密告電話極為類似。」

「那麼中井就是密告者囉？」

「因為覺得有這個可能性，所以我們已對中井誠展開調查，不過應該不是他吧。中井後來又打了第二通電話，說是通報菅野躲在長野縣的倒閉民宿裡，當時他打的那個號碼，據說就是他第一次報警時，對方給他的手機號碼，我們也試著去調查那個號碼，結果是用假名申請的預付卡，那好像是中井打的最後一次電話，他的供述應該可以信任，神秘的密告者甚至連菅野會出現在上野車站也告訴長峰了，只不過當時中井正被調查人員監視著，根本沒有機會打密告電話。」

「原來如此。」久塚從口袋裡掏出香菸，用打火機點燃了菸，並吐出一口煙。

「長峰從密告者接收到的情報都非常正確，而且都抓對了時機。全都是一般人絕對得不到的情報，所以這只有一個可能。」真野繼續說，「密告者和警察有關，而且和調查有很深的關係，是個可以掌握調查進度的人。他接收了來自一般市民的目擊情報，並事先準備好一支匿名的手機。」

織部屏氣凝神，真野和久塚互看了一眼，織部終於明白真野到底想要說什麼。怎麼可能？他想道。

「三年前的凌遲殺人事件，組長一直耿耿於懷。」真野說，「結案後，組長還會去被害人的父母家，盡量提供情報，您說您能做的只有這些。」

「真野警官。」織部說，「有什麼證據嗎？」

真野搖搖頭，他的目光投向久塚。

「沒有證據，所以我或許正對以前的上司說出失禮的話。」

久塚老神在在地抽著菸，他動作的節奏幾乎沒有任何改變。

「警察到底是什麼呢？」久塚開口說話，「是站在正義的那一邊嗎？不是，只是逮捕犯了法的人而已，警察並非保護市民，警察要保護的是法律，為了防止法律受到破壞，拚了命地東奔西跑。但是法律是絕對正確的嗎？如果絕對正確的話，為什麼又要頻頻修改呢？法律並非完善的，為了保護不完善的法律，警察就可以為所欲為嗎？踐踏他人的心也無所謂嗎？」久塚說了這麼多之後，便面露微笑，「雖然我拿著警察證件這麼長一段時間，但其實我什麼也沒學會。」

「組長的心情我非常瞭解。」真野說，「我也不想把這件事公諸於世，只是有一件事想要請教您。」

「什麼事？」

「組長……不，您認為神秘密告者的所作所為是正確的嗎？您覺得那就是正義嗎？」

原本很平靜的久塚的臉上，霎時變得很嚴肅。但是他立刻又露出笑容。

「這要怎麼說呢？因為最後的結局是這樣，所以或許不能說是正確的吧。但是密告者如果什麼都不做的話，結果會如何呢？真的會有比較好的結果嗎？菅野和伴崎被捕，經過形式上的懲役後，立刻又可以重返社會，然後他們重複做著同樣的事。接二連三的，還會有長峰繪摩變成屍體漂浮在河面上。這就是幸福的結局嗎？」

真野答不出來。於是久塚看著織部，織部也低下頭。

「對，沒錯。」久塚說，「我們都無法回答，當我們面對孩子遭到殺害的父母，有誰能告訴他們說這是法律的規定，請您忍耐吧！」

真野仍然無言以對，織部也保持沉默。

不久後，久塚站了起來。

「我今後還要繼續尋找答案，所謂的正義到底是什麼？當然在此之前，針對這次的案子，如果你們有帶逮捕令來的話，那又另當別論。」

兩名部屬默默目送著以往的上司離去。

真野過了幾分鐘後才長嘆一口氣。

「今天的事——」

「我明白。」織部點頭，「我不會對任何人說的，應該是說不能說吧。」

真野苦笑，搔著頭。「走吧。」

「好。」

走出飯店時，真野的手機響了。接聽電話的他簡短說了幾句後，就看著織部。

「我本來想找你一起去吃碗蕎麥麵的，但是現在又有任務了。有一個主婦在大樓裡被殺了。」

「是年輕主婦嗎？」

「不，好像是中年。」真野撇下嘴角，「請替我禱告兇手不是小鬼。」

「我會的。」

真野跳上了計程車。織部目送真野離去後，便轉身往反方向走。

□集滿4個印花贈品（二款任選其一）：

A：【推理謎】LOGO皮質燙銀典藏書套一個
（黑色，25開本適用，限量1000個）

B：【推理謎】吉祥物「獨角獸」圖案皮質燙金典藏書套一個
（咖啡色，25開本適用，限量1000個）

□集滿8個印花贈品（二款任選其一）：

C：【推理謎】LOGO皮質燙金證件名片夾一個
（紅色，11.5cm x 8.6cm，限量500個）

D：【推理謎】吉祥物「獨角獸」圖案環保購物袋一個
（米色，不織布材質，41.5cm x 38.6cm，限量1000個）

□集滿12個印花贈品（三款任選其一）：

E：【推理謎】LOGO不鏽鋼繩鑰匙圈一個
（限量500個）

F：【推理謎】吉祥物「獨角獸」圖案馬克杯一個
（白色，320cc容量，限量500個）

謎人俱樂部會不定期推出最新限量贈品提供兌換，請密切注意活動官網和粉絲專頁。

【注意事項】

◎本活動僅限台灣地區讀者參加。

◎贈品兌換期限自即日起至2023年12月31日止（以郵戳為憑）。

◎贈品圖片僅供參考，所有贈品應以實物為準。

◎所有贈品數量有限，送完為止。如讀者欲兌換的贈品已送完，皇冠文化集團有權直接改換其他贈品，不另徵求同意和通知。贈品存量將定期在【謎人俱樂部】活動官網上公佈，請讀者在兌換前先行查閱或直接致電：（02）27168888分機114、303讀者服務部確認。

◎皇冠文化集團保留修改或取消謎人俱樂部活動辦法的權利。辦法如有更動，將隨時在【謎人俱樂部】活動官網上公佈。

國家圖書館出版品預行編目資料

傍徨之刃 / 東野圭吾著；劉珮瑄譯. -- 二版. -- 臺北市：皇冠，2022.03 面；公分. --（皇冠叢書；第 5008 種）(東野圭吾作品集；01)
譯自：さまよう刃

ISBN 978-957-33-3858-1（平裝）

861.57　　111001309

皇冠叢書第 5008 種
東野圭吾作品集 01

傍徨之刃

さまよう刃

作　者—東野圭吾
譯　者—劉珮瑄
發 行 人—平雲
出版發行—皇冠文化出版有限公司
台北市敦化北路 120 巷 50 號
電話◎ 02-27168888
郵撥帳號◎ 15261516 號
皇冠出版社（香港）有限公司
香港銅鑼灣道 180 號百樂商業中心
19 字樓 1903 室
電話◎ 2529-1778 傳真◎ 2527-0904
總 編 輯—許婷婷
責任編輯—黃雅群
美術設計—張　巖
行銷企劃—蕭采芹
著作完成日期— 2004 年
初版一刷日期— 2008 年 2 月
二版一刷日期— 2022 年 3 月

法律顧問—王惠光律師

讀者服務傳真專線◎ 02-27150507
電腦編號◎ 527040
ISBN ◎ 978-957-33-3858-1
Printed in Taiwan
本書定價◎新台幣 420 元 / 港幣 140 元

謎人俱樂部贈品兌換卡

我要選擇以下贈品(須符合印花數量):□A □B □C □D □E □F

1	2	3	4
5	6	7	8
9	10	11	12

【個人資料蒐集、利用及處理同意條款】

您所填寫的個人資料,依個人資料保護法之規定,皇冠文化集團將對您的個人資料予以保密,並採取必要之安全措施以免資料外洩。您對於您的個人資料可隨時查詢、補充、更正,並得要求將您的個人資料刪除或停止使用。

本人同意皇冠文化集團得使用以下本人之個人資料建立該集團旗下各事業單位之讀者資料庫,做為寄送出版或活動相關資訊、相關廣告,以及與本人連繫之用。本人並同意皇冠文化集團可依據本人之個人資料做成讀者統計資料,在不涉及揭露本人之個人資料下,皇冠文化集團可就該統計資料進行合法地使用以及公布。

□同意　　□不同意

我的基本資料

姓名:____________________

出生:________年________月________日　　性別:□男 □女

職業:□學生 □軍公教 □工 □商 □服務業

□家管 □自由業 □其他 ____________________

地址:□□□□□ ____________________

電話:(家)____________________ (公司)____________________

手機:____________________

e-mail:____________________

我對【東野圭吾作品集】系列的建議：

寄件人：

地址：□□□□□

北區郵政管理局登

記證北台字1648號

免 貼 郵 票

〔限國內讀者使用〕

105019

台北市敦化北路120巷50號

皇冠文化出版有限公司 收